Klaus Hoffmann

Der dritte Turm

Ein Kulturkrimi

Zweite Auflage 2024
Umschlagfotos von Klaus Hoffmann
Gedruckt bei epubli GmbH, Berlin

Für die Freunde von Hercule Poirot, William von Baskerville und Sam Hawkins, besonders aber für die Stadt Krefeld, welche die Kulisse dieses Romans zur Verfügung stellte.

Mein ganz besonderer Dank gilt meiner Frau Elke, deren wohlmeinende Kritik mir beim Verfassen dieses Buches wertvolle Hilfe war.

Ähnlichkeiten mit lebenden oder verstorbenen Personen und Lokalitäten sind möglich, Handlung und Personal allerdings frei erfunden.

Inhalt

Vorwort

Da mir die Psychologin, Lotte und auch meine Freunde geraten haben, alle Einzelheiten des Falls niederzuschreiben, von Anfang bis Ende und nichts auszulassen oder zu verändern außer den tatsächlichen Namen der darin verstrickten Personen, so sitze ich jetzt hier an meinem Laptop am Ende dieses verschneiten Winters und gehe in der Erinnerung zurück zu der Zeit, als wir uns noch völlig unbeschwert in der Hochschule unserer Stadt trafen und nicht ahnten, welche grauenvollen Ereignisse auf uns warten sollten. Noch immer kann ich kaum fassen, was geschehen ist und vor allem, dass ich, Johannes Wassen, ein einfacher Studienanfänger des Kommunikationsdesigns und ehemaliger Student der Germanistik und Anglistik, in den Mittelpunkt der furchtbaren Geschehnisse geraten konnte, die mich, meine Freunde und unsere Stadt in Angst und Schrecken versetzten.

Den Rat der Ärztin will ich gern befolgen und mir alles von der Seele schreiben, was sich in den letzten Wochen ereignet hat. Meine Hände sind auch schon wieder ganz gut verheilt, so dass ich ohne größere Schmerzen werde schreiben können.
Dazu muss ich allerdings nicht nur auf das zurückgreifen, was ich selbst erlebt habe, sondern auch auf die Berichte anderer, auf Protokolle und Schriftstücke, die mir vorliegen oder mir zur Verfügung gestellt wurden und die eine unverzichtbare Rolle für die Beschreibung der ganzen Geschichte spielen, die ich ohne diese Informationen niemals vollständig wiedergeben und begreifen könnte.

Einige Zeit wird es wohl dauern, alles aufzuschreiben und festzuhalten, selbst wenn ich mich hier in meiner kleinen, aber gemütlichen Studentenbude unterm Dach voll und ganz auf die Aufgabe konzentriere, mich genau zu erinnern, die richtigen Worte zu finden und das Chaos zu ordnen, in das wir hineingezogen wurden. Nichts soll mich dabei ablenken, meine Freunde wissen Bescheid, dass mit mir in der nächsten Zeit kaum zu rechnen sein wird.

Vor mir auf dem Bildschirm die ersten Sätze meines Berichts, links daneben die Dokumente und Notizen, rechts die Kanne mit frisch aufgebrühtem Kaffee, ein Kännchen mit Milch, mein roter Weihnachtsbecher mit dem Elch darauf und genügend Schokolade - alles, was ich brauche, steht bereit.
So fange ich also an mit meiner Geschichte und versetze mich in die Zeit zurück, als ich mich noch ahnungslos und unbeschwert auf den Weg in die Hochschule machte, um dort zu arbeiten und meine Mitstudierenden zu treffen.

1. Kapitel: Die Werkstatt

Wenn die Zeit doch nur verginge und ich mein Ziel endlich erreichte. Das verfluchte Fieber wird ihn noch ins Grab bringen. Dass ich nur rechtzeitig ankomme! Der Doktor – ob er nicht doch ein Mittel weiß?
Welcher Wahnsinnige hat denn da das Fenster geöffnet? Der Qualm der Lokomotive, die eisige Kälte... Am Ende komme auch ich noch todkrank an in dieser Stadt, die nur darauf wartet, mich in den dunklen Nebel ihrer Fabrikschornsteine zurück zu ziehen und endlich zu ersticken.
Jedoch es soll ihr nicht gelingen. Schon einmal bin ich ihr entkommen und ganz gleich, wie lang mein Aufenthalt auch dauern mag: Ich will und werde sie verlassen, zurückkehren zu meinen Werken und den Freunden im Süden.
Nur eines wüsste ich so gern: Werde ich Dich, mein Ein und Alles, bei meiner Ankunft wiedersehen?

Die Weihnachtszeit und die Semesterferien waren vorüber und die Hochschule hatte wieder geöffnet. Ich wollte einen Neujahrsvorsatz umsetzen und hatte es geschafft, schon so früh aufzustehen, dass ich nach unsicherer Fahrt auf noch nicht vom Neuschnee befreiten und schwach beleuchteten Straßen, vorbei an teils abrissreifen Gebäuden, kurz nach acht mit meinem Fahrrad vor dem Haupteingang ankam, dessen herausragende aluminiumverkleidete Überdachung, in der sich ein Teil des Audimax befand, Schutz vor Regen und Schnee bot. Es war noch dunkel und fing wieder an zu schneien. Deshalb beeilte ich mich, mit klammen Fingern das Rad an der noch fast leeren Fahrradständerreihe anzuschließen, um schnell die Glastüren zu erreichen und so dem schneidenden Wind zu entgehen. Zwar hatte ich mir meine coole Schiebermütze und die mit Lammfell gefütterten Stiefel angezogen, aber meine Handschuhe hatte ich vergessen.

Zwei Studentinnen, die ich nicht kannte, standen vor den Eingangstüren und rauchten neben einem der weißen, trapezförmigen Pfeiler, die den wuchtigen Überbau – irgendwo auch „futuristischer Betonannex", aber auch „gelandetes Raumschiff" genannt – elegant stützten. Die beiden Frauen wippten von einem Bein aufs andere, schenkten der Schutz gewährenden Architektur des Bernhard Pfau, der ja immerhin auch das Schauspielhaus der Landeshauptstadt Düsseldorf gestaltet hat, offensichtlich keine Beachtung und froren trotz warmem Rauch. Kein Wunder, denn das Thermometer war weit unter Null gefallen.
Ich passierte die Raucherzone, öffnete eine der sechs Glastüren und befand mich in der hellen Eingangshalle, wo mich wie erhofft eine angenehme Wärme empfing. Schnell durchquerte ich sie geradlinig und nahm die sechs Stufen zur Mensa mit morgendlichem Schwung.

Wer sich anders als ich die Zeit nahm, nicht sofort durch die Tür in die Mensa zu hasten, der konnte durch die Aufschrift auf den quadratischen, gläsernen Elementen rechts neben dem Eingang erfahren, dass das Bauwerk am Frankenring als Gebäude der Textilingenieur Schule unserer Stadt in der Zeit von 1952 bis 1958 errichtet worden war und dass zu dieser Zeit ihr Herz die Textilkunst-Klasse des charismatischen Bauhauslehrers Joseph Itten gewesen war. Leider nahm hier die Bedeutung der Textilindustrie in den sechziger Jahren so dramatisch ab, dass das architektonische Kunstwerk 1965 vom Land übernommen werden musste, das es wiederum 1971 mit Eröffnung der Hochschule Niederrhein deren Studenten zur Verfügung stellte.
Wie ich im Seminar für Kunstgeschichte gelernt hatte, wurde 2006 der Fachbereich Design dort zentriert, dessen Wurzeln die ehemalige Werkkunstschule unserer Stadt war, an der als Dozenten oder Studenten neben anderen die Künstler Helmut Macke, Jan Thorn

Pricker, Heinrich Campendonk, Jil Sander, Henry van der Velde und Peter Lindbergh gewirkt hatten.
Eigentlich eine Gruppe großer Künstler, dachte ich immer, deren Präsenz an dem Lehrinstitut, wie überhaupt viele der künstlerischen Werte in der Stadt, eher nachlässig in Erinnerung gehalten wurde und daher leider mehr und mehr an Beachtung verlor.
In der Regel liest man als Student diesen Text mit dem Titel „Vision und Perspektive" höchstens einmal, meist bei Studienbeginn und konzentriert sich danach dann doch eher auf das dahinter liegende kulinarische Angebot.

Die Mensa war noch fast leer, es duftete verführerisch nach Kaffee, Kakao und Gebäck und - der Versuchung wie üblich erlegen - lief ich schnurstracks Richtung Kaffeeautomat, wobei ich mir im Vorbeigehen ein Tablett griff. Diesmal zog ich mir aber nicht etwa wie sonst nur einen einfachen Kaffee, sondern einen Cappuccino, ging zur Kasse, wo ich mir noch einen Schokoriegel dazulegte und bezahlte mit meiner Mensakarte bei der Kassiererin, die mir unter ihrer weißen Kappe wie immer freundlich zulächelte, was ich zu dieser frühen Stunde sehr bewundernswert fand.

Direkt vor einem der wandhohen Fenster fand ich einen freien Platz mit Sicht auf den in rotem Backstein errichteten Seitentrakt, dessen wellenartig gebogene Dachkonstruktion den Blick in den noch immer dunklen Morgenhimmel lenkte und die Schneeflocken die Baukunst in unvorhersehbaren Wirbeln umtanzten. Vor diesem dunklen Hintergrund sah man immer nur gerade die Flockenschwärme, die in den Lichtschein der Gebäudetrakte gerieten. Ein Spektakel, mit dem keine Schneekugel mithalten konnte.

Ich stellte das Tablett auf dem weißen Tisch ab, zog die Mütze und meine Winterjacke aus und legte beides auf

einen Stuhl. Dann setzte ich mich auf meinen Galerieplatz, lehnte mich genießerisch in dem stabilen Mensastuhl zurück, spürte die Sicherheit der gebogenen Holzlehne im Rücken, umfasste meinen Becher und ließ die Wärme auf meine Hände übergehen, während ich zusah, wie der Schneefall weiter zunahm.
Ich hätte noch stundenlang dem märchenhaften Schneetreiben zusehen können, aber ich hatte mir vorgenommen, noch vor der ersten Veranstaltung, einer Vorlesung über Kunstgeschichte, in den Arbeitsraum neben der Bibliothek zu gehen.

Als die Hochschule einen großen Nachlass kunsthistorischer Bücher und Dokumente geerbt hatte, der nun zu katalogisieren war, hatte ich Glück gehabt und war als zusätzliche, wie leider üblich, zeitlich befristete wissenschaftliche Hilfskraft eingestellt worden. Es würde zu meinem Glück allerdings noch Monate dauern, bis alles vollständig erfasst sein würde.
Leider lag ich ein wenig hinter meinem Zeitplan und wollte den verlorenen Boden wieder gutmachen, indem ich ab und zu morgens etwas eher anfing – noch so ein Vorsatz fürs neue Jahr.

Doch im Augenblick stand mir der Sinn noch gar nicht nach Katalogisieren, denn der Schneewirbel da draußen fesselte mich weit mehr als die Aussicht auf die dort aufgetürmten staubigen Bücher. Außerdem hatte ich meinen Schokoriegel noch nicht ganz aufgegessen, was ich für mich als Grund zur Verzögerung gelten ließ.
Also gab ich mich noch eine Zeitlang dem Tanz der weißen Flocken hin, solange, bis mein Aufbruch nicht mehr länger zu vermeiden war, ohne ein Zeitproblem zu bekommen und ich bedauernd den letzten Schluck Cappuccino austrank, endlich aufstand, meinen pastellroten Stuhl zurück unter die Tischplatte schob, mein Tablett an die Sammelstelle zurückbrachte und mich auf den Weg Richtung Bibliothek machte: die Treppen

hoch, durch den langen Gang, links die Bürotüren, rechts die Glasfront mit Blick auf den Frankenring, wo im morgendlichen Berufsverkehr die Karawane der Autos unablässig vorbeizog.

Als „Hiwi" hatte ich einen Schlüssel für den Arbeitsraum, einen umfunktionierten Büro- und Lagerraum für die Bücher und Dokumente, die aus dem Nachlass eines Düsseldorfer Bankiers stammten. Es hieß, sie hätten große Bedeutung für die lokale Kunstgeschichte, weil es sich fast ausschließlich um Erstausgaben, Kleinstauflagen, Verzeichnisse, Privatdrucke und Manuskripte handelte, die teilweise von mit ihm befreundeten Künstlern stammten, welche auf die eine oder andere Weise mit unserer Stadt im Zusammenhang standen. Darüber hinaus – zur großen Freude unseres Dekans – handelte es sich bei dem Nachlass um eine Schenkung.

Ich schloss also die Tür auf, betrat den Raum und wurde wieder einmal überwältigt vom Anblick der Bücherberge, die auf und vor den Tischen an der Wand gegenüber vom Eingang aufgestapelt waren. Noch beeindruckender waren allerdings die Unmengen von Büchern, die noch in den scheinbar zahllosen Kisten und Kartons ruhten, welche den Rest des nicht gerade kleinen Raumes fast vollständig füllten. Nur sahen diese Kistenstapel bei weitem nicht so malerisch aus wie die Türme der bereits ausgepackten alten Bücher, deren Geruch bereits von dem Raum Besitz ergriffen hatte. Auf dem Tisch links neben dem nicht gerade neuen Rechnermodell, hatte ich meinen „Turm zu Babel" errichtet – das waren die Bücher und Dokumente, die ich mir am Ende einer Arbeitseinheit schon für das nächste Mal zurechtstellte.

Ich hing meinen blauen Wollmantel an den Wandhalter, schaltete den Erfassungs-PC ein, schaute noch einmal aus dem kleinen und einzigen Fenster in der Wand rechts neben den Tischen, wo der Winter sich immer noch wie von Spitzweg gemalt präsentierte und griff mir die Liste, die vor dem mir am nächsten aufragenden Bücherstapel lag. Jeder Kiste lag eine solche Liste bei, die ihren Inhalt unter Angabe von Autoren und Titeln dokumentierte. Wir Hiwis sollten nun prüfen, ob sich auch wirklich alle angegebenen Dinge in den Kisten befanden und außerdem die möglichst genauen bibliographischen Angaben jedes Buches oder Dokuments in das System eingeben. In der Regel reichte der Inhalt von ein oder zwei Kisten zum Bau meines babylonischen Turmes aus. Als der PC endlich bereit war, fing ich an, die ersten Bücher zu prüfen und zu erfassen, während es draußen langsam heller wurde.

Die Zeit verging wie im Flug und knapp eine Stunde später hatte ich mein von mir vorgesehenes Pensum für diesen Morgen erfüllt und die Vorbereitung für das nächste Mal Bücher stapelnd getroffen – ein gutes Gefühl – und, mit meiner Leistung zu so ungewohnt früher Stunde zufrieden, schaltete ich den PC aus.
Die neu erfassten Bücher stellte ich abschließend in die Regale an der Wand, die sich dem PC-Tisch gegenüber befand. Die Professoren wollten sich irgendwann später die Liste der erfassten Werke anschauen, um zu entscheiden, was damit geschehen sollte. Die meisten sollten wohl in den Archivbestand übergehen, manche in den Präsenzbestand, einige sogar in die Ausleihe. Was absolut unbrauchbar war, würde zum Verkauf oder kostenlos den Studierenden angeboten werden, aber das würde nicht viel sein, soviel stand schon fest.
Bester Laune schloss ich den Arbeitsraum ab und ging zum kleinen Hörsaal, wo ich meine Kenntnisse in Kunstgeschichte aufbessern wollte.

Die Vorlesung war gut besucht, der Raum war erfüllt von mehr oder minder leise geführten Gesprächen und es roch nach feuchter Kleidung. Überall lagen Schals, Jacken, Mützen und Handschuhe auf den Ablageflächen. Nach einigem Suchen fand ich einen Sitzplatz in der drittletzten Reihe. Neben mir saß in grauer Multifunktionsjacke und unrasiert einer der älteren Studenten und Dauer-Gasthörer, von denen es einige an der Hochschule gab. Keiner wusste genau, seit wann er eigentlich schon die Veranstaltungen besuchte. Selbst die Studierenden, welche die größte Anzahl an Semestern hinter sich hatten, konnten sich daran erinnern, dass er schon bei ihrem Einstiegssemester dabei gewesen war. Man munkelte, dass er früher einmal Kunsthändler gewesen war, der sich zur Ruhe gesetzt hatte und jetzt noch die Wissenslücken füllen wollte, die er während seiner Berufstätigkeit aus Zeitnot nicht hatte füllen können. Er nickte mir freundlich zu und ich nickte genauso zurück. Das Designstudium an unserer Hochschule hatte schon etwas Familiäres und das wiederum bestärkte mich in meiner Entscheidung, das Sprachstudium nicht zu Ende geführt und mich für eine andere kreative Studienrichtung entschieden zu haben.

Dann betrat mit immer wieder beeindruckender, von einigen Studentinnen unverhohlen bewunderter, schwarzer Lockenpracht und mit schwungvollen, klackenden Schritten der Dozent Viktor Dorm den Saal, der trotz seiner Jugend und noch kurzer Lehrtätigkeit ein geschätzter Kunsthistoriker war.
Mit auf sein Manuskript fokussiertem Blick stellte er sich hinter das Pult und ließ, nachdem er sich gesammelt hatte, seinen Blick kurz und betont gelangweilt in die Runde schweifen. Er kratzte wie gedankenverloren seinen gepflegten Dreitagebart, schüttelte kurz seine Mähne, senkte den Blick wieder auf sein Papier und legte in gewohnt resigniertem, aber zugegeben auch außerordentlich angenehm klingendem Tonfall los, der, wie ich vermutete, uns Wissbegierigen signalisieren

sollte, dass all seine weisen Worte von solch schlichten Gemütern wie den unseren sowieso niemals verstanden werden könnten.

Heute war die Pop Art das Thema und mein Sitznachbar, der diese Phase wohl noch als junger Mann miterlebt hatte, kommentierte den Vortrag Dorms hier und da mit missbilligendem Schnauben.
Für mich war die Vorlesung allerdings sehr unterhaltsam, weil mir die Ideen und Werke der besprochenen Künstler gefielen. Du malst eine Dose Tomatensuppe in Öl auf eine Leinwand, vervielfältigst das Ganze, erklärst der verblüfften Kunstwelt, dass du damit dem elitären Kunstverständnis der Zeit widersprechen willst und schon kannst du dich vor interessierten Kunstsammlern nicht retten, die diesen neuen Trend und somit die Gelegenheit, eine lohnende Investition zu tätigen, nicht verpassen wollen. Zugegeben, vielleicht eine etwas vereinfachende Sicht des Kunstmarktes, aber ich gebe den Verdacht nicht auf, hier nicht ganz falsch zu liegen.
Die Vorlesung dauerte eineinhalb Stunden und endete mit Dorms bekanntem Aufruf, das quasi vor der Haustür stehende Kaiser Wilhelm Museum zu besuchen, in dem etliche Meisterwerke nicht nur der besprochenen Kunstrichtung zu sehen wären - wenn auch leider nicht mehr Robert Indianas „Great Love", was 2008 mit der gesamten Sammlung Lauffs abgegeben werden musste - aber immerhin noch zum Beispiel die Werke von Joseph Beuys. Zuletzt gab uns Dorm noch ein paar Lektürehinweise zur Vor- und Nachbereitung, dann war die Veranstaltung beendet und er ging, wie er gekommen war: Klick, klack...

Durch das lange Sitzen etwas ungelenk geworden, stand ich auf und beschloss, nochmal in die Mensa zu gehen. Der Ruf des Kaffee-Automaten war unüberhörbar - und nicht nur für mich.

„Hallo Jo!"
Jemand klopfte mir von hinten leicht auf die Schulter und ich drehte mich um.
Na klar, eigentlich konnte es nur Ly sein, die mich wie die meisten immer „Jo" und nicht „Johannes" nannte, wobei sie tatsächlich nur „Jo" sagte und diese Abkürzung nicht wie das englische „Joe" aussprach. Ly war Chinesin, 25, im dritten Semester und hatte schon erstaunlich gut Deutsch gelernt. Meistens trug sie Kleidung in rot und schwarz, heute einen schwarzen Rollkragenpullover zum schwarzen Rock und schwarzen Stiefeln, dazwischen eine rote Strumpfhose und zusätzlich noch eine rote Schleife um ihr zum Pferdeschwanz gebündeltes glänzend schwarzes Haar. Als Model hätte Ly sicher überall gute Chancen gehabt, aber mich erinnerte sie in ihren Rot-Schwarz-Kombinationen seltsamerweise immer an einen Marienkäfer.
„Gehst Du auch in die Mensa?", wollte sie wissen.
„Ja, sicher", antwortete ich, „wie war's in den Ferien?"
„Sehr schön!", sagte sie und nickte heftig.
„Wir waren in den Bergen, in der Eifel."
Berge in der Eifel waren mir eigentlich nicht bekannt, Hügel schon, aber weil ich der begeisterten, zierlichen Ly nur ungern widersprechen wollte oder vielleicht nur nicht genug über die Eifel wusste, beließ ich es dabei.
Wir kehrten zurück in die Eingangshalle, in der mittlerweile ein reges Kommen und Gehen herrschte.
„Hattet Ihr Schnee?", nahm ich den Gesprächsfaden wieder auf.
„Nein, immer Regen, aber war trotzdem schön."
„Eifel eben", konnte ich mir nicht verkneifen.
Ly hatte einen deutschen Freund, Max, der aus Kalterherberg stammte und anscheinend waren sie während der Feiertage und zur Jahreswende dort gewesen. Max war eigentlich schon ausgebildeter Schreiner, studierte aber jetzt noch zusätzlich Design und hatte sich auf Graphik spezialisiert. Den etwas ungeschlachten, aber in sich ruhenden und immer freundlichen Max mochte

ich gut leiden und wenn ich die beiden gemeinsam sah, hatte ich den Eindruck, dass sich hier genau die Richtigen gefunden hatten.

Ganz Gentleman hielt ich ihr die Tür auf. Sie lächelte und huschte an mir vorbei in die Mensa, wobei mich ihr unaufdringliches Parfüm kurz an blühende Apfelbäume denken ließ. Gemeinsam gingen wir zum Kaffee-Automaten, umgeben vom Gemurmel und vereinzeltem Lachen der zahlreichen Kommilitonen und Kommilitoninnen, die gut die Hälfte der pastellfarbenen Stühle besetzt hatten.
„Nie weiß ich, was ich auswählen soll."
Ly schaute verzweifelt.
„Nimm Cappuccino – der schmeckt voll gut."
Sie nickte entschieden und drückte die Taste für Milchkaffee – typisch Ly.
Ich folgte meiner eigenen Empfehlung und wir steuerten einen Fensterplatz an, wo wir uns aus unseren Mänteln schälten und uns auf den bewährten Holzstühlen niederließen.
Der erste Schluck war immer der beste.

Draußen war es mittlerweile hell geworden, soweit man das an einem Januartag behaupten kann. Es schneite immer noch.
„Hast Du mit Max' Familie Weihnachten gefeiert?"
Sie lachte zurückhaltend.
„War sehr lustig."
„Kann ich mir ungefähr vorstellen. Eine Weihnachtsfeier muss ja auf jemanden, der aus China kommt, ziemlich seltsam wirken."
Sie schüttelte den Kopf bedächtig.
„Lustig, aber kann man verstehen. Max hat mir alles erklärt: Ist das Fest der Liebe und der Familie", und sie zupfte an ihrer roten Haarschleife, während sie abwechselnd in ihren dampfenden Becher und nach draußen schaute.

Sie war wirklich ausgesprochen hübsch und Max ein Glückspilz.
Auch ich würde in diesem Jahr meine große Liebe finden. Zumindest war das ein weiterer meiner Vorsätze fürs neue Jahr.

„Hallo, meine Süßen!" tönte es unvermittelt von der Seite her und aufgeschreckt stellten wir fest, dass sich unser Mitstudent Jean-Marie, der eigentlich Paul hieß, angeschlichen hatte, um uns zu überraschen. Er trug eine sehr enge, blaue Hose und ein gelbes Rüschenhemd, wie immer kaum ein Finger ohne Ring. Sein schmales Gesicht war leicht geschminkt und seine blonden Haare wurden schwungvoll mit Gel in Form gehalten. Eigentlich ein netter Kerl, nur meistens so aufdringlich schwul, dass es schnell unerträglich wurde.
Jean-Marie setzte sich auf den Platz neben Ly und nahm sie überschwänglich in den Arm, bevor er meine rechte Hand zur Begrüßung in seine beiden Hände einschloss.
„Hattet ihr auch so eine wundervolle Weihnachtszeit?", wollte er in seiner gedehnten Art zu sprechen wissen und ohne die Antwort abzuwarten, fuhr er fort:
„Karel und ich hatten es so wunderschön all die Tage. Die ganze Wohnung geschmückt, überall kleine, nackte Engel..."
Karel war sein neuer Freund, den er vor ein paar Wochen kennengelernt hatte. Ein Holländer aus dem nicht weit entfernten Venlo, der eine Wohnung in unserer Stadt gemietet hatte, weil er hier bei einer Unternehmensberatung einen Auftrag angenommen hatte.
„Habt ihr euch auch was Schönes geschenkt?", fragte Ly.
Darauf hatte Jean-Marie nur gewartet und mit einem durchtriebenen Lächeln und verschwörerischem Augenaufschlag legte er los.
„Aber natüüürlich! Wir hatten doch uns. Und zur Bescherung hat mir mein Karel..."

Ly lief nach den ersten Details puterrot an und mein Beschützerinstinkt erwachte.
„Tut mir echt leid, Jean-Marie", unterbrach ich ihn, „aber ich muss noch etwas arbeiten, in der Shedhalle. Meine Formen müssten fertig sein."
Das entsprach übrigens der Wahrheit, denn da ich noch ein wenig unentschlossen war, in welche kreative Richtung ich mich letztendlich entwickeln wollte, hatte ich auch einen Keramikkurs begonnen.
Rasch stand ich auf, Ly ebenfalls.
„Da muss ich auch hin", schloss sie sich mir heftig nickend an.
Aber so leicht sollten wir nicht davonkommen.
„Na sowas, da können wir ja zusammen hingehen", und mit diesen Worten erhob sich nun leider auch Jean-Marie, um sich uns anzuschließen. Hätten wir gewusst, was uns bevorstand, wären wir wohl alle in der Mensa geblieben.

Um in die Shedhalle zu kommen, mussten wir den Haupteingang und leider auch die Geborgenheit der Mensa hinter uns lassen und rechts um das Haupthaus zum Gebäude O herumlaufen, in dem sich vor allem die Keramikschaffenden aufhielten. Mittlerweile war der Schnee knöchelhoch und knirschte heimelig bei jedem Schritt.
Wir liefen geduckt und von Schneeflocken umwirbelt auf den Gebäudetrakt zu, dessen Dach sich wie zwei nach rechts strebende Wellen vor uns erhob und dem eher bieder wirkenden Backsteinbau einen eleganten Abschluss nach oben hin verlieh.

Wir beeilten uns, die kurze Strecke zurückzulegen und öffneten die schwere Brandschutztür so schnell es ging. Angenehme Wärme flutete uns entgegen.
Auf kurzem Weg erreichten wir den Tonraum, wo auf weißen Tischtüchern die neuesten Gefäße, Schalen und Freiformen irgendeines Kurses wohl für eine

anstehende Präsentation aufgestellt worden waren: Avantgardistisches und Traditionelles nebeneinander. Jedoch hatte ich kaum Zeit, mir die Werke meiner Mitstudierenden in Ruhe anzuschauen, denn Ly eilte mit kurzen, trippelnden Schritten rasch voran, gefolgt von Jean-Marie und mir, der ich mich bemühte, den Anschluss nicht zu verlieren.
Kurz vor unserem Ziel trafen wir auf dem Flur den Werkstattleiter Egger, wie immer in grauem Arbeitskittel. Wir mochten den kleinen Kauz, der mich mit seiner Glatze und dem passend grauen Vollbart an einen Hobbit erinnerte und der schon seit vielen Jahren hier sein Bestes gab, um mit seinen Fachkenntnissen die Studierenden in ihrer künstlerischen Entwicklung weiter zu bringen.
„Hallo, Herr Egger", rief ich ihm zu, woraufhin er leicht abwesend eine Hand zum Gruß hob und uns ausgesprochen freundlich anlächelte.
„Hi", grüßte er zurück, während wir an ihm vorbeiliefen.
„Mal wieder im Auenland, wo das Gras so schön blüht", bemerkte Jean-Marie, als er außer Hörweite war.
Wir nickten zustimmend, wohl wissend, dass sein Laster Egger nicht darin beeinträchtigte, ein hervorragender Werkstattleiter und Ratgeber zu sein.

Wir erreichten den Arbeitsraum, an dessen Decke große Belüftungsrohre für Luftqualität sorgen sollten und in dem, mit feinem Ton- und Gipsstaub bedeckt, nicht nur die Drehscheiben auf den Tischen an den Wänden standen, sondern auch Maren und Alex auf uns warteten, die ich hier zu treffen gehofft hatte.
„Ja, da seid ihr ja!", begrüßte uns Maren wie immer laut und überschwänglich und da wir sie alle schon lange kannten und mochten, wussten wir, was jetzt kommen würde. Sie breitete ihre gewaltigen Arme aus und drückte zuerst Ly, dann Jean-Marie und zuletzt mich an ihre gipsgetränkte Schürze, dass uns die Luft wegblieb.

„Ein frohes neues Jahr, ihr Lieben", rief sie aus und ihr von braunen Locken umrahmtes, rundes Gesicht strahlte uns mit geröteten Wangen freudig an.
„Frohes neues Jahr!", wünschte daraufhin auch Alex und drückte uns Neuankömmlingen wohlerzogen die Hand, bevor er seine braun gefasste Brille gerade rückte.
Jean-Marie ließ seinen Blick schweifen und bekam große Augen.
„Nein, wie ist das wundervoll!"
Er beugte sich über die Objekte, an denen Alex und Maren wohl bis eben gearbeitet hatten.
Maren hatte so etwas wie einen Engel gebaut, der sowohl Ähnlichkeit mit dem Michelin-Männchen als auch mit Maren hatte.
„Diese Energie, diese Körperlichkeit – Maren, du bist einfach begnadet, einfach begnadet."
„Wie nennst du dein Werk denn?", wollte er wissen.
„Der Mitternachtself", gab Maren bereitwillig Auskunft.
„Ach tatsächlich", sagte Jean-Marie verständnislos.
Die begnadete Künstlerin schaute Jean-Marie nachsichtig an und hob beide Hände: „Ich glaube, der große Ofen ist gleich fertig, dann wird aus- und eingeräumt und los geht's mit dem nächsten Brand. Hoffentlich fällt er dann nicht zusammen."
„Ja, das wäre dann wohl wirklich schlimm", bemerkte Jean-Marie in zweideutigem Tonfall. Seine Vorliebe, alles und jedes sexuell zu interpretieren, sorgte immer wieder für allgemeines Fremdschämen.
Noch während Maren hilfesuchend Richtung Hallendecke blickte und Ly wieder rot anlief, wandte sich Jean-Marie Alex' Werk zu.
„Ja, was haben wir denn hier?", fragte er scheinbar begeistert und stürzte sich auf die circa 40 Zentimeter hohe, pfahlartige Skulptur.
„Das wird eine sensorgesteuerte Lampe", erklärte Alex und schob seine Brille wieder zurecht, die gut zu seinem kurzen dunkelbraunen Haar und seinen braunen Augen passte.

„Aha", staunte Jean-Marie.
„Ich habe ein Programm geschrieben, das je nach den gemessenen Daten erkennen kann, ob ein Mensch oder ein Tier den Raum betritt. Hier oben wird eine kleine Webcam eingebaut, die die Bewegungen erfasst und an einen kleinen Prozessor weitergibt, der die Bewegungsmuster dann auswertet. Je nach Muster wird dann entschieden, wie hell die Lampe leuchten soll und ob sie ein warmes oder eher kaltes Licht abgeben soll. Ich nenne es „Hi!-Light"."
Ly blickte Alex bewundernd an, während Maren eher unbeeindruckt an ihrem riesigen rechten Ohrring spielte. Jean-Marie schüttelte ungläubig den Kopf und klatschte in die Hände.
„Was du aber auch immer für tolle Ideen hast!"

„Ich habe auch eine tolle Idee", unterbrach Maren, wie immer auf das Wesentliche achtend, die Kunstbetrachtung.
„Wir könnten jetzt alle etwas Süßes gebrauchen. Ich habe für uns alle Brownies gebacken und koche uns jetzt erst einmal ein paar Tassen Kaffee."
„Geniale Idee", bemerkte ich, denn von Kaffee konnte ich in dieser kalten Jahreszeit nie genug bekommen.
Während Maren in den Nebenraum ging, wo es eine kleine Kochnische gab, fragte Alex:
„Und wie ist es euch ergangen? Wart ihr weg?"
Und schon erzählte Jean-Marie ausführlich von Karels Weihnachtsbescherung, während Lys Wangen sofort wieder an Farbe gewannen.
„Ich war auch nicht weg", unterbrach ich seine ausschweifende und leider auch sehr detailreiche Erzählung, „aber ich habe endlich mein Referat über die keramischen Arbeiten Picassos in den sechziger Jahren zu Ende geschrieben."
Alle schienen beeindruckt.

„Und dann habe ich im Netz noch einen Fotoapparat ersteigert. Ich will im nächsten Semester den Fotokurs belegen."
„Das habe ich auch vor", sagte Ly.
„Nur habe ich noch keinen Fotoapparat."
„Ich kann Dir meinen leihen, meine Liebe", bot Jean-Marie spontan an und erkundigte sich umgehend, was Ly denn eigentlich noch außer ihrem Eifelurlaub in der vorlesungsfreien Zeit erlebt hatte.

Ly hatte nach ihrem Ausflug in die von mir immer noch angezweifelten Eifelberge hauptsächlich gearbeitet. Sie half in einem Restaurant aus und finanzierte so ihr Studium. Als sie im zweiten Semester war, waren ihre Eltern bei einem Hausbrand ums Leben gekommen, worauf sie beschloss, nicht mehr nach China zurückzukehren, was sich aber nicht so ganz einfach umsetzen ließ, weil ihre Aufenthaltserlaubnis begrenzt war. Daher vermuteten wir alle, dass sie über kurz oder lang Max heiraten würde.
„Und ich habe viel gezeichnet. Ganz viel", fügte sie ihrem Bericht hinzu.
Alex schaute sie bewundernd an, denn das Zeichnen war seine schwache Seite.
„Und was hast du gezeichnet?", wollte Jean-Marie wissen.
Doch bevor er eine Antwort bekam, kehrte Maren mit einem großen Tablett, auf dem es aus den Bechern heimelig dampfte, aus dem Nebenraum zurück, wobei sie sich trotz ihrer Körperfülle elegant an den zahlreichen Tischen vorbeibewegte.
„Der Kaffee ist fertig", verkündete sie und stellte ihre duftende Last ab.
Jeder nahm sich ein Getränk und einen Brownie, Maren erhob ihren Becher.
„Auf ein aufregendes neues Jahr, meine Lieben!"

Wir stießen mit den Bechern wie mit Sektgläsern an und erhoben sie zum Toast, nicht ahnend, wie aufregend dieses Jahr für uns beginnen sollte.

Als wir nach Plaudern und Lachen schließlich ausgetrunken hatten, wendeten wir uns wieder unserer Arbeit zu. Ly und ich holten unsere unfertigen Formen aus den Wandregalen und versuchten, die Unregelmäßigkeiten durch vorsichtiges Abreiben und Schleifen zu beseitigen.
Maren ging hin und wieder zum größten der Öfen und prüfte, wie lange dieser noch brauchte. Sie hatte ihn am Vortag mit hasenartigen Figuren gefüllt, die sie geschäftstüchtig vorausblickend hier für ihren privaten Osterverkauf anfertigte. Die Uhr auf dem großen, rechteckigen Körper des Ofens ungeduldig betrachtend seufzte sie ab und zu schwer und stemmte ihre Fäuste in ihre üppigen Hüften. Zwischendurch kehrte sie immer wieder zur Werkbank zurück, wo sie mit der Produktion einer weiteren Hasenfamilie begonnen hatte. Ly summte melodisch vor sich hin, Alex schwieg konzentriert, während er versuchte, eine Kabelverbindung in seinem Objekt zu verlegen und Jean-Marie bearbeitete mit seinen schlanken Fingern einen Klumpen Ton, den er sich frisch geholt hatte, ohne dass erkennbar wurde, worauf seine schöpferischen Bemühungen hinauslaufen sollten.
So verging die Zeit in kreativer Konzentration, bis Maren nach ungefähr zwei Stunden dem unfertigen Hasen vor sich mit der flachen Hand den Todesstoß versetzte und zu dem Schluss kam:
„So, Leute, der Ofen braucht ja doch noch einige Zeit. Ich glaube, ich habe jetzt Hunger. Kommt ihr mit?"

Für jede Ablenkung zu haben, klopften wir uns den Staub von den Kleidern und verließen gemeinsam die Werkstatt. Der Schneefall hatte nachgelassen, aber nicht aufgehört. Mittlerweile war die Schneedecke weiter gewachsen und obwohl ich Stiefel trug, rutschte mir hin und wieder Schnee hinein und ließ meine Socken feucht werden. Mich wunderte, dass Ly nicht an den Beinen fror.

Als ich an diesem Tag zum dritten Mal in die Mensa kam, war der große Raum immer noch gut gefüllt und wir hatten großes Glück, dass wir noch einmal einen Platz am Fenster bekamen. Der Kaffeegeruch wurde von Bratenduft überlagert, denn als Hauptgericht gab es Rinderbraten mit Rotkohl.
Maren hatte sich die größte Portion aufgeladen. Sie war ungefähr 1,80 Meter groß und man sah ihr immer mehr an, dass sie seit einiger Zeit zu größeren Portionen neigte. Jean-Marie hatte die Vermutung geäußert, dass es da einen Zusammenhang zu ihrem Liebesleben geben sollte, aber da gingen die Meinungen auseinander.
Sie zeigte mit ihrer Gabel Richtung Eingang.
„Die drei heiligen Könige sind auch wieder da."

Wir blickten Richtung Eingang. Der Dekan Professor Oldenburg und die Dozenten Dorm und Delius gingen in heftige Diskussion vertieft Richtung Essenstheke.
Oldenburg führte das Wort und selbst aus weiter Entfernung konnte man sehen, dass eine gewisse Überheblichkeit in seinen Gesten lag. Dorm schien dagegen zu halten, während Delius ab und zu höflich lächelnd Einwände zu machen schien. Sie führten ihre Diskussion fort, bis sie sich an einem Tisch in einiger Entfernung von uns niederließen. Als Delius vermutlich in seiner manchmal doppelbödig humorigen Art irgendetwas sagte, lachten sie alle drei plötzlich laut auf und begannen daraufhin ihre Mittagsmahlzeit.

„Worüber die wohl wieder diskutiert haben", wollte Jean-Marie wissen.

„Wissenschaftler haben immer was zu diskutieren", warf Alex nüchtern ein.
„Du meinst wohl zu streiten", berichtigte Maren.
"Vielleicht ging es um die Seminarinhalte fürs nächste Semester?", gab Ly zu bedenken.
„Gerade wegen unserer Historie müssen wir die regionalen Künstler mehr in den Fokus unserer Lehre stellen!", ahmte Jean-Marie den Dozenten Viktor Dorm nach.
„In einer globalisierten Gesellschaft sollten wir uns nicht zu Sklaven einer lokalen Kunstbetrachtung machen!", konterte Alex, indem er den melodischen, stets aber hintergründigen Tonfall von Franz Delius imitierte.
„Die Grundpfeiler der Lehre stehen auf einem finanziellen Fundament, das imstande sein muss, diese auch zu tragen!", ergänzte ich die Reihe der geflügelten Worte, indem ich einen der Lieblingssätze des Dekans zum Besten gab.

Wir lachten leise, bemüht, dabei nicht in die Richtung des Dozententisches zu schauen, nur Alex blieb nachdenklich.
„Wusstet ihr, dass im nächsten Semester eine Dozenten-Planstelle zwei befristete ersetzen soll?"
„Und was heißt das genau?", wollte Jean-Marie wissen.
„Das heißt, mein Schatz", erklärte Maren mit erhobenem Zeigefinger, „dass einer von zwei befristet angestellten Dozenten eine feste Stelle bekommt, was ja sehr erfreulich ist und dass ein anderer seinen Job verliert, was gar nicht erfreulich ist."
Jean-Marie machte große Augen.
„Das ist bitter."
„Zumindest für den anderen", bemerkte Alex in seiner gewohnt trockenen Art.
Wir schwiegen, wohl weil jeder von uns darüber nachdachte, wen es dann treffen würde. Die beiden heißesten Kandidaten saßen drüben am Dozententisch.

Ich blickte in die Runde.

„Wo ist eigentlich Tristan?"
Alle schauten mich erstaunt an.
„Stimmt, ich habe ihn auch noch nicht gesehen", sagte Ly und machte große Augen..
Tristan, Ly und ich arbeiteten gemeinsam an der Katalogisierung des Bankiersnachlasses und hatten uns vor den Ferien häufig im Erfassungsraum getroffen.
„Vielleicht fangen seine Vorlesungen erst morgen oder übermorgen an", vermutete Alex.
„Ich habe noch ein Buch von ihm, das er mir für mein Referat geliehen hatte", fiel mir ein.
„Benno habe ich auch noch nicht gesehen", stellte Ly fest.
„Benno ist krank", sagte Alex, „hat er mir vorgestern im Chat geschrieben."
„Dann bestelle ihm mal gute Besserung von uns", bat ich ihn und Alex nickte.
„Wer möchte noch einen Kaffee oder Tee?", fragte Maren und stand auf.
Jeder gab noch eine Bestellung auf und wir tranken noch eine Runde im Lichte von scheinbar zahllosen kreisförmigen Leuchtkörpern, die wie Heiligenscheine von der Hallendecke auf Studierende und Dozierende gleichermaßen herabschienen.

So unterhielten wir uns noch eine Weile, während draußen Kälte und Schneefall wieder zunahmen, doch als die Becher geleert waren, gab wieder einmal Maren das Signal zum Aufbruch:
„Es ist nach zwei, ich glaube, der Ofen müsste jetzt fertig sein und ich kann meine neuen Rohlinge einstellen. Ich gehe dann mal jetzt los, bevor jemand anderes die Chance nutzt und ihn füllt."
Seufzend packten wir unsere Sachen zusammen, schoben die Stühle an den Tisch, brachten die Tabletts zurück und machten uns auf den Weg.

Auch mein Fahrrad war mittlerweile gut von Schnee bedeckt, wie ich mit einem kurzen Blick feststellte, als wir aus dem Hauptausgang herauskamen und im Laufschritt dem Gebäude O entgegenliefen.
Alex war als erstes am Eingang der Shedhalle und öffnete die Tür für uns. Wir huschten hinein und erreichten kurz darauf unsere Werkplätze.

Maren band sich ihre Schürze um und lief in den Brennraum, in dem die drei beeindruckenden Brennöfen, nach Größe angeordnet, an der Wand aufgereiht standen.

„Ha!", brachte sie nach einem kurzen Blick auf die Anzeige des Ofens triumphierend hervor.
„Nur noch 40 Grad - endlich fertig."
Sie klatschte voller Vorfreude in die Hände.
Alex zeigte mit dem Daumen nach oben und blickte sie aufmunternd an. Wir wussten, dass es trotz aller Vorsicht immer noch passieren konnte, dass ein Objekt den Brand nicht wie geplant überstand und man den ganzen Prozess wiederholen musste.
Deshalb blickten wir drei aus einiger Entfernung gespannt zu Maren, die vor dem größten der Brennöfen stand und den Öffnungsmechanismus betätigte.
Sie fasste den linken Griff der schweren Stahltür und zog sie mühelos, aber dennoch erwartungsvoll langsam auf. Es ist immer noch jedes Mal ein spannender Moment, einen Ofen zu öffnen und sich vom Erfolg oder Misserfolg des Brennvorgangs überraschen zu lassen.
Wie lange sie starr in den Ofen blickte, kann ich nicht mehr sagen, aber ich weiß noch genau, wie sie plötzlich mit einem markerschütternden Dauerschrei und ausgebreiteten Armen nach hinten taumelte, bis sie mit dem Rücken heftig an die weiße Wand und mit den Händen an ein Regal stieß und langsam abwärts rutschte, während mehrere der Objekte aus dem Regal am Boden zerschellten.

„Komm, Schätzchen, so schlimm sind Deine Häschen nun auch wieder nicht", versuchte Jean-Marie zu beschwichtigen. Doch als wir zu Maren liefen, um sie zu trösten, merkten wir rasch, dass mehr hinter ihrem Entsetzen steckte als gedacht, denn vom Ofen her kam uns ein schneidender, süßlicher, den Atem zum Stocken bringender Gestank entgegengeweht, der nun auch Jean-Marie würgend auf die Knie zwang.

„Und wer hat die Leiche entdeckt?"
Hauptkommissar Martin stand neben dem Tisch und blickte leicht irritiert auf Marens Mitternachtself, während er mit uns sprach, sein Notizbuch in der linken, einen Kugelschreiber in der rechten Hand. Seine stämmige Gestalt und Körperhaltung, die in dem braunen Ledermantel an einen Bär erinnerte, gab seiner Frage besonderen Nachdruck. Offensichtlich war der Mantel gut gefüttert, denn auf dem etwas aufgedunsenen Gesicht des Polizisten zeigten sich Schweißperlen, was ihn aber nicht dazu brachte, die Knöpfe des Kleidungsstücks zu öffnen.
Nach einem kurzen Blick auf Maren, die immer noch blass auf einem Drehschemel saß, meldete sich Alex zu Wort.
„Das war Maren, Maren Friedrich.", und er deutete in ihre Richtung.
Der Hauptkommissar wandte sich der noch immer vom Entsetzen gezeichneten Künstlerin zu und sparte sich daraufhin die Fragen, die er eigentlich stellen wollte. Stattdessen sagte er: „Der Psychologe wird gleich hier sein und sich um Sie kümmern. Wenn es Ihnen besser geht, wird Frau Becker Ihnen ein paar Fragen stellen müssen."
Maren blickte ihn nur verständnislos an und Ly streichelte ihr beruhigend die Schultern.
Auf dem Stuhl neben Maren saß Jean-Marie und schüttelte ungläubig den Kopf.

Ich stand neben Jean-Marie, als ein Mann im Plastikanzug aus dem Brennraum kam und den Hauptkommissar ansprach.
„Wir können den Toten jetzt abtransportieren, wenn Sie nicht nochmal einen Blick drauf werfen wollen. Die Reste der Figuren, die sonst noch im Ofen waren, nehmen wir mit und untersuchen sie im Labor. Vielleicht hat der Täter darauf Spuren hinterlassen, allerdings besteht da wenig Hoffnung wegen der Hitze. Die Fingerabdrücke vom Ofen werden noch etwas dauern. In einer Stunde müssten wir hier fertig sein."
„Danke. Ich brauche nichts mehr. Wenn Sie soweit sind, versiegeln wir den Raum", sagte Martin.
„Und wann kann man die Öfen wieder benutzen?", meldete sich überraschend Maren zu Wort.
„Ich muss doch meine Objekte fertig...", sagte sie und die Tränen stiegen ihr in die Augen.
„Das muss jetzt noch etwas warten, Frau Friedrich", unterbrach sie Martin, worauf Maren wieder in sich zusammensank und Ly sie in die Arme nahm.
Mit lauten Schritten betrat der Dekan den Raum, steuerte direkt auf den Hauptkommissar zu und blickte ungehalten auf den auch nicht gerade kleingewachsenen Beamten herunter.
„Ich bin Professor Oldenburg und Dekan der Hochschule. Was geht denn hier vor? Es ist ein Unfall passiert, hat man mir berichtet?"
Martin zog die linke Augenbraue hoch und blickte unbeeindruckt zu ihm hoch.
„Wenn jemand in einen Brennofen gesperrt und bei ein paar hundert Grad erhitzt wird, kann man wohl kaum von einem Unfall sprechen", stellte der Hauptkommissar klar.
„Vielleicht ein Schrühbrand", stellte Alex fachmännisch und gedankenverloren, aber völlig unpassend fest und erschrak über seine eigene Bemerkung.

Martin blickte ihn kritisch von der Seite her an, Jean-Marie begann nervös zu kichern, stand auf und lehnte sich mit dem Rücken an die Wand.
Professor Oldenburg wedelte hilflos mit den Armen, was bei seiner Größe schon komisch wirkte.
„Hören Sie", versuchte er es jetzt mit verschwörerischem Unterton, „mir ist schleierhaft, wie das passieren konnte, aber könnten wir das bitte diskret behandeln. Sie wissen ja: Der Ruf des Hauses...in der heutigen Zeit...nicht auszudenken! Und solange noch nichts geklärt ist, muss man ja nicht unbedingt..."
„Herr Professor", unterbrach ihn der Polizist mit offensichtlich gespielter Nachsicht, „Sie können sicher sein, dass ich mein Handwerk verstehe. Und dazu gehört auch die Öffentlichkeitsarbeit. Selbstverständlich werden wir nicht vorschnell ungesicherte Informationen an die Presse herausgeben."
Der Dekan wirkte erleichtert und strich sich durch sein sowieso schon zerwühltes Haar.
„Können Sie mir denn Genaueres sagen?", wollte Oldenburg wissen.
Martin zog die Augenbrauen zusammen und schien nachzudenken.
„Ja, aber das sollten wir nicht hier besprechen, Herr Professor. Sie haben sicher ein Büro."
„Aber natürlich, folgen Sie mir bitte", antwortete Oldenburg und mit diesen Worten schwenkte der Dekan um 180 Grad, wobei sein wallendes, lockiges rotes Haar die Bewegung imposant unterstrich und lief mit weit ausholenden Schritten dem Ausgang entgegen. Hauptkommissar Martin wandte sich noch einmal an uns.
„Sie bleiben bitte hier. Kommissarin Becker wird gleich hier sein und Sie alle einzeln vernehmen. Gehen Sie also bitte nicht weg."
Mit diesen Worten drehte auch er sich nicht ganz so schwungvoll um und folgte so schnell er konnte dem Professor Richtung Ausgang.

Kaum waren der Dekan und der Kommissar verschwunden, da wurde die Tür zum Brennraum geöffnet, zwei der Plastikgestalten trugen eine verschlossene, weiße Bahre heraus und verschwanden ebenfalls durch die Ausgangstür.
„Ich glaube, ich kriege einen Nervenzusammenbruch."
Jean-Marie rutschte wie zuvor Maren mit dem Rücken die Wand entlang abwärts, bis er auf dem Boden saß und legte sich eine Hand an die Stirn.
Ly setzte sich neben ihn und klopfte ihm beruhigend auf den linken Unterarm.
„War ja auch schlimm", bestätigte sie voller Mitgefühl.
„Ja, nicht wahr. Der Geruch geht nicht weg und wie das aussah..."
Jean-Marie verzog angeekelt das Gesicht.
„Wie in einem Hockergrab", versuchte Alex sein Bestes.
„Eher wie eine geplatzte Blutwurst", meldete sich Maren noch etwas geistesabwesend, aber unüberhörbar wieder zurück, was dazu führte, dass Jean-Marie aufsprang und unter Ausstoß von Würgegeräuschen zum Spülstein im Nebenraum lief.
„Ob das jemand war, den wir kennen?", gab ich zu Bedenken, um das Gespräch wieder auf eine sachliche Ebene zu bringen.
„Das werden wir sicher bald erfahren", meinte Alex.
„Hoffentlich nicht – mir wäre es lieber, ich würde den Toten nicht kennen", flüsterte Ly.
„Ganz meine Meinung", stimmte ihr Maren zu und stand unbeholfen auf.
„Ich könnte jetzt einen starken Kaffee gebrauchen. Wer noch?"
Selbst Jean-Marie, der gerade kreidebleich zurückkam und sich wieder unter Kontrolle hatte, nahm dieses Angebot an und Maren setzte sich in Bewegung Richtung Kaffeemaschine. Sie hatte den Raum gerade zur Hälfte durchquert, als die Eingangstür sich öffnete und eine Frau den Raum betrat. Mir stockte der Atem.

Charlotte Becker sah noch genauso aus wie vor sieben Jahren, als sie dasselbe Gymnasium wie ich besuchte: Schlank, braunes, kurzes Haar, federnder Gang, dunkelgrüne Augen, deren Blick mich schon damals umgehauen hatte und dem nichts zu entgehen schien. Beim Abiturball gehörten wir zu den letzten, die gingen. Wir hatten getanzt und ich war kurz davor gewesen, ihr ein Geständnis zu machen, als sie von ihrem Studium zu erzählen begann, das sie nach Münster bringen würde. Der Umzug stand schon in der nächsten Woche an und sie hatte eine selten günstige Wohnung übernehmen können. So ein Glück...

Und jetzt war sie wieder da, kam auf uns zu, blickte uns an und stockte kurz, als sie mich erkannte.
„Kriminalkommissarin Charlotte Becker", stellte sie sich uns lächelnd vor, „sind Sie die Zeugen, die den Toten entdeckt haben?"
„Sind wir", bestätigte Alex und trat nach vorn. Er schaute sie abwartend an und mir fiel auf, dass er gut einen halben Kopf kleiner war als sie.
„Aber tatsächlich gefunden hat ihn eigentlich Maren", fügte er hinzu.
„Und wer ist Maren?", wollte Charlotte wissen.
„Ist gerade nebenan und kocht ein Kaffeechen", erklärte Jean-Marie.
„Dann werde ich mit ihr anfangen", entschied Charlotte. „Ich werde Ihre Aussagen einzeln aufnehmen. Bleiben Sie solange bitte noch hier. Gibt es hier irgendwo ein Zimmer, das wir für die Aufnahme nutzen könnten?"
„Wir könnten den Erfassungsraum der Bibliothek nehmen", schlug ich vor.
Charlotte schaute mich an.
„Dann machen wir das. Fehlt uns nur noch die Hauptzeugin."
Wie aufs Stichwort kam Maren zurück durch die Tür, ein Tablett voller Kaffeebecher auf dem Arm.

Charlotte stellte sich ihr vor und erklärte, wie es weitergehen sollte.
„Aber zuerst trinken wir doch noch einen schönen Kaffee", sagte Maren flehentlich und keiner wollte ihr widersprechen. Charlotte bekam auch einen schnell herbeigeholten Becher. Während wir uns innerlich aufwärmten, sagte keiner ein Wort. Ich beobachtete Charlotte möglichst unauffällig und schließlich machten wir uns gemeinsam auf den Weg zum Erfassungsraum.

Die Befragungen dauerten nicht lange und ich kam als letzter an die Reihe.
Charlotte saß auf dem Stuhl vor dem PC und hatte ein Diktiergerät auf den Schreibtisch gelegt. Sie lächelte belustigt, als sie fragte:
„Und wie ist Ihr Name?"
Wir mussten beide lachen.
„Wie geht es Dir, Jo?", fragte sie schließlich.
Niemand sagte Johannes zu mir.
„Ganz prima – ich studiere Kommunikationsdesign und wenn alles gut geht, werde ich im nächsten Jahr fertig. Und Dir, wie geht es Dir?"
„Gut", sie schüttelte allerdings abwägend den Kopf dabei.
„Seit einem Vierteljahr bin ich Kriminalkommissarin und das hier wird wohl mein erster Mordfall. Und dann treffe ich Dich hier..."
„Ich freue mich jedenfalls", versicherte ich ihr.
„Ich mich auch", sagte sie zum Glück, um dann aber gleich professionell zu werden. Sie schaltete den Recorder ein.
„Zeuge Johannes Wassen, 14:35 Uhr. Wie haben Sie den Ablauf des Leichenfundes erlebt?"
Ich berichtete ihr, wie Maren den Brennraum betreten und den Ofen geöffnet hatte, unsere Reaktionen danach und das war es eigentlich auch schon.
Sie schaltete den Recorder ab.

„Wisst ihr eigentlich schon, wer das Opfer ist?", wollte ich wissen.
„Es steht noch nicht fest. Wir haben ein paar Hinweise - Indizien. Das wird gerade überprüft."
Sie sah lustig aus, wenn sie betont professionell wirken wollte - zumindest aus meiner Sicht.
„Wenn wir nicht gerade schon einen Kaffee getrunken hätten, würde ich Dich ja in die Mensa einladen..."
Sie schien darüber nachzudenken.
„Vielleicht ein andermal... Jetzt muss ich Dir noch die üblichen Fragen stellen. Ob Dir irgendetwas Besonderes aufgefallen ist zum Beispiel."
„Nein, es war ein Tag wie jeder andere. Es war niemand Fremdes in den Räumen. Wir kamen von der Mensa, wollten in der Werkstatt an unseren Objekten arbeiten, Maren wollte einen neuen Brand ansetzen. Nichts Besonderes also."
Ihr Handy klingelte und sie hielt es sich ans Ohr. Der Anruf dauerte nicht lange.
„Kennst Du einen Tristan Wagner?", wollte sie wissen, nachdem sie das Handy wieder verstaut hatte.
Ich wartete etwas mit der Antwort, weil in meinen Gedanken bei dieser Frage sofort eine Kette von Kombinationen in Gang gesetzt wurde.
„Ja, natürlich, er ist genauso Hiwi wie ich und arbeitet mit mir zusammen an der Erfassung der Bücher hier."
Ich zeigte mit beiden Händen auf die Bücherberge um uns herum und erklärte ihr kurz die Vorgehensweise.
„Ist er das gewesen? Das Opfer?", wollte ich wissen.
Charlotte schaute mir direkt in die Augen an und ich musste feststellen, dass dieser Blick mich immer noch ziemlich aus der Fassung bringen konnte.
Sie beugte sich zu mir vor, so dass ich ihr frühlingsduftendes Parfüm riechen konnte und flüsterte:
„Das darf ich nicht sagen – noch nicht."
Sie lehnte sich wieder zurück.
„Kannst Du Dir vorstellen – mal angenommen, es wäre Tristan Wagner – weshalb ihn jemand umbringen sollte?"

Ich dachte einen Augenblick lang nach.
„Er...war...eigentlich ganz beliebt. Etwas speziell, aber wer von uns Designern ist das nicht."
„War er mit jemandem zusammen?"
„Nein, nicht, dass ich wüsste. Es ging mal das Gerücht, dass er eine Freundin hier an der Hochschule hätte, aber genau weiß ich das auch nicht. Frag doch mal Jean-Marie, der müsste das besser wissen, der kennt jeden Tratsch."
Kurze Pause, dann lächelte sie, beugte sich wieder vor und noch einmal brach der Frühling aus.
„Und - hast du eine Freundin?"
Meine Überraschung dauerte nicht lange.
„Ist das jetzt eine professionelle Frage?"
„Ich muss das Umfeld der Beteiligten sondieren", erklärte sie ernsthaft.
„Na gut, wenn's der Wahrheitsfindung dient: Ich bin solo. Und Du?"
Sie beugte sich noch ein wenig weiter vor und ich war kurz davor, Heuschnupfen zu bekommen.
„Du weißt doch: Die Fragen stellt die Polizei", und damit lehnte sie sich wieder zurück. Schlagartig war es wieder Winter.
„Seit wann läuft dieses Bücherprojekt eigentlich?", fragte sie beiläufig.
Ich überlegte kurz.
„Seit ungefähr einem halben Jahr. Damals wurden Hiwis gesucht. Tristan, Ly und ich wurden genommen. Wir konnten alle den Job gut gebrauchen und interessant ist es auch noch."
„Und wie lange wird das noch dauern, bis Ihr alle Bücher erfasst habt?"
„Voraussichtlich noch mindestens ein weiteres halbes Jahr. Das ist eine große Sammlung."
Charlotte schaute aus dem Fenster, wo es jetzt wieder intensiver schneite.

„Aber jetzt – immer noch vorausgesetzt, es wäre Tristan Wagner – würde es noch ein Vierteljahr länger dauern..."
Ich hatte zu viele Krimis gelesen und gesehen, um jetzt nicht mitzudenken.
„Ein Vierteljahr länger Hiwi zu sein, wäre aber kein besonders starkes Mordmotiv für Ly oder mich."
Sie musste lachen.
„Jemand wie Du bringt auch sicher keinen Mitstudenten aus so einem Grund um – und dann auch noch auf diese Art und Weise."
Ich war fast beleidigt.
„Meinst Du etwa, ich hätte keine dunkle Seite?"
„Die Vernehmung ist beendet, mein Imperator."
Dieser leise Spott wirkte herausfordernd.
„Dann kommen wir zum privaten Teil: Wann treffen wir uns auf einen Kaffee oder Tee und wo?"
„Erst mal gar nicht, solange dieser Fall nicht gelöst ist. Vielleicht bist Du ja ein Verdächtiger?"
„Also könnte ich doch eine dunkle Seite haben?", stellte ich die Gegenfrage.
Sie kam mir wieder näher.
„Das werde ich herausfinden, mein Lieber."
Keine Ahnung, wonach sie genau duftete, aber es roch himmlisch und der Geruch der alten Bücher hatte keine Chance dagegen.
„Vorsicht, wer weiß, was Du da ans Licht bringst."
Jetzt beugte ich mich noch ein gewagtes Stück näher.
„Keine Angst – ich bin einiges gewohnt", sagte sie, lehnte sich zurück und griff in die Innentasche ihrer Jacke.
„Hier ist meine Visitenkarte. Ich schreib Dir noch meine Privatnummer mit auf – für dringende Fälle."
Ich nahm sie entgegen und verstaute sie in meinem Portemonnaie.
„Ich hab' leider keine Karte, aber meine Nummer hast Du ja schon aufgeschrieben." Sie stand auf.

„So, jetzt muss ich zurück ins Präsidium", sagte sie. „Hat mich wirklich sehr gefreut, Dich wiederzusehen, Jo."
„Mich auch, Lotte."
Wir gaben uns brav die Hand, dann ging sie zur Tür, winkte mir kurz zu und war verschwunden.

Nach diesem Interview blieb ich noch ein paar Minuten im Arbeitszimmer sitzen. Dieser Tag hatte es wirklich in sich gehabt.
Ziellos blickte ich mich um und versuchte, meine Gedanken zu sortieren, aber das führte zu nichts. Also verließ ich den Raum und ging noch einmal hinunter zur Mensa.
Aber meine Freunde waren nicht mehr da, die Bedienung hatte schon Dienstschluss. Wer jetzt noch etwas wollte, musste sich mit dem begnügen, was die Automaten hergaben.

Draußen war es dunkel geworden. Ich beschloss, nach Hause zu fahren und verließ das Gebäude.
Es hatte aufgehört zu schneien und auf meinem Fahrradsitz hatte sich eine rundliche Schneehaube gebildet. Sicher würde es nicht tauen. Mit noch warmen Fingern wischte ich die weiße Pracht von Sattel und vom Lenker.
War es tatsächlich noch kälter geworden als heute früh oder kam es mir nur so vor?
Ich schwang mich aufs Rad und bog in die Roßstrasse, wobei ich höllisch aufpassen musste, denn hier war der Räumdienst wohl noch nicht durchgefahren, so dass ich mich mit dem Rad in den von Autos freigefahrenen Spuren halten musste.
Ich fuhr allein durch die Straße Richtung Josefkirche, außer meinem Fahrrad hörte man fast kein Geräusch. Trotz meiner Winterkluft fror ich, besonders natürlich an den Fingern.

Und während ich mich in meine warme, kleine Wohnung wünschte, kroch dieser unabweisbare Gedanke in mir hoch, mir vorzustellen, wie sich Tristan wohl gefühlt haben musste, als er, eingesperrt im Brennofen, bemerkte, wie die Hitze mehr und mehr anstieg.
Bei dieser Vorstellung begann ich zu zittern und um mich abzulenken, trat ich besonders energisch in die Pedalen, was sich bei der nächsten Kurve schon rächte: Ich rutschte weg und landete, halb unter meinem Rad liegend, am Bordstein. Zum Glück war nichts ernsthaft beschädigt, aber mein linkes Knie schmerzte immerhin so sehr, dass ich meine gruseligen Gedanken gleich vergaß. Man weiß eben nie, wozu etwas gut ist.
So rappelte ich mich vorsichtig wieder auf und bestieg langsam, mit nasser Hose und nachlassendem Knieschmerz meinen Drahtesel.

Glücklicherweise war es nicht mehr weit bis nach Hause. Die Schneedecke dämpfte alle Geräusche, die Luft roch nach Autoabgasen und Kaminrauch. Es waren kaum noch Leute unterwegs, zumindest nicht zu Fuß. Die wenigen, die ich sah, duckten sich in ihre Schals und hielten ihre Hände in den Manteltaschen vergraben. Aus den Fenstern in den Häusern rechts und links entlang der Straßen leuchtete es heimelig, viele hatten noch die Weihnachtsdekoration im Fenster und in der Wohnung. Irgendein Paar stritt sich hinter Glas, jemand spielte Klavier. Mülltonnen mit gelben Deckeln und gelbe Müllsäcke standen auf den Bürgersteigen der Corneliusstraße, dick mit Schneehauben bedeckt. Sogar diese Sammlung von Unrat wirkte, durch Schnee verziert, naiv bezaubernd, selbst eine Stadt wie unsere konnte durch diese natürliche Dekoration an Charme gewinnen. Zwar stammte ich aus dieser kunstvergessenden Stadt, aber es fiel mir schwer, sie wirklich zu mögen. Andererseits hätte ich auch nicht genau sagen können, woran das lag. Ich nahm mir vor, gelegentlich genauer darüber nachzudenken – im

Augenblick verlangte allerdings die schwierige Heimfahrt meine ganze Konzentration.

Der Rest des Weges verlief dann ohne weiteren Zwischenfall und ich erreichte schließlich meine kleine Wohnung in der Lindenstraße. Das Schloss der in die Tage gekommenen Haustür öffnete sich leise quietschend und ich schob mein Fahrrad mit klammen Fingern geradeaus durch den Hausflur in den Hinterhof, wo ich es abstellte und mit einem besonders dicken Kettenschloss an einen an der Hauswand befestigten Eisenring anschloss, denn immerhin werden hier jährlich fast zweitausend Fahrräder gestohlen, was unsere Stadt unter die Top Vierzig der Raddiebstähle Deutschlands positioniert.
Leicht hinkend stieg ich in den dritten Stock, öffnete die Tür meiner Zweizimmerwohnung, die mich mit gut geheizt empfing.
Während ich meine Jacke und die Mütze auszog, kehrte mein Gruselgedanke, der mich vorhin aus der Bahn geworfen hatte, wieder zurück. Aber er hatte Pech, denn eine andere Überlegung nahm ihm die Kraft: Wer sagte eigentlich, dass Tristan noch am Leben war, als er im Ofen gebrannt wurde?
Zwar war das im Grunde immer noch fürchterlich, aber die Vorstellung, dass er die Hitze ja nicht mehr bewusst gefühlt haben musste, beruhigte mich ungemein.
Das würde allerdings bedeuten, dass er entweder in der Werkstatt oder vielleicht ganz woanders ums Leben gekommen sein musste.
Theoretisch eigentlich sogar noch nicht einmal in der Hochschule.

Ich bereitete mir einen Instantkaffee und schaute aus dem Fenster auf die weißen Dächer der Nachbarhäuser. Dann schaltete ich meinen Laptop ein. Im Internetforum der Hochschule gab es natürlich heute nur ein Thema. Auf der Polizeiseite stand nichts dazu, aber die

Lokalzeitung hatte das Thema schon im Netz, recht sachlich gehalten immerhin. Hauptkommissar Martin bat um Hinweise. Lotte kam nicht vor.

Was gab es denn noch für Möglichkeiten? Ein Unfall vielleicht? Aber dann hätte doch kein Anlass dafür bestanden, den Verunglückten im Ofen verschwinden zu lassen. Außerdem: Warum wurde überhaupt noch etwas von Tristan gefunden? Diese Öfen ließen sich bis zu eintausenddreihundert Grad hochheizen – das hätte gereicht, um am Ende nur noch ein unauffälliges Häufchen Asche übrig zu lassen. Wollte der Mörder, dass sein Opfer in diesem mumifizierten Zustand gefunden werden sollte?
Hatte er nicht gehofft, dass diese hohen Temperaturen nur noch ein paar Brösel übriglassen und sie am nächsten Morgen von irgendeinem ahnungslosen Studenten herausgefegt würden? Die Vermutung drängte sich mir auf, dass es entweder ein unkundiger Student oder gar kein Student gewesen sein konnte. Ein Außenstehender vielleicht, der den Toten erst von irgendwoher in den Brennraum gebracht hatte? Und andererseits: Woher hatte er oder sie – wer sagte denn eigentlich, dass der Täter nicht eine Täterin war? – dann aber Kenntnis vom Brennraum?
Selbstmord konnte man wohl ausschließen.

Zwar begannen meine Gedanken unter leichten Kopfschmerzen wie wild in meinem Kopf zu kreisen, was vermutlich auch meinem exzessiven Kaffeekonsum an diesem Tag zuzuschreiben war, aber ich konnte nicht leugnen, dass mich die Sache zu fesseln begann. Irgendwie musste ich es schaffen, mehr darüber zu erfahren. Ob es mir gelingen könnte, Charlotte dazu zu bringen, mich auf dem Laufenden zu halten? Auf jeden Fall wollte ich sie am nächsten Tag anrufen, um sie zu einem Kaffee einzuladen.

Und was wäre, fragte ich mich erschöpft kurz vor dem Einschlafen, wenn irgendein Irrer es auf Studenten wie mich abgesehen hätte?

2. Kapitel: Der Laden

Dem Herrn sei Dank, sie holt mich ab. Mein Rücken schmerzt vom Sitzen auf der harten Holzbank, jedoch was macht das schon, wenn ich unterdessen die kühnen Texte der Freunde lesen konnte und mich zur Belohnung am Ende dieser Höllenfahrt ihr unvergleichliches Lächeln erwartet? Ich werde sie malen, das ist gewiss. Schon immer habe ich davon geträumt. Doch nicht im Winter – im Sommer muss es sein, wenn die Farben brennen und das Blau des Himmels, das südliche Blau, den Hintergrund für ihr liebliches Gesicht bilden soll, das ich in neuen Farben erleuchten lassen will. Alsbald muss sie mich und die Freunde in meiner neuen Heimat besuchen.
Mit meinem Koffer und meiner Mappe komme ich kaum durch die Türe. Warum müssen die Züge immer so eng gebaut sein? Die Kälte ist schneidend und der bleigraue Rauch auf dem Bahnsteig schmeckt bitter...
Komm, lass Dich küssen, mein Engel...

Ohne den Wecker gestellt zu haben wachte ich am nächsten Morgen schon gegen sieben Uhr auf. Ich hatte wirres Zeug geträumt und war nass geschwitzt. Deshalb tat es gut, dem klammen Bettzeug zu entkommen und aufzustehen.
Ich schaute aus dem Fenster und blickte schräg herunter auf den weiß bedeckten Innenhof und die schneegebeugten Pflanzen vor dem Café, in dem ich im Sommer so gern saß. In diesem Augenblick fiel mir wieder ein, was geschehen war und alle Schläfrigkeit verflog augenblicklich.
Die Mensa öffnete erst um 7:45 Uhr, also füllte ich Wasser in meine Kaffeemaschine, legte den Papierfilter ein und füllte ihn mit zwei Löffeln gemahlenen Kaffees. Dann drückte ich den Startknopf, mit röchelnden Lauten erledigte die Maschine ihre Arbeit und der Duft des frisch gekochten Getränks breitete sich aus.

Um die Zeit zu überbrücken, nahm ich eine Blitzdusche und fühlte mich herrlich erfrischt, als ich mich anzog. An einem der Fenster hatte ich außen ein Thermometer angebracht: Elf Grad unter null.
Ich füllte meinen Becher zu gut drei Vierteln, goss etwas Milch nach und fügte noch zwei Löffel Zucker hinzu – dieses gemütliche Glucksen...
Die Bürgersteige waren noch nicht alle freigeschaufelt und man konnte es bis hier oben hin knirschen hören, wenn die Leute über den Schnee liefen. Auf meinem Schreibtisch lag mein Portemonnaie, in dem ich Charlottes Visitenkarte aufgehoben hatte. Sollte ich sie wirklich anrufen? Gestern Abend war ich mir ja sicher gewesen. Vielleicht wäre es aber doch besser, das noch einmal zu überdenken, sagte ich mir.

Unentschieden nippte ich an meinem Becher, kam aber zu keiner Entscheidung. Zur Ablenkung schaltete ich den Fernseher ein. Es war Nachrichtenzeit und auf allen Sendern wurde man wie immer durch Katastrophen, Verbrechen und schlechte Neuigkeiten auf den Tag eingestimmt. Selbst wenn diese nicht in Deutschland oder Europa zu finden waren, dann wurden sie von den eilfertigen Schreiberlingen aus dem entferntesten Winkel der Welt herbeigeschnüffelt. „Man gibt sich große Mühe, uns bei Stimmung zu halten", hatte Tristan letztens noch gesagt. Ob man sich jetzt sicher war, dass er das Opfer war?
Meine Neugier sorgte dafür, dass ich meinen Kaffee schneller trank und meine Unterlagen zusammensuchte, um möglichst schnell zur Hochschule zu kommen, wo es vielleicht neue Informationen zu erfahren gab.
Schließlich war ich so weit: Ich setzte meine Schiebermütze auf, zog die Lederstiefel an, dann meine gut gefütterte Jacke, vergaß diesmal auch nicht, die Handschuhe mitzunehmen und verließ meine Dachwohnung.

Immerhin waren die Straßen schon befahrbar. Die klare Luft tat mir gut und blies den letzten Rest von Müdigkeit fort. Ein paar Leute hatten im Dunkeln begonnen, den Schnee lautstark vom Bürgersteig zu kehren, ein Mann in Jogginghose fluchte in einer Sprache, die ich nicht verstand. Türkisch hätte ich erkennen können, leben doch fast zehntausend Türken in unserer Stadt. In einer knappen Viertelstunde erreichte ich die Hochschule, diesmal ohne vom Rad zu fallen.

Es war kurz nach acht, als ich die Mensa betrat, doch als ich mit einem Blick sah, dass noch keiner meiner Freunde an einem der Tische saß, kehrte ich wieder um und ging zum Bücherraum. Anstatt in der fast leeren Mensa zu warten konnte ich genauso gut arbeiten.
Als ich dort angekommen meine Jacke auszog, fiel mir gleich mit Bedauern auf, dass der Duft von Charlottes Parfüm spurlos verflogen war.
Ich schaltete den PC ein und schaute aus dem Fenster, während er hochfuhr. Draußen war es immer noch nicht richtig hell, aber ohne das Schneegestöber auf jeden Fall nicht mehr so zauberhaft wie gestern.
Ein wenig enttäuscht drehte ich mich wieder um und bemerkte, dass die Bücherstapel eigentlich ziemlich unordentlich im Raum verteilt waren und weil ich noch keine Lust auf die Erfassung hatte, überlegte ich mir, wie ich dem Ganzen etwas mehr Ordnung verleihen könnte, um mir die Arbeit zu erleichtern. Besonders die Bücher und Papiere, die Tristan aufgehäuft hatte, bildeten ein wirres Durcheinander. Ob die Polizisten hier schon nach Hinweisen geforscht und diese Unordnung hinterlassen hatten? Ich hätte Charlotte fragen können...

Rechts und links von Tristans Dokumentenstapel standen etliche Kisten, die zum Teil noch gar nicht geöffnet worden waren. Auf dem Tisch daneben hatte er, soweit es ging, seine Stapel gebildet, von denen einige stark einsturzgefährdet aussahen. Deshalb rückte ich diese so zurecht, dass sie mehr Stabilität bekamen und verbrachte mit dieser eher mechanischen, mich aber sehr gut ablenkenden Tätigkeit einige Zeit.

Der PC war mittlerweile einsatzbereit und ich überlegte, wie ich am besten weitermachen könnte. Ich beschloss, mir eine von Tristans bereits geöffneten Kisten vorzunehmen und geeignete Bücher meinem babylonischen Turm hinzuzufügen, der noch einigen Aufbau verkraften konnte, ohne dass ein Umfallen zu befürchten war.

Leider enthielt sie weder einen bibliophilen Schatz noch einen mit Blut hingekritzelten Zettel mit dem Namen des Mörders oder so etwas, stattdessen vor allem nur den Geruch von altem Papier. Immerhin aber fand ich darin ein paar interessante Alben mit Fotos aus den dreißiger Jahren des zwanzigsten Jahrhunderts. Stadtaufnahmen, Gruppenbilder mit und ohne Dame, auch mit Hakenkreuzfahnen beflaggte Häuser waren darunter. Manche Fotos waren mit einem Kommentar versehen. Neben einem rauchenden Gebäude stand beispielsweise: „10. November 1938 – Die Synagoge brennt" oder neben einem Schwarzweiß-Foto von einem Raum mit Wandbildern: „Fresken Thorn-Prikker-Saal im Kaiser-Wilhelm-Museum vor Verbau".
Ich erfasste also einige Alben und weil ich mir die Fotos teilweise genauer anschaute, kam ich in einer Stunde nicht besonders weit voran. Ein Blick in die Kiste: Recht viele Bücher, Kladden und Zeitschriften waren noch übrig geblieben. Ich klappte den Pappdeckel zu und schaute mich um. Für meine weitere Arbeit stellte ich noch zwei bereits geöffnete Kisten von Tristans Platz neben meinen Tisch und fand, dass mittlerweile die richtige Zeit erreicht wäre, noch einmal und mit wohl

größerem Erfolg in der Mensa nach meinen Freunden Ausschau zu halten.

Und tatsächlich: Ly und Alex saßen in dem gut besetzten Saal unter dem künstlichen Lichterhimmel am Fenster und unterhielten sich angeregt. Ich holte mir einen Kaffee Latte und setzte mich zu ihnen.
„Konntest Du auch so schlecht einschlafen?", wollte Ly wissen, doch hätte sie das nicht gesagt, hätte ich es ihr nicht angesehen.
„Eigentlich schon, aber ich habe jede Menge Quatsch geträumt", gab ich zur Antwort.
„Ich habe kein Auge zugemacht", behauptete Ly und nahm einen großen Schluck Tee. Heute trug sie einen knallroten Pullover und einen schwarzen, kurzen Rock aus dem ihre Beine in schwarzen Strumpfhosen herausschauten und den Blick auf rote Stiefel lenkten.
„Und du, Alex?", sprach ich ihn an.
Wie immer auf Ordnung bedacht, rückte er erst einmal seine Brille zurecht.
„Ich habe auch nicht besonders gut schlafen können. Ich musste immer daran denken, was einen Menschen wohl so weit gebracht haben könnte, jemanden wie Tristan auf diese Art umzubringen."
Ich blickte ihn verblüfft an und Ly stockte mitten im Gähnen.
„Woher weißt du, dass es Tristan war?"
„Es kam heute im Radio – auf Welle Niederrhein", klärte er mich auf.
„Woher die das wohl wissen?", fragte ich mich laut.
„Keine Ahnung, aber von der Polizei wahrscheinlich", vermutete Alex.
„Tristan war immer so nett und hilfsbereit. Im letzten Semester hat er mir mit meinem Rhino-Entwurf geholfen", erinnerte sich Ly und blickte nach draußen, weil sich ihre Augen mit Tränen füllten.
„Das hat er aber nicht bei jedem gemacht", warf Alex spontan ein.

„Maren hat sich mal tierisch aufgeregt, dass er ihr das Monstertaufbecken nicht in 3D entworfen hat, das sie sich ausgedacht hatte. So musste sie sich tatsächlich selbst mit dem Programm beschäftigen", fügte Alex mit einem für ihn ungewöhnlichen Anflug von milder Schadenfreude erläuternd hinzu.
„Er hat immer sehr gewissenhaft gearbeitet", konnte ich mich erinnern.
„Wir haben vor zwei Semestern ein Referat über Picassos keramisches Werk zusammen geschrieben", sagte ich. „Unglaublich, was er alles gelesen hat, bevor wir endlich mit dem Schreiben anfangen konnten. Aber es war ein Super-Referat - Einskommazwei."
„Ich erinnere mich", warf Ly jetzt wieder gefasst ein, „ich habe kaum etwas verstanden."
Alex und ich blickten sie verblüfft an, denn Ly war eigentlich eine sehr gute Studentin.
„Damals konnte ich noch nicht besonders gut Deutsch", präzisierte sie ihre Aussage und Alex musste lachen, weshalb Ly ihn irritiert anschaute.
„Jo dachte schon, sein Referat wäre nicht zu verstehen gewesen", erklärte er ihr jetzt und plötzlich verfinsterte sich sein Blick, jedoch nur kurz.
Ich schaute mich um und sah, dass Maren in Begleitung von Jonas von der Weide auf uns zukam.
„Da ist ja meine allerliebste Asiatin!", tönte es schon von weitem und allein für diese Begrüßung erntete er von Alex einen vernichtenden Blick, der aber völlig ohne Effekt an ihm abperlte. Lys Wangen liefen sofort rot an. Breitbeinig setzte er sich neben sie und schaute sie unverschämt grinsend an.
„Und wie hat meine Prinzessin diese kalte Winternacht verbracht?", fuhr er auf gleichem Niveau fort.
Maren, die sich neben ihn gesetzt hatte, verdrehte verzweifelt die Augen und holte hörbar Luft.
„Wahrscheinlich hat Max die Wohnung gut geheizt", fuhr sie ihm dazwischen, was ihn aber nicht sichtbar beeindruckte. Stattdessen beugte er sich Ly entgegen,

wobei sein Markenzeichen, eine Krawatte, fast in ihrem Becher gelandet wäre und zwinkerte ihr verschwörerisch zu.
„Und es soll noch kälter werden, meine Lotusblüte. Also wenn es dir zu kalt werden sollte und du mal so richtig aufgewärmt werden willst..."
Maren bedeckte ihre Augen mit der linken Hand und jetzt holte Alex tief Luft.
„Sie hat nicht besonders gut geschlafen, weil sie Tristans Tod so beschäftigt hat", erklärte er dann aber doch gewohnt beherrscht und bewundernswert sachlich.
Jonas blickte – immerhin – irritiert und hielt für einen Augenblick inne.
„Ach so, stimmt ja – weiß man denn schon irgendetwas?", wollte er dann doch wissen.
„Keine Ahnung", sagte ich und zuckte mit den Schultern, bevor ich in die Runde fragte: „Haben sie eigentlich noch mehr Einzelheiten im Radio gemeldet?"
„Nein, keine Einzelheiten", antwortete Alex, „nur, dass die Untersuchungen mit Hochdruck vorangetrieben werden."
„Dann können wir wohl nur abwarten, bis die Sherlocks von der Polizei das Geheimnis lösen", schloss Jonas mit abfälligem Unterton.
„...und hoffen, dass nicht einer von uns der nächste ist", ergänzte Maren und grinste ihn mit halb geschlossenen Augen vielsagend an. Er schaute beunruhigt zurück, aber dann schwenkte sein Blick abrupt Richtung Eingang.
„Achtung, Delius und Dorm im Anmarsch."

Die beiden Dozenten betraten mit angespannten Gesichtszügen den Raum und liefen geradewegs auf den Getränkeautomaten zu. Bis sie einen nicht allzu weit entfernten Tisch ansteuerten, sagte keiner ein Wort, beide blickten zunächst verbissen auf ihre Teller. Doch kaum hatten sie sich gesetzt, begannen sie eine hitzige Diskussion, von der wir leider kein Wort mitbekamen.

„Ob sie sich um die Planstelle streiten?", vermutete Maren, die immer ein offenes Ohr für Unitratsch hatte.
„Vielleicht, aber vielleicht geht es auch wieder mal um eine künstlerisches Thema", gab ich zu bedenken.
„Ich würde Dorm behalten", outete sich Maren, „der hat doch einen ganz anderen Schwung als Delius."
„Und sieht auch besser auch, mit seinen schwarzen Löckchen und seinem schicken Anzug", spöttelte Jonas, der unbestritten „der hässlichste Mann der Universität" war, wie es Maren einmal auf den Punkt gebracht hatte.
So tauschten wir noch eine Zeitlang das Für und Wider beider Dozenten aus, ohne auf einen eindeutigen Favoriten zu kommen, bis wir irgendwann feststellten, dass es Zeit für die erste Veranstaltung war.

Alex und ich hatten denselben Zeichenkurs belegt und so liefen wir gemeinsam die hellen Flure entlang zum Seminarraum, in dem uns eine angenehme Wärme empfing, was vielleicht auch mit dem Thema zu tun hatte. Heute stand Aktzeichnen an, was mir nicht besonders lag, egal wie gut proportioniert das Modell war. Aus irgendeinem Grund stimmte meistens die Perspektive nicht so richtig.

Direkt am Eingang trafen wir Jean-Marie, der uns sofort heftig zuwinkte. Er belegte Aktzeichnen, seit er die Hochschule besuchte, allerdings ohne besondere Fortschritte zu machen.
„Da gibt es Modelle, die sind der Hammer", erklärte er Maren, der im vorigen Semester seltsam vorgekommen war, dass er denselben Kurs wieder und wieder besuchte und die ihn in ihrer direkten Art auch gleich auf den Grund dafür angesprochen hatte.

Die Dozentin Frau Dr. Klang konnte uns die Prinzipien der Bleistift- und Kohlezeichnung ziemlich gut erklären und so musste ich bald feststellen, dass ich mich im Gegensatz zu Jean-Marie trotz allem relativ gut auf diesem Gebiet weiterentwickelt hatte, seit ich an ihrem Kurs teilnahm.
„Proportionen, Perspektive und Licht sind das A und O der Zeichenkunst", pflegte sie zu betonen.
Auch Alex war voll des Lobes für die charmante Mittdreißigerin und ich hatte ihn im Verdacht, dass er sie nicht nur in professioneller Hinsicht bewunderte.
„Habt ihr schon gehört, wer der arme Kerl im Ofen war?", flüsterte uns Jean-Marie seine Hände schüttelnd zu, so als hätte er sich die Finger verbrannt.
Wir nickten und bedeuteten ihm zu schweigen, holten unsere Zeichenstifte heraus und begannen mit unseren Übungen.

Heute war das Modell eine brünette, vollschlanke Frau Mitte vierzig, die unbekleidet und mit hochgezogenem rechten Bein auf einem Drehhocker saß, sehr zum Unmut von Jean-Marie, der sie geradezu feindselig ins Visier nahm.
Zuerst zeichnete ich ein paar Ankerpunkte, die die Proportionen an den hoffentlich richtigen Stellen festlegten. Als nächstes versuchte ich, die Hauptkörperteile in ihren Grundformen hoffentlich perspektivisch korrekt darzustellen. So arbeitete ich mich Schritt für Schritt dem Ziel entgegen, vom Groben zum Detail.
Als ich das Gesicht genauer fassen wollte, fiel mir auf, dass mich ihre Nasenpartie an irgendwen erinnerte.
„Das sieht ja schon ganz gut aus", wurde ich aus meinen Gedanken gerissen.
Frau Dr. Klang war unbemerkt hinter mich getreten und hatte sich meinen Versuch angeschaut. Sie beugte sich nach vorn über meine Zeichnung, wobei ihr langes, schwarzes Haar fast das Blatt Papier berührte.

„Achte noch mehr auf die Verteilung von Licht und Schatten. Wo liegt der dunkelste Punkt, wo ist es am hellsten? Jetzt musst du anfangen, durch behutsames Setzen der Schatten den Körper zu modellieren."
Ich nickte zustimmend.
„Klar, danke, ich seh's, das passt hier noch nicht richtig", stimmte ich zu.
„Schauen Sie doch mal hier", warf sich Jean-Marie dazwischen und die Dozentin blickte prüfend auf seinen Versuch.
„Da gibt es immer noch viel zu tun, Jean-Marie", stellte sie bedauernd fest.
„Ach, wirklich", sagte er ehrlich enttäuscht, um auch gleich abzuschweifen: „Haben Sie schon das Neueste über den Mord gehört?"
Er machte eine kurze Kunstpause, gerade so kurz, dass niemand das Gespräch übernehmen konnte.
„Ich war übrigens dabei, als der arme Tristan gefunden wurde", sagte er und zog wie beiläufig seinen lachsroten Pullover zurecht.
Die Reaktion der Dozentin fiel allerdings nicht wie erwartet aus.
„Tristan Wagner?"
Sie war blass geworden, offensichtlich hatte sie noch nicht erfahren, wer das Opfer wirklich war.
„Aber ja doch", trumpfte Jean-Marie auf, woraufhin er einige missbilligende Blicke der anderen Studierenden erntete, die sich von ihm gestört fühlten.
„Kam heute früh im Radio", fuhr er unbeirrt fort.
Dr. Klang schien zu überlegen, dann schüttelte sie langsam den Kopf, wobei ihr eine ihrer langen, schwarzen Haarsträhnen ins Gesicht fiel.
„Das habe ich nicht gewusst..."
Sie wand sich ab, ging zu ihrem Schreibtisch und setzte sich, offensichtlich tief in Gedanken versunken.
Alex und ich blickten uns an, ich zuckte verständnislos mit den Schultern. Da aber der Grund für die Wirkung,

die diese Nachricht auf sie gehabt hatte, nicht zu erkennen war, wandten wir uns wieder unseren Skizzen zu.

Bis zum Ende des Kurses verließ Dr. Klang ihren Platz nicht mehr. Sie beendete die Veranstaltung pünktlich, verabschiedete sich kurz und verließ mit schnellen Schritten den Raum. Unser Modell schlüpfte in einen weißen Bademantel und verschwand hinter einem Paravent in der Ecke, um sich wieder anzukleiden.
„Hat die Gute ganz schön mitgenommen", stellte Jean-Marie etwas kühl fest und zog sich seinen Mantel an.
„Wenn ich mich richtig erinnere, hatte Tristan im letzten Semester den Zeichenkurs bei ihr. Sie hat ihn gut gekannt", warf Alex mit gesenkter Stimme ein.
„Jaja, gut und schön – aber wie wäre es jetzt mit lecker Mittagessen?", wechselte Jean-Marie ungeduldig das Thema.
Wir waren natürlich einverstanden, packten unsere Utensilien ein und während wir an der langen Fensterwand entlang Richtung Mensa liefen, fiel mir endlich ein, an wen mich die Nase des Modells erinnert hatte. Ich schaute in mein Portemonnaie, ob ich Charlottes Karte mitgenommen hatte.

Mittlerweile war es nicht nur hell geworden, die Wintersonne schien sogar von einem metallblauen, wolkenlosen Himmel, als wir wieder einmal in der Mensa mit unseren Tabletts in den Händen an den Speiseangeboten entlangtrotteten. Das Essen hier war gut und günstig, weshalb ich meistens nicht selbst kochte und mich hier versorgte.
Diesmal war leider kein Fensterplatz mehr zu haben und so nahmen wir einen Tisch in der Nähe des Eingangs. Wir hatten gerade zu essen begonnen, da kamen Maren, Ly, Jonas und Herr Egger in den Speisesaal.
Als er sich zu uns setzte, war ihm anzusehen, dass er aufgeregt war, denn sein Gesicht war bis in die Glatze hinein stark gerötet.

„Wissen Sie schon was Neues, Herr Egger?", wollte ich wissen.
„Nur, was durch die Medien geht: dass gestern Nacht ein Student in meinem Brennofen zu Tode gekommen ist – in meinem Brennofen - und dass es sich dabei um Tristan Wagner handelt. Die Polizei kommt heute Nachmittag ins Haus und will mit mir sprechen."
Sein grauer Vollbart, der sein mächtiges Kinn umrahmte, zitterte und er rückte immer wieder seine schlecht geputzte Brille mit den kreisrunden Gläsern zurecht.
„Und haben Sie etwas zu verbergen, Herr Egger?", scherzte Maren, die neben ihm saß.
„Eigentlich nicht", und der graue Mann blinzelte heftig hinter seinen Brillengläsern.
„Na gut, der Ofen hatte schon einen leichten Defekt, aber die nächste Inspektion war schon für übernächste Woche fest eingeplant. Ich war ja schließlich angehalten, die Inspektionsintervalle möglichst lang zu halten, wegen der Kosten. Das wird mir doch wohl hoffentlich keiner zum Vorwurf machen, oder?"
Er blickte uns hilfesuchend an.
„Was für ein Defekt war das denn?" fragte ich ihn, nachdem alle beruhigend die Köpfe geschüttelt hatten.
„Ungefähr einmal in der Woche hatte der Ofen Aussetzer, dann fiel die Temperatur stark ab, aber nach einem Neustart lief es dann wieder einwandfrei."
Er strich sich nervös über den Schädel.
„Glaube ich nicht, dass Sie deshalb Ärger kriegen können", meinte Alex beruhigend nüchtern.
„Im Gegenteil: Wenn der Ofen ausgefallen wäre, hätte Tristan vielleicht ja noch eine Chance gehabt. Und mehr als regelmäßige Wartungstermine zu vereinbaren, können Sie ja wirklich nicht machen. Was können Sie dafür, wenn an allen Ecken und Enden gespart wird und die Intervalle immer länger werden sollen?"
Herr Egger kraulte genüsslich seinen Vollbart.

„Stimmt eigentlich", sagte er schließlich und mit sichtlicher Erleichterung.

Mir war etwas aufgefallen und so entschuldigte ich mich kurz bei den anderen und ging aus dem Saal in die Eingangshalle, wo ich mein Handy herausholte und Charlottes Nummer eintippte.
Ihr Anschluss war besetzt und ich musste ihr eine Nachricht auf dem Anrufbeantworter hinterlassen.
„Hallo Charlotte, hier ist Jo. Können wir uns vielleicht treffen? Ich habe da vielleicht eine Kleinigkeit herausgefunden, die ich dir gern mitteilen würde. Ruf mich doch bitte zurück. Tschüss."

Als ich zurückkam, unterhielt man sich am Tisch gerade darüber, was man in diesem Jahr auf dem jährlich stattfindenden Pottbäckermarkt als Beitrag der Hochschule präsentieren sollte. Während Maren mehr zu großen, praktischen Objekten wie Taufbecken tendierte und Jean-Marie mehr die dekorative Fraktion vertrat, wollte Herr Egger den künstlerisch anspruchsvollen Ansatz in den Vordergrund stellen.
„Das kauft dann wieder kein Schwein", kommentierte Jonas diese Auffassung und handelte sich einen finsteren Blick des Werkstattmeisters ein.
„Das müssen wir sowieso mit Herrn Delius abstimmen, der ist in diesem Jahr dafür verantwortlich", beendete Egger die Diskussion.

In diesem Augenblick klingelte mein Handy – es war Charlotte.
„Hallo Jo, was gibt es?", kam sie direkt zum Thema.
„Ach ja, ich wollte dich fragen, ob wir uns heute noch treffen könnten, weil mir da etwas aufgefallen ist, worüber ich noch mit Dir sprechen sollte."
Alle Augen richteten sich höchst interessiert auf mich.
„Und warum geht das nicht am Telefon?", wollte sie wissen.

Die Frage war berechtigt, aber ich wollte meine Überlegung nicht in Anwesenheit aller anderen preisgeben.
„Das kann ich dir jetzt nicht erklären", wich ich aus. „Hättest du vielleicht zwischen zwei und vier Zeit?"
„Ich habe die Nacht in der Polizeistation verbracht und kann das Präsidium für heute echt nicht mehr sehen. Außerdem müsste ich bald unbedingt unter die Dusche und dann ins Bett."
Sie klang ziemlich geschafft, aber ich wollte trotzdem nicht aufgeben.
„Wie wär's im Café an der Mediothek? Das ist ja nicht weit vom Präsidium entfernt", schlug ich vor.
„Dann musst du nicht weit gehen und wir können uns außerhalb der Hauptwache unterhalten. Es wird auch nicht lange dauern."
Das Interesse der Mithörer wurde mit jedem Satz größer.
„Einverstanden. Um zwei im Café."
„Bis dann."
Alle schauten mich gespannt an, aber ich hatte keine Lust, sie in meine Überlegungen einzuweihen.
„Man trifft sich mit der Polizistin im Café?", fragte schließlich Jean-Marie noch betonter als sonst und fügte gleich hinzu:
„Weil Dir etwas aufgefallen ist?"
Er hätte nicht aufgehört nachzubohren, daher beschloss ich, es mit der halben Wahrheit zu versuchen:
„Na ja, sie ist eine alte Schulfreundin und ich wollte sie wiedertreffen – da hat sich das doch als Grund irgendwie angeboten, oder?"
„Sehr geschickt", bestätigte Jean-Marie ironisch und Maren verdrehte die Augen.
Jonas schüttelte heftig und vorwurfsvoll den Kopf.
„Man fängt doch nichts mit einer Bullin an."
Er übertraf sich mal wieder selbst und Maren blickte hilfesuchend hoch zu den künstlichen Heiligenscheinen an der Mensadecke, hoffte aber vergeblich auf himmlischen Beistand.

Mit einem Blick auf meine Uhr stellte ich fest, dass es schon Viertel vor zwei war.
„Bis morgen – ich muss los“, sagte ich im Aufstehen.
Als ich durch die Glastür die Mensa verließ, konnte ich mir lebhaft vorstellen, was sich jetzt hinter mir am Tisch abspielte.

Während ich Richtung Mediothek oder - wie es früher einmal hieß - Richtung Stadtbibliothek radelte, stieg meine Stimmung fast mit jeder Umdrehung der Pedalen, obwohl ich den eiskalten Gegenwind ins Gesicht bekam. Ich hatte einen, zugegeben nicht gerade genialen Grund gefunden, Charlotte zu einem Treffen zu überreden und freute mich, dem Wetter entsprechend, wie ein Schneekönig darauf.
Bald hatte ich den Theaterplatz erreicht, sogar fünf Minuten zu früh. Mein Rad schloss ich an einem der Fahrradständer direkt vor der automatischen Medienrückgabe-Klappe ab und ging nach rechts Richtung Stadttheater, bog dann aber davor an der Ecke des Bibliotheksgebäudes links Richtung Café-Eingang ab.
Von den zahlreichen Drogenabhängigen und Obdachlosen, die sich sonst immer auf dem Platz aufhielten, war heute nicht viel zu sehen. Sie hatten sich in die Nebeneingänge und geschützten Winkel des Seidenweberhauses oder den eigentlich zugesperrten Tunnel unter dem Ostwall zurückgezogen, wo sie vor dem schneidenden Wind etwas geschützt waren. Wo würden sie wohl Schutz suchen, wenn der wabenartige Betonblock aus den siebziger Jahren abgerissen würde, worüber gerade wieder einmal heftig diskutiert wurde, denn während die einen diesen Klotz für ein Architekturbeispiel des „Beton Brut“ hielten, fanden die anderen, dass das Bunkerartige Gebäude trotz der Graffiti-Verschönerungen am besten durch ein ansehnlicheres Gebäude ersetzt werden sollte.
Auf dem Weg zum Eingang ging ich an der Statue des Dichters Dante Alighieri vorbei, die erst seit kurzem an

diese prominente Stelle gesetzt worden war, nachdem einige engagierte und kunstbewusste Bürger sich dafür eingesetzt hatten, dass dieses Kunstwerk aus dem Hinterhof des Cafés hervorgeholt werden sollte, wo es dem Publikum nicht zugänglich gewesen war. Daneben stand ein Blumenkübel bislang noch ohne Bepflanzung, der dem Weg zum Café im Frühling sicher ein noch freundlicheres Erscheinungsbild verleihen würde.

Ich betrat das Café, es duftete nach Tee, Kaffee, Gebäck und Sandwiches und ich fing sofort an aufzutauen. Ein kurzer Blick in die Runde und ich entschied mich für einen der beiden Tische auf der kleinen Empore, die man über sieben Stufen erklimmen konnte. Die schwarzen Ledersessel dort waren angenehm weich und ich nahm neben zwei ungefähr einen Meter hohen Detektivfiguren Platz, die mich immer wieder an die Blues Brothers erinnerten. An zwei Wänden waren monochrome Gemälde aufgehängt, eine Ausdrucksform, die mich allerdings noch nie begeistern konnte. Trotzdem verliehen die rot-orangen Tonvariationen dem zwanglos elegant eingerichteten Raum zusätzliche Glanzpunkte.
Mit meiner Bestellung wollte ich noch warten, bis Charlotte eingetroffen war.

Als sie den Raum betrat, winkte ich ihr von meiner erhöhten Position aus zu und trotz ihres Nachtdienstes kam sie immer noch schwungvoll die Treppen herauf.
Sie begrüßte mich auf französische Art mit zwei Küsschen auf die Wangen und schon duftete die Welt wieder nach Frühling.
Sie sah wirklich ziemlich abgekämpft aus, aber aus irgendeinem Grund verlieh das ihrem Gesicht noch mehr Charakter.
„Schön, dass du trotzdem gekommen bist", fing ich an.
Sie schaute mich aus ihren übermüdeten Augen heraus etwas erstaunt an.

„Aber klar doch – du hast es ja auch sehr spannend gemacht."
Sie ließ sich in den freien Sessel sinken.
„Also, was gibt es Wichtiges?"
„Möchtest du etwas trinken?", fragte ich, bevor ich zur Sache kommen wollte. Sie überlegte nur kurz.
„Ja, einen Pfefferminztee, bitte, jetzt keinen Kaffee mehr."
Ich winkte die Bedienung herbei und gab unsere Bestellung, zwei Tassen Pfefferminztee, auf.
„Die Sache ist die", begann ich langsam, „hast du dich nicht gefragt, wieso wir überhaupt noch etwas von der Leiche gefunden haben?"
Sie lächelte verständnislos.
„Habt ihr denn aufgenommen, auf wieviel Grad der Brenner eingestellt war?"
„Auf die höchste Stufe", kam die Antwort wie aus der Pistole geschossen.
Ich nahm einen Schluck Tee.
„Wenn der Brennofen wie beim Porzellanbrand auf eintausenddreihundert Grad eingestellt gewesen wäre, wäre von Tristan wohl nur noch ein Eierbecher voll Beweismittel übrig geblieben, was doch wohl aus Sicht des Täters oder der Täterin ein klarer Vorteil gewesen wäre."
„Richtig", stimmte sie mir zu, „aber daraus kannst du nicht ableiten, dass der Täter oder die Täterin ein Kenner der Materie ist. Genauso gut kann jemand, der keine Ahnung von dieser Technik hat, einfach die Höchsttemperatur eingestellt haben, vielleicht sogar nur zufällig."
Der Tee wurde gebracht und wir tranken vorsichtig einen ersten Schluck.
„Aber das erklärt nicht, weshalb wir noch so viel von dem Opfer vorgefunden haben."
Ich beugte mich vor.
„Die Erklärung ist ganz einfach", begann ich leise, um zugegebenermaßen ihre Spannung zu steigern.

Sie hob ihre müden Augenlider interessiert.
„Also, Herr Egger, der Werkstattmeister, hat heute erzählt, dass der Ofen schon seit langem nicht mehr gewartet wurde und dass er bereits Aussetzer hatte, die dazu führen, dass die eigentlich eingestellte Temperatur nicht erreicht wird. Erst ein Neustart hat bisher das Problem immer für einige Zeit wieder behoben."
Sie dachte kurz nach.
„Das würde zumindest erklären, warum vom Opfer noch etwas übrig blieb, selbst wenn es sich um einen erfahrenen Brennofen-Benutzer gehandelt hat, der ganz bewusst oder unbewusst die Höchsttemperatur eingestellt hat."
„Genau", stimmte ich ihr im Glauben, einen wichtigen Beitrag zur Lösung des Falles beigetragen zu haben, zu.
„Das schränkt aber den Täterkreis auch nicht gerade ein", gab sie mit einem schwachen Lächeln zu bedenken.
Mir wurde so langsam klar, dass mein Hinweis eigentlich gar keiner war und nur die Frage nach den noch vorgefundenen Überresten beantwortete.
„Da hast du eigentlich auch recht", gab ich etwas geknickt zu.
Sie schaute mich wohlwollend an.
„Immerhin, Jo – es ist schön, dass du helfen wolltest."
Sie nahm einen großen Schluck und ich tat es ihr gleich, weil mir im Moment nichts mehr einfiel. Sie schaute zur Bedienung, die sofort freundlich lächelnd zu uns hoch kam.
„Lass mal", sagte ich, bevor sie ihr Portemonnaie hervorgezogen hatte, „wenn ich dir schon die Zeit gestohlen habe, zahle ich wenigstens den Tee, ja?"
Sie lachte amüsiert.
„Eigentlich war das ja recht nett von dir gemeint, Jo."
Meine Stimmung sank in den Keller. War „nett" nicht der kleine Bruder von „doof"? Ich zahlte, wir gingen gemeinsam die sieben Stufen hinab und verließen das wohltemperierte Café.

Am Fahrradständer um die Ecke verabschiedeten wir uns. Ich war immer noch ziemlich zerknirscht, was sie natürlich bemerkte.
„Weißt du was, Jo? Wenn ich wieder ausgeschlafen bin, machen wir nochmal ein Date aus und dann reden wir ganz gemütlich über irgendetwas anderes. Einverstanden?"
„Klar – gern", war das einzige, was mir in meiner Verblüffung einfiel.
„Wir sehen uns", und sie verabschiedete sich von mir, wie sie mich begrüßt hatte. Dann verschwand sie im Eingang der Tiefgarage.

Ich zog meine Mütze in die Stirn und ging die wenigen Schritte bis zum Eingang der Mediothek. Ich hatte noch keine Lust, direkt nach Hause zu fahren und mir war eingefallen, dass ich mir noch ein paar Hörbücher ausleihen wollte.
Ich passierte die Informationstheke am Eingang und ging links die schräge Ebene hinauf zu den Regalen mit den Hörbüchern, vorbei an Zeitung lesenden Rentnern und recherchierenden Studentinnen, wo ich nach kurzem, ziellosen Suchen vor den Regalen mit den Krimihörspielen stehen blieb. Vielleicht konnte ich meinen kriminalistischen Scharfsinn dadurch steigern, dass ich von den Meistern lernte? Ich las mir die Beschreibungen von etlichen Hörspielen durch und wählte am Ende die aus, deren Cover mir am besten gefiel, weil ich mich aufgrund der Werbetexte nicht entscheiden konnte. Mit einem Korb voller CD-Boxen schlenderte ich die barrierefreie Rampe wieder hinunter und blickte dabei kurz auf die hohe weiße Wand über der Information, die von einer Bücher-Installation des Objektkünstlers Hubertus Gojowczik geschmückt wurde. Dorm hatte mal erwähnt, dass Gojowczik, der seit den sechziger Jahren als Lehrer in unserer Stadt tätig gewesen war, seine Objekte schon

auf der documenta 5 und 6 ausstellen konnte. Bei der Höhe, in der die weißen, aufgeschlagenen Bücher an der Wand unter dem gläsernen Dach angebracht waren, fragte ich mich, wer da oben wohl den Staub von den Bänden wischte - ein Problem, das ich von zu Hause kannte. Ohne das Rätsel gelöst zu haben, verbuchte ich die Ausleihe der CDs an einem der dafür vorgesehenen Automaten und trat ins Freie.
Es war gegen drei Uhr, als ich mit meinem Rad auf den gut geräumten Straßen so schnell ich konnte nach Hause fuhr, um meinen gut gefüllten Rucksack abzulegen, auszuräumen und kurz im Internet nachzuforschen, ob dort etwas Neues über das Verbrechen zu finden war. Außer nichtssagenden Artikeln, ab und zu mit einem Foto von Hauptkommissar Martin versehen, stand aber nichts zu Bemerkenswertes im Netz.

Gegen sechzehn Uhr fuhr ich nochmal in die Stadt, denn Ly hatte demnächst Geburtstag und ich hatte mir überlegt, ihr eines dieser Manga-Bücher zu kaufen, von denen sie so schwärmte.
Mein Ziel war Kalles Comicladen, von denen es in unserer Stadt mehrere gab. Irgendwas mit einer Prinzessin wollte ich ihr kaufen, den Titel hatte ich mir notiert, als wir uns vor einiger Zeit über Comics als Kunstform gestritten hatten.
Während Ly, die als Chinesin trotz politischer Differenzen für die japanischen Mangas schwärmte, ebenso wie Alex, der sich als ein Anhänger der belgischen Comicschule entpuppte, heftig für die Anerkennung der Bildergeschichten als eigenen Kunstzweig plädierte, waren Maren und Jonas sich ausnahmsweise mal einig, dass es sich dabei nur um Kokolores handelte, gerade gut genug, irgendwelche Nerds zu unterhalten und ihnen das Geld aus der Tasche zu ziehen. Daran konnten auch Alex geschickte Hinweise auf Lionel Feininger, Roy Lichtenstein oder Enki Bilal nichts ändern. Selbst die Erwähnung der Millionenbeträge, die

einige Originalzeichnungen zuletzt auf internationalen Auktionen erbracht hatten, konnten sie nicht umstimmen. Ich hatte mich auf die Seite von Alex und Ly geschlagen, denn ich hatte früher amerikanische Comics gesammelt, den Großteil aber vor zwei Jahren in einer Internetauktion so gut verkauft, dass ich mir davon die komplette Einrichtung meiner kleinen Wohnung hatte leisten können. Seitdem kannte ich auch den Eigentümer des Comicladens sehr gut, den alle Kalle nannten und der mir bei der Bewertung und Preisermittlung geholfen hatte. Mit einer Begeisterung für seine Ware, die ihresgleichen suchte, bot er hier auf wenigen Quadratmetern alles an, was der Fan gebrauchen konnte: Aktuelle Hefte, Alben und Bücher, antiquarische Bände und Sammlereditionen, Spiele von Mensch-ärgere-dich-nicht bis zum komplexesten Fantasy-Game, Sammelkarten und Schutzhüllen, Actionfiguren und kleine Statuen bekannter Charaktere aus Spielen, Filmen und Comics. Es roch nach Papier und ein wenig nach Schweiß.
Als ich das derart bestens ausgestattete Geschäft betrat, richtete er sich freundlich grinsend hinter der Kassentheke auf. Er war wohl etwa zwei Meter groß, sehr schlank, hatte immer gute Laune und trug zu jeder Jahreszeit nur ein T-Shirt mit irgendeinem Superhelden-Emblem auf der Brust. Heute war er offenbar Batman und Batman begrüßte mich mit butterweichem Händedruck.
„Was geht?"
Ich zeigte ihm den Zettel mit dem Titel, den ich mir notiert hatte und im Nu legte er mir drei Taschenbücher vor, die wohl aus dieser Serie waren.
Ich kaufte sie alle und erkundigte mich gewohnheitsmäßig, was es denn Neues gäbe.
„Gestern sind die neuen Ami-Comics gekommen", begann er.

„Aber von der Hochschule gibt es ja wohl spannendere Neuigkeiten. Hast Du eine Ahnung, was da genau passiert ist?"
Mit erwartungsvoll geöffneten Augen lehnte er auf der Kassentheke.
„Ja, schon", und ich erzählte ihm, was ich selbst miterlebt hatte.
Kalle hörte gespannt zu, riss an manchen Stellen meines Berichts entsetzt die Augen noch weiter auf und beugte sich dann zu mir herüber.
„Wusstest du, dass Tristan hier Stammkunde war?", flüsterte er verschwörerisch und schaute sich in seinem Laden um, als fürchtete er, dass der Täter hinter einem der Regale lauern könnte.
Das war mir neu.
„Wir haben uns zwar mal über Comics unterhalten, aber dass er Sammler war, wusste ich nicht."
„War er auch nicht", bestätigte Kalle, „er war Stammkunde bei den Rollenspielern", und er deutete in den hinteren Bereich des Ladens, der durch eine Schwenktür abgetrennt war und hinter der sich eine lange Tischreihe befand, an der sich regelmäßig die Spieler trafen, um mit Würfeln, Karten, Figuren und anderen Spielutensilien Abenteuer in fernen Fantasy-Welten zu bestehen.
„Manchmal kam er freitags als erster und ging als letzter. War ein guter Kunde und immer gut drauf. Schweinerei, so was mit ihm zu machen."
„Das kannst du laut sagen", pflichtete ich ihm bei.
„Hatte er ein Lieblingsspiel oder eine Spielergruppe, mit der er sich regelmäßig traf?", wollte ich wissen. Der Privatdetektiv in mir war erwacht.
Kalle überlegte einen kurzen Augenblick, kratzte an seinem Lederarmband.
„Ich glaube, bei den Cosmic Warriors war er meistens dabei, die treffen sich immer freitags nachmittags. Wieso fragst du?"

Jetzt brauchte ich einen Augenblick zum Nachdenken, bevor ich antwortete.
„Ach, ich habe nur auch schon einmal daran gedacht, Rollenspiele auszuprobieren und war auf der Suche nach einem guten Spiel und einer Gruppe."
„Ah ja, kein Problem, kannst ja einfach am Freitag dazukommen."
„Mal schauen, wann's passt. Wieviel kosten die Bücher – ich muss los..."
Ich bezahlte, drückte zum Abschied nochmal Batmans Hand und verließ Kalles Welt. Könnte das eine Spur sein? War vielleicht irgendeiner der „Cosmic Warriors" nach verlorenem Spiel so nachtragend, dass er oder sie Tristan das Leben hatte nehmen wollen? Vorstellen konnte ich es mir nicht, es sei denn, diese Person hätte sich an der Hochschule ausgekannt – ein wenig zuviel Wenn und Aber.

Als ich mein Fahrrad aufschloss, fiel mein Blick auf die sechzehn auf Edelstahlpfosten beweglich angebrachten Acryllinsen des in einem anderen Stadtteil unserer Stadt geborenen Künstlers Adolf Luther, deren Pflege durch die Stadt leider wenig Aufmerksamkeit geschenkt wurde.
Hätte sich nicht immer wieder mal eine Schulklasse der Montessori-Schule durch das Minenfeld der Hundehaufen auf dem begrünten Mittelstreifen des Ostwalls gekämpft und die Linsen gereinigt, so hätte man den Glanz der schmucken Installation nur selten genießen können. Immerhin hat das Städelmuseum die Klasse des Vertreters der Optischen Kunst so sehr geschätzt, dass 2013 eine 50teilige Linseninstallation des Künstlers übernommen und an der Gebäudeaußenwand des Frankfurter Kunsthauses prominent angebracht wurde.
Was hatte Dorm noch dazu gesagt?
„Luther war nicht der erste Künstler, den diese Stadt nicht glücklich gemacht hat", und dabei hatte er dramatisch finster unter seiner Lockenpracht in die Reihen

der Zuhörenden seiner Vorlesung zur Kunstgeschichte geblickt, die seine mahnenden Kommentare gern aufnahmen, um sie bei passenden Gelegenheiten als Zitat zum Besten zu geben.
Mit kräftigem Schwung bestieg ich meinen Drahtesel und war wenige Minuten später zu Hause, wo ich es mir auf der Couch in meinem kleinen Wohnzimmer gemütlich machte und mir meine Skizzen aus dem Zeichenkurs nochmal anschaute. Die Nase hatte ich ganz gut hingekriegt.

Auf meinem Weg zur Hochschule fing es am nächsten Vormittag zu meiner Überraschung an zu regnen, die Temperaturen hatten offenbar die Frostgrenze knapp überschritten und der auf den unterkühlten Straßen landende Regen machte die Fahrbahnen spiegelglatt. Zum Glück war meine Jacke wasserabweisend und gut gepolstert. Überall in der Lindenstraße standen die Mülltonnen und zum Teil vermutlich von Krähen oder Elstern aufgerissene Müllbeutel, abholbereit auf den schmalen Bürgersteigen. Es roch unangenehm nach Abfall, eine Ratte versteckte sich rasch hinter einer Tonne, als ich an ihr vorbeifuhr. Meine Straße gehörte nicht gerade zu den Vorzeigegegenden der Stadt und doch mochte ich dieses Flair, diese Mischung aus Baufälligkeit und Szene.
Als ich mein Ziel erreichte, waren alle Fahrradständer belegt, also stellte ich meins neben die Reihe der gesicherten Räder und schloss es schnell ab, denn der Nieselregen hielt an.
Meine Zehen fühlten sich wie gefrorene Fischstäbchen an, denn offensichtlich war die Imprägnierung meiner Schuhe doch nicht wasserdicht. Ich hastete also so schnell es ging an den anscheinend durch nichts von ihrem Laster abzuhaltenden Rauchern vor dem Eingang vorbei und erreichte die Halle, wo ich beinahe mit Herrn Egger zusammenstieß.
„Ach, hallo, hi ...", begrüßte er mich zerstreut.

„Hallo Herr Egger, wie geht's? Gibt's was Neues?", wollte ich wissen.
Der Werkstattmeister vergrub die Hände in den Taschen seines Arbeitskittels, kraulte schließlich wieder einmal seinen Rauschebart und schaute mich dann aus seinen glänzenden Brillengläsern heraus traurig an.
„Die Polizei will die Werkstatt nun doch erst wieder Anfang nächster Woche freigeben. Die suchen immer noch nach Spuren."
„Da werden sie ja einiges finden, wenn man bedenkt, wie viele Leute täglich in der Werkstatt sind oder sich auch nur kurz darin aufhalten."
Er nickte zustimmend.
„Dieser Hauptkommissar Martin macht mich ganz verrückt. Heute war er schon um acht Uhr hier und hat mir tausend Fragen gestellt. Wie soll ich denn da meine Arbeit erledigt kriegen?"
Er blickte verzweifelt um sich.
„Und besonders hat er mich wegen der Wartungsverträge für die Öfen gelöchert. Peinlich, peinlich..."
„Da würde ich mir keine Sorgen machen", versuchte ich ihn zu beruhigen.
„Der muss solche Fragen stellen und außerdem wurden Sie ja angewiesen, die Termine zu strecken. Sie müssen das nicht verantworten."
„Na hoffentlich. Tut mir leid, ich muss weiter – ich bekomme eine Lieferung Gips", und schon war er durch die Tür.

Wie immer ging ich zuerst Richtung Mensa und hatte die Eingangstür fast erreicht, als ich sah, dass von der rechten Treppe Maren, Ly, Jonas und der Dozent Dorm herunterkamen. Deshalb blieb ich stehen und wartete, bis sie mich erreicht hatten und wir uns begrüßen konnten.
„Was machen die Bücherberge, Johannes?", sprach mich Dorm an, als wir gemeinsam an der Salattheke

standen. Der Vorteil an einer kleinen Studieneinrichtung war, dass jeder fast jeden kannte und man einen familiären Umgangston pflegte.
„Nehmen langsam ab", antwortete ich diplomatisch.
„Allerdings wird es jetzt wohl länger dauern, wo Tristan nicht mehr dabei ist", fügte ich hinzu.
„Oder besteht die Chance, jemand anderen als Ersatz einzustellen?", wollte ich wissen.
Dorm stellte eine Schale Salat auf sein Tablett.
„Ich denke schon, denn die Stelle war ja eingeplant. Das Geld ist da und die Arbeit auch. Ob das zwei oder drei machen, wird dasselbe kosten. Machen es nur zwei, wird es entsprechend länger dauern."
Ich überlegte kurz, wer dafür in Frage kommen könnte. Die meisten Studierenden waren knapp bei Kasse.
„Alex ist, glaube ich, auf der Suche nach einem Nebenjob", schlug ich vor.
Dorm nickte mir zu.
„Danke für den Tipp. Jonas hat sich auch schon gemeldet."
Die Vorstellung, mit Jonas zusammen in dem Bücherraum zu arbeiten und stundenlang gemeinsam verbringen zu müssen, weckte die schlimmsten Befürchtungen in mir.
„Alex arbeitet sehr zuverlässig", versuchte ich seine Chancen zu steigern und Dorm zeigte den Anflug eines Lächelns.
„Schon verstanden", sagte er. „Mal schauen, was sich machen lässt."
Wir hatten den Tisch erreicht, an dem die anderen uns einen guten Appetit wünschten.

„Na, Herr Kommissar, waren die Untersuchungen erfolgreich?", sprach mich Jonas mit vertraulichem, aber unüberhörbar spöttischem Tonfall sofort an.
„Wie bitte?", spielte ich den Verständnislosen.
„Du weißt schon, dein Sondereinsatz. Der Fall Becker."
Ly kicherte kaum hörbar und Maren grinste.

„Ihr seid ja so blöd“, war das einzige, was mir dazu einfiel und damit konzentrierte ich mich auf die Erbsen auf meinem Teller. So schnell wollte mich Jonas allerdings nicht vom Haken lassen.
„Hast du ihr auch richtig auf den Zahn gefühlt? Tiefenbohrung sozusagen?“
Ly bekam rote Wangen, Maren grinste noch breiter, nur Dorm schaute verständnislos.
„Die Kommissarin, Frau Becker, ist eine Schulfreundin von mir und wir haben uns gestern privat getroffen“, erklärte ich ihm und zu den anderen gewandt fügte ich hinzu: „...was gewisse Leute mal wieder völlig falsch verstanden haben.“
„Wir verstehen das schon richtig, mein Lieber“, stichelte Jonas weiter und spielte lässig mit seiner Krawatte. So ein Blödmann.
„Sag mir nur Bescheid, wenn es zu Übergriffen der Polizei kommt, damit ich dir zur Hilfe kommen kann“, fügte er noch hinzu.
„Das wird wohl nicht nötig sein, Alter“, versicherte ich ihm, aber er grinste nur unverschämt weiter.
„Von wegen. Du weißt hoffentlich, dass die Polizistinnen für den Nahkampf ganz speziell ausgebildet sind“, legte er nach.
Ich gab auf.
„Na gut, wenn ich deine Hilfe brauchen sollte, rufe ich dich an.“
Ich konzentrierte mich wieder auf meine Erbsen.
„Hat sie dir irgendetwas Neues über Tristan gesagt?“, wollte Maren wissen, deren Neugier wieder erwachte.
„Nein, darf sie, glaube ich, auch gar nicht. Hat Martin heute mit jemandem von euch gesprochen?“, spielte ich den Ball wieder zurück.
Alle schüttelten den Kopf, nur Dorm meldete sich zu Wort.
„Er hat heute früh mit Herrn Egger und dem Dekan gesprochen. Heute Nachmittag sind die Dozenten dran.“

„Hoffentlich finden sie den Mörder bald", sagte Ly beinahe flehentlich.
„Stellt euch mal vor: Jeder in der Uni könnte der Mörder sein", behauptete Jonas.
„Echt gruselig", fand Maren und spießte ein Stück Kartoffel mit der Gabel auf.
„Ich kann's natürlich nicht gewesen sein", warf Jonas sofort ein, „dafür bin ich viel zu sensibel!"
Maren verschluckte sich an der Kartoffel und hustete.
Dorm wandte sich mir zu und flüsterte: „Ich glaube, ich werde Alex mal ansprechen", und zu den anderen gewandt fügte er hinzu: „Die Pflicht ruft – bis bald."
Das war auch für uns das Signal zum Aufbruch, denn wir hatten alle unsere Mahlzeiten beendet und noch einiges zu tun.

Für mich stand an diesem Tag noch ein Seminar zum Thema Webdesign an. Es wurde von Frau West gehalten, die vorher in einer Agentur gearbeitet hatte und jede Menge Beispiele aus der Praxis beisteuern konnte, wenn die Theorie zu trocken wurde.
„Ich kann euch hier eine Menge beibringen, aber in der Welt da draußen entscheidet der Kunde, was gut und richtig ist", pflegte sie zu sagen.
Wenn wir uns mit dem Entwurfsprogramm abmühten, hatte sie immer einen aufmunternden Spruch drauf, war meistens gut gelaunt und lachte gern. Es fiel schwer, in ihrer Gegenwart schlechte Laune zu haben. Das einzig Irritierende an ihr war die abgrundtief hässliche Brille, die ihr Gesicht dominierte. Wir hatten uns schon oft gefragt, wie jemand, der sich so intensiv mit ästhetischen Fragen befasste und diese für gewöhnlich auch immer gut zu beantworten wusste, bei sich selbst so danebengreifen konnte.

Während ich versuchte, eine HTML-Seite mit einer CSS-Datei zu verbinden und ein ums andere Mal nicht zum

Ziel kam, hatte Ly ihre Aufgabe schon fast gelöst – typisch.
Als sie fertig war, setzte sie sich zu mir und half mir bei meinem Problem. Am Ende der Stunde hatte ich es dann auch geschafft, eine ansprechende, kleine Webseite zu erstellen.
Ly und ich saßen noch kurz im Seminarraum, nachdem die anderen bereits gegangen waren.
„Wann fängt deine Feier denn an?", wollte ich wissen.
„Gegen acht Uhr am Samstag. Es gibt chinesisches Essen."
„Da bin ich aber gespannt. Kommt Jonas auch?"
„Ich glaube, der hat keine Zeit", sagte sie zu meiner großen Erleichterung, „andere Geburtstagsfeier."
Ehrlich gesagt konnte ich mir gar nicht vorstellen, dass ihn überhaupt jemand freiwillig zu egal welcher Feier einladen könnte.
Wir verließen zusammen den Raum und stiegen die Treppen hinab Richtung Eingangshalle. Irgendjemanden, den man kannte, traf man im Einzugsbereich der Mensa immer und diesmal war es Alex.

„Stellt euch vor, ich habe den Job im Bücherprojekt gekriegt."
Seine Augen leuchteten - für den ansonsten immer so beherrschten Alex ein geradezu großer Gefühlsausbruch.
„Dann sind wir ja jetzt Kollegen", stellte ich fest und klopfte ihm auf die Schulter.
„Wann fängst du an?"
„Sobald ich will, meint Dorm. Also nächste Woche, wenn das für dich okay ist."
Ich hatte sowieso schon überlegt, ob ich heute noch etwas an meinem Turm arbeiten sollte, deshalb schlug ich ihm vor:
„Wenn du Zeit hast, kann ich dir jetzt schon einmal deinen neuen Arbeitsplatz zeigen."
Natürlich war Alex einverstanden.

Wir verabschiedeten uns von Ly und machten uns auf den Weg. Schnell hatten wir den Raum erreicht und ich schloss die Tür auf.
Dank meiner Aufräumaktion sah es relativ ordentlich aus und Alex war beeindruckt.
Ich zeigte auf die Tische und Kisten an der linken Seite.
„Das sind die Dokumente, an denen Tristan gearbeitet hat, das hier ist mein Bereich, da drüben der von Ly und der große Rest da hinten ist noch aufzuteilen und von uns abzuarbeiten. Und dieses antike Stück hier ist der Erfassungs-PC."
Ich schaltete das Gerät ein und erklärte ihm kurz im Schnelldurchgang das leicht zu bedienende Programm.
„Das sieht einfach aus, das kriege ich hin", bestätigte Alex meine Vermutung, dass er das gleich verstehen würde.
„Und sind das alles Bücher?", wollte er mit einem Blick auf eine halb geöffnete Kiste wissen.
Ich ging auf die Kiste zu und klappte die Deckel ganz zurück.
„Schon – mehr oder weniger. Manchmal sind es auch Fotoalben oder Mappen mit Artikelsammlungen, Notizbücher, Tagebücher des Spenders, dem wir die Sammlung verdanken, auch ein paar Plakate. Das kannst du auch alles an den Kategorien erkennen, die wir in dem Programm für die Erfassung angelegt haben. Wenn wir etwas finden, was nicht ins Schema passt, legen wir einfach eine neue Kategorie an."
„Alles klar", sagte Alex und sah zufrieden aus.
„Kommst du auch zu Lys Party?", wollte er schließlich wissen.
„Ja, ich habe gerade heute ihre Geschenke gekauft: Mangas."
„Gute Idee", stimmte er zu, „ich werde ihr Marker schenken. Sie hat letztens erzählt, dass sie gern damit arbeiten wollte.
„Auch eine gute Idee."

Wir schauten in die Runde und unsere Blicke blieben wieder an Tristans Kisten hängen.
„Schon seltsam", sagte Alex nicht so bestimmt wie sonst, „ da steckt man mitten in seinem Leben und in seiner Arbeit und mit einem Mal ist man weg."
Eine Zeitlang sagte keiner von uns etwas.
„Und jetzt setze ich seine Arbeit fort", ergänzte er mit fatalistischem Unterton.
Ich klopfte ihm wieder auf die Schulter.
„Einer muss es ja machen und du kannst die Kohle sicher gut gebrauchen. Also werden wir uns hier jetzt wohl öfter sehen."
In diesem Moment klingelte sein Handy.
„Budnik?", meldete er sich.
Ungewohnt, wenn er sich mit seinem Nachnamen meldete.
„Ja, das geht. Dann bis morgen."
Er legte auf.
„Das war die Kommissarin. Sie will mich morgen sprechen."
In diesem Moment klingelte auch mein Handy und ich sah, dass es Charlotte war.
„Hallo?", meldete ich mich.
„Hallo Jo, wie geht's?"
„Danke, gut und dir – ausgeschlafen?"
Sie lachte kurz.
„Und wie. Du, ich hätte da noch ein paar Fragen. Könnten wir uns morgen so gegen fünfzehn Uhr treffen?"
„Geht klar. Und wo treffen wir uns?"
Ich war ein wenig enttäuscht, als sie antwortete: „In meinem Büro in der Hauptwache, 3. Stock, Zimmer 313."
Ein Café wäre mir lieber gewesen.
„Gut, dann komme ich morgen dorthin."
„Danke – dann sehen wir uns morgen."
Ich legte auf.

„Offenbar machen sie eine neue Befragungsrunde“, schloss Alex aus den beiden Anrufen.
„Den Eindruck habe ich auch.“
Ich schaltete den PC aus und wir verließen den Arbeitsraum.
„Ich fahre jetzt nach Hause“ sagte ich, „muss noch ein bisschen an meinem Referat für Kunstgeschichte arbeiten. Mach’s gut.“
Alex hatte noch etwas im Sekretariat zu erledigen und so gaben wir uns die Hand und ich ging allein weiter zu meinem Fahrrad.

Es war mittlerweile wieder dunkel geworden und hatte wieder zu nieseln angefangen. Ich öffnete das Schloss und wollte mich gerade auf mein Rad schwingen, als ich bemerkte, dass der vordere Reifen platt war. Zwar hatte ich für solche Fälle eine kleine Luftpumpe im Rucksack, aber da hier ein Glassplitter im Reifen steckte, half mir das diesmal leider nichts.
Also schob ich mein Rad nach Hause, was ungefähr zwanzig Minuten dauerte. Zeit genug, um wieder nasse Füße zu kriegen, denn aus dem Nieseln war nach wenigen Minuten ein richtiger Regen geworden, aber auch Zeit genug, um meinen Gedanken nachzugehen, während ich durch die menschenleeren Straßen lief. Wer ging schon freiwillig bei so einem Wetter aus dem Haus? Vor allem beschäftigte mich die Frage, ob Charlotte einen bestimmten Anlass für unseren neuen Termin hatte oder ob diese Befragung nur Teil der professionellen Routine war. Am nächsten Tag würde ich es erfahren.
So lief ich mit eingezogenem Kopf Richtung Lindenstraße und hatte meine Wohnung fast erreicht, als ein dunkler Kleinwagen mit viel zu hoher Geschwindigkeit auf mich zufuhr, während ich den Westwall überquerte, auch nicht sein Tempo drosselte und mich wohl angefahren hätte, wäre ich nicht mit einem großen Satz samt Fahrrad Richtung Bürgersteig gesprungen.

Trotzdem erwischte mich von hinten ein Schwall eiskalten Wassers, den er beim Durchqueren einer großen Pfütze aufgeworfen hatte. Ich konnte nur noch sehen, wie der Wagen in der nächsten Seitenstraße verschwand, aber trotzdem schickte ich ihm noch ein paar wenig schmeichelhafte Vergleiche mit nicht gerade attraktiven Exemplaren aus der Tierwelt hinterher.
Durchnässt und frierend erreichte ich meine Wohnung, parkte mein Rad im Hinterhof und beeilte mich, nach oben in die warme Wohnung zu kommen. Schnell zog ich die nassen Schuhe und Sachen aus, schaltete das Radio ein und machte mir einen himmlisch heißen Tee. Mit frischer Kleidung setzte ich mich an meinen Arbeitstisch und begann, meinen Rucksack auszupacken, dessen Inhalt zum Glück keinen Schaden genommen hatte.
Eine Frage drängte sich mir immer wieder auf: War dieser Vorfall nur Zufall gewesen, irgendein rücksichtsloser Autofahrer, der es aus irgendeinem Grund viel zu eilig hatte oder steckte da mehr dahinter?

3. Kapitel: Der Palast

Das hätte ich nicht tun sollen. Ich hätte es wissen müssen. Noch nie hat er meine Kunst gut geheißen, noch nie. Und die meiner lieben Freunde schon gar nicht. Dabei wollte ich ihm eine Freude bereiten, ihm diese wunderbaren, farbenfrohen und so unvergleichlich neuen Skizzen zeigen, damit sie ihm offenbaren, in welche Höhen wir uns kühn erheben. Eine junge Bewegung und ich bin ein Teil von ihr.
Stattdessen – trotz des Fiebers – nur Zurückweisung, ja sogar Spott. Sich bis zur Erschöpfung echauffieren - nur fort von diesem gottverlassenen Ort, so rasch es nur geht. Dir, mein Engel, werde ich schon bald die Werke zeigen und gewiss, du wirst meine Begeisterung verstehen...

Ein Blick aus dem Fenster machte mir klar, dass der Winter noch längst nicht aufgegeben hatte: Stetiger, feiner Schneefall, der mich kaum die Hauswände gegenüber sehen ließ und das Thermometer draußen am Fenster war wieder deutlich unter null gefallen. Nicht gerade das Wetter, das mich zum Hinausgehen trieb.
Meine Kleidung und die Schuhe waren über Nacht getrocknet und ich zog die Papierknäuel heraus, die ich hineingestopft hatte, damit sie die Feuchtigkeit aufsaugen konnten. Die Creme, die angeblich das Leder von außen quasi wasserdicht versiegeln sollte, lag schon bereit und ich präparierte meine Schuhe so gut ich konnte.
Damit die Zeit möglichst schnell verging und ich mich auf irgendetwas außer den Mord konzentrieren konnte, hatte ich mir vorgenommen, mich heute zuallererst in die Bücherkammer zu vergraben und so viel wie möglich abzuarbeiten. Die geplante Ablenkung trat dann aber doch nicht wie gewünscht ein. Als ich nach rascher Fahrt - mit neuem Fahrradschlauch, den ich

windgeschützt im Hausflur eingebaut hatte - bei ekligem Gegenwind und mit eingefrorenem Gesicht das schützende Dach vor dem Eingang der Hochschule erreichte und schnellen Schrittes, diesmal ohne zuerst in die Mensa zu gehen, den Bücherraum erreichte und betrat, war Alex schon dort.

„Bist du aus dem Bett gefallen?", fragte ich ihn.
Alex lachte kurz und winkte ab.
„Nein, nein, ich wollte mich nur schon etwas eher in aller Ruhe einarbeiten und habe mir gestern Abend noch den Schlüssel von Egger geben lassen. Dorm war einverstanden."
„Na, prima, dann bin ich ja heute nicht allein", sagte ich und hängte meine Jacke an den Haken des Kleiderständers in der Ecke, ebenso den Schal und meine coole Kappe.
Da wir aus Kostengründen nur einen Erfassungs-PC zur Verfügung gestellt bekommen hatten und Alex schon angemeldet war, entschied ich mich dafür, den Inhalt der schon geöffneten Kisten etwas vor zu sortieren.
„Aber wenn du willst, kannst du natürlich auch mit der Erfassung weitermachen", bot Alex an und stand eilfertig vom Stuhl auf.
„Nö, lass ruhig, mach einfach weiter und wenn du noch Fragen hast, kann ich dir ja helfen."
„Gut", stimmte Alex zu und ließ sich wieder auf dem Stuhl nieder.
Dort kämpfte er sich durch die Kategorien, machte sich mit dem Autorenregister vertraut, surfte von Zeit zu Zeit auch im Internet, um etwas über den einen oder anderen Verfasser herauszufinden und kam sehr gut ohne mich zurecht.

Es waren fünf Kisten, die ich geöffnet neben den PC-Tisch gestellt hatte.
Die erste enthielt hauptsächlich Bücher, die sich mit der Stadtgeschichte beschäftigten. Nichts Besonderes, außer

vielleicht, dass in fast jedem dieser Bücher irgendein Kapitel oder Abschnitt einem Künstler gewidmet war, der mit unserer Stadt in Verbindung zu bringen war.
Jede Menge über den Bauhausarchitekten Mies van der Rohe, dessen einziges Industriegebäude in Europa von 1931 im heutigen „Mies van der Rohe Businesspark" stand und Anfang des 21. Jahrhunderts aufwendig restauriert worden war, aber auch über Joseph Beuys, der zwar in unserer Stadt geboren wurde, jedoch seinen künstlerischen Lebensweg vor allem in der Nachbarstadt Düsseldorf beschritten hatte. Hier und da wurde auch Heinrich Campendonk erwähnt, der nicht nur wie Beuys seine Heimatstadt verlassen, sondern sogar auch seine Staatsbürgerschaft abgelegt hatte.
Natürlich fiel mir dabei auf, dass die Bücher in dieser Kiste kaum aus dem direkten Nachlass des Kunstmäzens stammen konnten, weil dieser schon Anfang der Dreißigerjahre gestorben war. Vermutlich hatten dessen Erben die ganze Sammlung lange Zeit irgendwo gelagert und sich dann viele Jahre später entschlossen, alles unserer Hochschule zu überlassen und vielleicht noch einiges aus dem eigenen Bestand dazu zu packen. Ich schob sie an die Seite und machte mir eine Notiz auf einem der bereit liegenden gelben Klebezettel, den ich auf dem zuoberst liegenden Buch anbrachte.

Die zweite Kiste enthielt hauptsächlich Bildbände, vor allem Ausstellungskataloge. Einige davon stammten von den Häusern Lange-Esters, jenen Bauhaus-Bauten Mies van der Rohes, auf die man schon bei der Zufahrt in die Stadt durch Hinweisschilder aufmerksam gemacht wird. Vor einiger Zeit war ich in diesen Villen gewesen, vor denen eine meterhohe Zahnbürstenskulptur von Claes Oldenburg die Aufmerksamkeit der Vorbeifahrenden auf sich lenkt und hatte mir die Fotoausstellung von Andreas Gursky angesehen, der dort als bekennender Niederrheiner und wohl teuerster

Photograph der Welt Beispiele seiner Arbeiten ausgestellt hatte. Nach diesem Besuch hatte ich zuerst keine Lust mehr, künstlerisch ambitioniert zu fotografieren, denn die beeindruckendsten Bilder waren unter einem enormen Vor- und Nachbereitungsaufwand geschaffen worden, und es würde mir auch nicht im Entferntesten gelingen, an vergleichbare Motive heranzukommen, um vielleicht ähnlich spektakuläre Perspektiven festhalten zu können. Was mir dann aber doch wieder Mut machte, war die Tatsache, dass er seine Karriere mit dem Fotografieren von alltäglichen Gegenständen wie seinem Küchenherd begonnen hatte und einen Küchenherd hatte ich ja schließlich auch.

Leider ziemlich stark zerknittert waren einige Ausstellungsplakate, die ich aus der dritten Kiste zog. Darunter war sogar das Plakat von Alfred Mohrbutter vom Ende des 19. Jahrhunderts, das für die Präsentation von Malerei, Bildwerken und Keramik im damals neu eröffneten Kaiser-Wilhelm-Museum warb. Allerding war es in einem üblen Zustand. Besser erhalten war eins, das 1903 die Interessierten in eine „Holländische Kunstausstellung" im selben Haus locken wollte. Darüber hinaus fand ich noch eins von 1985, auf dem die Ausstellung der Werke der rheinischen Expressionisten August Macke, Heinrich Nauen und Heinrich Campendonk angekündigt wurde. Von diesem entdeckte ich noch eins für eine Einzelausstellung seiner Werke im Haus Lange von 1960. Auch die beiden letztgenannten Plakate legte ich neben den Stapel mit dem gelben Notizzettel.
Während Alex fleißig tippte, verbrachte ich noch einige Zeit damit, in den „Beiträgen zur Kunst des 20. Jahrhunderts" zu blättern, einem kleinen, aber feinen Büchlein, das übersichtlich gegliedert und illustriert einen Überblick über die Künstler bot, die in unserer Stadt gelebt, studiert oder gelehrt hatten. Die Beiträge waren von Schülern des Montessori-Gymnasiums

geschrieben, die mir ja schon durch ihre Reinigungsaktion der Luther-Linsen aufgefallen waren. Dieses Buch legte ich vorsichtig auf meinen Turm zu Babel, um vielleicht nochmal einen Blick hineinzuwerfen, wenn ich wieder die Erfassung übernehmen würde.

Die vierte Kiste und auch die fünfte enthielten wieder hauptsächlich Bücher, darunter auch ein paar abgegriffene Notizbücher unterschiedlicher Größe. Einige davon waren offensichtlich sehr alt, denn eines davon enthielt Aufstellungen über Käufe und Verkäufe von Bildern und anderen Kunstgegenständen aus der Zeit von 1928 bis 1930. Ein anderes enthielt Notizen zu einer Ferienreise in die Toskana, anscheinend das Tagebuch des Bankiers, dessen Name in schwarzer Tinte auf der ersten Innenseite eingetragen stand.
Ein weiteres, hellblaues Büchlein war wohl auch ein Tagebuch, allerdings nicht vollständig bis zum Ende beschrieben.
Die ersten Einträge stammten aus dem Oktober 1911, in denen der Autor von den Bildern eines Kollegen schwärmte, von dem er eine Menge zu lernen erhoffte. Der letzte stammte aus dem Frühjahr des folgenden Jahres, offenbar wollte der Schreiber im Sommer heiraten und hatte irgendwelche Probleme mit seinem Vater. Ich blätterte hin und her, las ein paar Zeilen und fand als ehemaliger Germanist Gefallen an der altmodischen Ausdrucksweise und der aufbegehrenden Haltung des Autors. Deshalb nahm ich mir vor, bei nächster Gelegenheit etwas weiter darin zu schmökern. Vielleicht, falls es in diesem und den anderen Tagebüchern noch mehr um Kunst gehen sollte, ließ sich daraus ja ein gutes Referat entwickeln. Mir fiel es ja immer schwer, ein Thema zu finden, doch zum Glück halfen die Dozenten bei der Themenfindung meistens gern aus. Besonders gern wurde es aber schon gesehen, wenn man selbst eins vorschlagen konnte.

Als ich meine Inspektion beendet hatte, wühlte sich Alex gerade durch sein kurzes, gelgestärktes Haar und holte tief Luft.
„Ich glaube, ich hab's verstanden. Morgen fange ich dann richtig an, die ersten Bücher zu erfassen."
„Okay, dann sollten wir noch absprechen, wann wir hier arbeiten, damit wir nicht immer gleichzeitig da sind und doch nur einer von uns eingeben kann."
„Ich kann mich da ganz nach dir richten", bot Alex sofort an.
„Dann würde ich morgen gern vormittags von 9 bis 11 Uhr arbeiten. Passt das?"
Alex dachte kurz nach.
„Passt. Wie wäre es, wenn ich gegen viertel vor 11 komme, dann können wir noch eine kurze Übergabe machen, falls was sein sollte."
„Einverstanden. Wenn du willst, kannst du aber auch heute Nachmittag schon loslegen, da muss ich zur Kommissarin."
„Ach ja, Johannes Wassen und der Fall Becker", schmunzelte Alex und ich hätte mich ohrfeigen können, dass ich das erwähnt hatte.
„Hat sie schon etwas herausgefunden?", wollte er wissen.
„Keine Ahnung – vielleicht erfahre ich ja heute noch was. Hast du eigentlich heute auch einen Termin?"
„Hatte ich schon gestern Nachmittag. Dieser Martin ist ein ziemlicher Vollpfosten. Stellt Fragen wie im Fernsehen und findet sich unheimlich clever, wenn er einen plump in Widersprüche zu verwickeln versucht. Wollte wissen, wann ich am montagnachmittags und abends in der Hochschule war, wo genau und so weiter. Das muss man sich mal vorstellen: Als ob ich jemanden umbringen würde!"
„Ist bestimmt reine Routine, das muss er wohl jeden von uns fragen. Warst du denn zu der Zeit an der FH?", wollte ich dann aber doch wissen.

„Schon, aber ich war nur noch in der Mensa und habe gearbeitet. Ich hatte mir ein paar Bücher für mein Kunstgeschichte-Referat ausgeliehen und mich da schon ein bisschen eingelesen. Eigentlich habe ich darauf gewartet, dass es aufhört, so heftig zu schneien. Ly war auch noch eine Zeitlang bei mir. Apropos Mensa – hast du Lust, jetzt etwas essen zu gehen oder was zu trinken?"
Das hatte ich, denn mittlerweile war es kurz nach elf Uhr und so packten wir unsere Sachen zusammen und verließen unseren Arbeitsplatz.

Beschienen von den unzähligen Lichtkreisen über uns saßen wir wieder an einem Fensterplatz und schauten hinaus in die Winterwelt, froh, vor einem gefüllten, heißen Suppenteller im Warmen zu sitzen.
„Ich muss ihr noch die Marker kaufen, bin noch nicht dazu gekommen. Ich wollte ihr auch noch eine Kleinigkeit dazu schenken, weiß aber noch nicht, was", seufzte er.
Wir schwiegen eine Zeitlang.
„Wie wär's mit Glückskeksen?", fiel mir irgendwann ein.
„Die sollte ich lieber alle selbst essen", seufzte er gleich noch einmal.
Er schaute etwas unglücklich auf seinen gefüllten Löffel.
„Was ist los? Herzschmerz?", wollte ich wissen.
„Schön wär's", seufzte er ein drittes Mal.
Zum Glück steuerten Maren und Ly auf uns zu und holten uns aus dem Seufzertief.
„Hallo Jungs, was geht?", fragte Maren, die offenbar wieder einmal bester Laune war.
„Im Moment nicht viel", klärte ich sie auf.
Sie schaute uns nacheinander an und bemerkte Alex' etwas trübsinnigen Gesichtsausdruck.
Sofort setzte sie sich neben ihn, nahm ihn in ihre starken Arme und zerwühlte ihm das Haar, bis er zu lachen anfing.
„Geht doch", sagte sie, als ihr das gelungen war.

„Gibt es was Neues wegen Delius oder Dorm?“, fragte sie als nächstes, um das Thema zu wechseln und blickte in die Runde, wobei sie ihre selbstgestrickte, in warmen Herbsttönen gehaltene Jacke richtete.
„Ist noch nichts entschieden, soweit ich weiß“, sagte Ly. „Ich habe sie heute früh gehört, als sie sich auf dem Flur unterhalten haben“, fügte sie erklärend hinzu.
Ich sah auf die Uhr und stellte fest, dass ich noch gut zwei Stunden Zeit hatte, bis ich zu Charlotte fahren sollte.
„Seid ihr beide eigentlich schon vernommen worden?“, wollte ich wissen.
„Ja klar. Mich hat dieser Martin ausgequetscht“, berichtete Maren und verzog den Mund.
„Stellt euch vor, der wollte mich doch tatsächlich in den Nordbahnhof bestellen und beim Essen ausfragen.“
„Ein echter Arsch. Wollte wissen, wo ich am Abend vor dem Mord gewesen war.
„Eigentlich eine reine Routinefrage“, warf Alex ein und grinste mir zu.
„Und wo warst du?“, fügte er hinzu.
„Du sollst nicht so neugierig sein, mein Kleiner.“
Alle Blicke hafteten auf Maren.
„Na gut. Ich war zu Hause und habe mir im Netz auf Quitsch ein Spiel angesehen, das da zwei Gamer vorgespielt haben. Einer davon ist übrigens auf unserer Hochschule, Boffmann oder so ähnlich.“
Erstaunte Blicke von Alex.
„Wusste gar nicht, dass du auf sowas stehst“, bemerkte er.
Maren verschränkte ihre kräftigen Wolljackenarme vor der Brust.
„Stimmt schon“, sagte sie grinsend, „aber der eine ist eben so süß.“
„Hört, hört!“, sagte Alex und lachte.
„Was hast du denen denn erzählt, Schlaumeier?“, wollte Maren wissen.

Alex wiederholte noch einmal für die anderen, was er mir schon berichtet hatte.
„Dann hast du also auch kein Alibi", stellte Maren belustigt fest, um sich auch gleich Ly zuzuwenden.
„Und was hast du gemacht, meine Liebe?"
Ly musste nicht lange überlegen.
„Ich habe mit meiner Mutter in Peking über das Internet gesprochen. Sie ist etwas krank und hat Fieber. Ich werde ihr ein Medikament schicken. Und dann habe ich mit Max über die Feier gesprochen. Es gibt chinesische Küche."
„Das hört sich dann doch mal nach einem richtigen Alibi an", kommentierte Maren nicht ganz ernst.
„Bleibt noch unser Dr. Watson", gab sie den Ball an mich weiter.
Es dauerte einen Moment, bis ich mich angesprochen fühlte.
„Ach so, ja. Eigentlich habe ich nichts Besonderes gemacht. Musik gehört, glaube ich."
„Ob dir das deine Kommissarin auch glaubt?", stellte Maren in Frage.
„Das werde ich ja heute Nachmittag erfahren", erklärte ich, „denn dann habe ich einen Termin in der Polizeiwache."
Ein allgemeines und vielsagendes „Ohoooh!" war die Reaktion.
„Ihr seid ja sohoooh doof", konnte ich nur noch feststellen und nahm den letzten Löffel meiner mittlerweile kalt gewordenen Buchstabensuppe.
„Sind wir denn wirklich alle verdächtig?", wollte Ly wissen.
„Ja, ich denke schon und besonders die, die kein Alibi haben", erklärte Alex bestimmt.
„Quatsch, es kann ja auch jemand sein, der gar nichts mit der Uni zu tun hat", stellte Maren klar.
„Da hast du auch wieder recht", gab Alex leicht widerwillig zu.

Scheinbar beruhigt widmeten wir uns wieder anderen Themen, doch ich vermutete unbeirrt weiter, dass nur ein Insider den Brennofen hätte finden und bedienen können.
Kurze Zeit später trennten wir uns, denn schließlich bestand unser Studium nicht nur aus Mensabesuchen, sondern auch noch aus Vorlesungen und Seminaren.

Die Vorlesung über die Formensprache Luigi Colanis, der eigentlich Lutz mit Vornamen hieß, die ich als nächstes besuchte, war sehr kurzweilig und ich bereute es, dass ich bei einer Aufräum-Aktion den alten Vobis-PC meines Vaters samt Bildschirm im Colani-Design vor einem Jahr zur Müllentsorgung gebracht hatte.
Mir fiel auf, dass Delius, der die Vorlesung hielt, ziemlich angespannt war und leicht gereizt auf die einige Fragen reagierte. Wahrscheinlich wirkte sich die offene Entscheidung über die Stellenvergabe langsam auch auf ihn aus. Aber bald fand er, immer wieder hinter dem Rednerpult hin und her schreitend, zu seiner humorig-ironischen Art zurück. Voller Begeisterung sprach der quirlige Mittvierziger bald von der visionären Leistung des gebürtigen Berliners, schwärmte von dessen Biodesign und den aerodynamischen, biomorphen Formen, pries dessen „3D-Philosophie" und versuchte, uns die Resultate dieser Schöpfungen als „Humanisierung der Nahtstelle Mensch-Maschine" nahezubringen.
Unterhaltsam und lehrreich verging die Vorlesungszeit wie im Flug.

Leider musste ich die Veranstaltung etwas frühzeitig verlassen, denn sonst wäre ich zu spät zu meinem Termin im Polizeipräsidium gekommen. Im Laufschritt legte ich meinen Weg durch die Flure zurück und öffnete das Schloss meines Fahrrads so schnell ich konnte, damit meine Finger nicht zu frieren begannen, zog

danach rasch die Handschuhe an und setzte meine Mütze auf.
Schnell fühlte sich mein Gesicht wie eingefroren an, als ich durch die schon wieder mit Schnee bedeckten Straßen fuhr – warum hatte ich eigentlich auf dem Rad immer Gegenwind - und bei mäßigem Schneefall bog ich in den Nordwall ein, legte die letzten Meter in gemäßigtem Tempo zurück, immer auf der Hut, nicht mit dem Vorderrad in die Straßenbahnschienen zu geraten. Nach kurzer Fahrt war das Polizeipräsidium erreicht, ein siebenstöckiger, funktionaler Block aus orangenbraunen Klinkern und die Stockwerke umgreifenden Fenstern, der auf weißen, schräg stehenden Betonstelzen ruht und strategisch günstig dort steht, wo Nordwall und Ostwall sich treffen. Ich schloss mein Rad neben einer dieser Stützen ab und betrat das gut geheizte Gebäude. An der Rezeption meldete ich mich an und ein freundlicher, älterer Herr hinter der Glasscheibe teilte mir mit, dass Frau Becker mich gleich abholen würde.

Wenig später kam Lotte auf mich zu, gab mir förmlich die Hand und führte mich zum Aufzug, mit dem wir zum zweiten Stock hinauffuhren. Wieviel Frühling doch ein gutes Parfüm in einem alten Präsidiumsfahrstuhl vortäuschen konnte. Oben angekommen verließ sie vor mir den Lift und ging voran, entlang an den geschlossenen Bürotüren, bis wir an eine Tür kamen, auf deren Schild ihr Name stand.

„Willkommen an meinem Arbeitsplatz“, sagte sie und setzte sich auf den Stuhl hinter ihrem Schreibtisch, auf dem sich die Aktenordner häuften.
Ich setzte mich auf einen nicht ganz so komfortablen Stuhl ihr gegenüber auf der anderen Seite des Tisches und schaute mich kurz um. Da gab es wenig Persönliches: Ein paar Urkunden an der Wand, eine Blume, deren Namen ich natürlich nicht kannte, kein Foto auf

dem Tisch. Auch vermisste ich die aus Fernsehkrimis bekannte Tafel, auf der mit Fotos, Zetteln und Verbindungslinien die Zusammenhänge eines Verbrechens dargestellt wurden.
„Tja, Jo, dann werde ich dich jetzt mal ganz offiziell befragen“, sagte sie und stellte das Aufnahmegerät an, das vor ihr auf dem Schreibtisch schon bereit lag.
Und dann kamen die Fragen, die ich schon so oft in Filmen und zuletzt auch in den ausgeliehenen Hörbüchern gehört hatte und während sie sie stellte und ich sie meist recht kurz und knapp beantwortete, schaute ich mir Lotte wie beiläufig genauer an.
Ihre Augen blickten ein wenig müde auf mich und sie saß etwas zu entspannt auf ihrem Stuhl. Sie sah aus, als hätte sie schon wieder die Nacht durchgearbeitet. Ihre Kleidung wirkte allerdings frisch, eine schwarze Jeans, dunkelrote Bluse und ein schwarzes Jackett, alles picobello.
Irgendwann hatte sie dann die Standardfragen abgearbeitet, sie stellte das Aufnahmegerät ab und es entstand eine kurze Pause.
„Ganz schön anstrengend, die Polizeiarbeit, oder?“, versuchte ich die stockende Konversation wieder in Gang zu bringen.
Sie nickte kurz.
„Hab‘ ich mir so ausgesucht. Und außerdem: Wann kriegt man schon so einen Mordfall geboten? Das ist doch die beste Gelegenheit, Erfahrungen zu sammeln. Da lohnt es sich schon, ein paar Überstunden zu machen.“
Schon auf dem Gymnasium hatte Lotte auf mich immer den Eindruck gemacht, dass sie wusste, was sie wollte und sich engagiert, um es zu erreichen, ohne den Eindruck einer Streberin zu machen.
„Also, wenn es dir hilft, könnte ich mich ja auch ganz unauffällig quasi als Insider an der Hochschule umhören“, bot ich mich nicht ganz uneigennützig an.

Sie schaute mich skeptisch mit ihren dunkelgrünen Augen an.
„Manches erzählt man eher einem Studenten als der Polizei“, versuchte ich zu punkten.
Es gab nur eine kurze Pause, bis sie schließlich einen Entschluss gefasst hatte.
„Also wenn du zufällig etwas hörst, das mir weiterhelfen könnte…“
„…dann?“
Ich blickte sie erwartungsvoll an.
„… dann würde ich mich sehr freuen, mein lieber Jo“, beendete sie ihren Satz und lächelte.
„Ich werde Augen und Ohren offen halten“, versprach ich und hatte auch schon eine Idee, wo ich als nächstes ansetzen könnte, um vielleicht verwertbare Informationen für Lotte in Erfahrung zu bringen.
Leider hatte sie schon den nächsten Termin, so dass ich keine Gelegenheit bekam, noch ein paar private Worte mit ihr zu wechseln.
Als ich das Polizeipräsidium verließ, fühlte ich mich wie im Dienste Ihrer Majestät. Mein Name war Wassen, Jo Wassen und ich trank meinen Kaffee dann doch lieber gerührt, nicht geschüttelt.

Die weiter gefallenen Temperatur und der verflixte Gegenwind sorgten dann aber wieder sehr schnell dafür, dass von meinem Hochgefühl nicht mehr viel übrig war, als ich am Ende trotz der ziemlich kurzen Wegstrecke durchgefroren bei Kalles Comicladen ankam.
„Was geht, Alter?“, begrüßte er mich überschwänglich und wenn ich seinem T-Shirt glauben durfte, war er heute Wonder Woman.
„Alles klar – und selbst?“
„Alles nice, heute ist Freitag, da brummt der Laden“, und er zeigte in die Richtung, wo sich der Nebenraum für die Rollenspieler befand.
Ich nickte verständnisvoll.

„Was kann ich für dich tun?“, wollte er wissen.
Ich blickte einmal quer durch den Laden.
„Ach, ich wollte nur nochmal schauen, was es so Neues gibt“, schwindelte ich, denn tatsächlich war ich gekommen, um ein wenig herumzuspionieren, eben weil heute Freitag war und ich wusste, dass die Cosmic Warriors sich hier treffen würden.
So schlenderte ich langsam an den Regalen entlang, bis ich vor einem Regal voller Kartons mit Spielen stand, von dem aus ich eine gute Sicht in den Nebenraum hatte und auch gut verstehen konnte, was gesprochen wurde.

Bei dämmriger Beleuchtung saßen dort etwa zehn junge Männer um einen Tisch, auf dem mehrere Spielbretter auslagen, die ich noch nie gesehen hatte. Vor ihnen auf dem Tisch lagen Kartenstapel und abwechselnd wurden bunte, vielflächige Würfel geworfen. Nach jedem Wurf brach ein großes Tohuwabohu aus, Vorschläge wie „Setz doch deine pinke Hexe ein!“ oder „Jetzt den krummen Troll, jetzt den krummen Troll!“ wurden lautstark hinausgerufen, manche schlugen sich verzweifelt gegen die Stirn, einer zerriss zum Entsetzen der Mitspieler eine seiner Spielkarten. Keiner von ihnen war mir bekannt.
Offenbar näherte sich das Spiel einem entscheidenden Moment, denn alle schauten gebannt auf einen pickeligen Jungen, der meiner Vorstellung von einem krummen Troll schon ziemlich nahe kam und der bedeutungsvoll zwei rote Würfel in den geschlossenen Händen durcheinanderwirbelte, bis er sie schließlich mitten auf dem Tisch ausrollen ließ, was zu unbeschreiblichen Emotionsausbrüchen führte, die den Raum erbeben ließen. Man hätte meinen können, dass die einen gerade sechs Richtige im Lotto gewonnen und die anderen all ihre Habseligkeiten auf einen Schlag verloren hätten.

„Da geht's ab, was?", sprach mich unverhofft von der Seite Wonder Woman an.
„Das kann man wohl sagen", antwortete ich Kalle, nachdem ich mich von dem Schrecken erholt hatte, denn ich hatte nicht bemerkt, dass er sich neben mich gestellt hatte, während ich die Spielergruppe intensiv beobachtete.
Ich hielt das Heft hoch, das ich vorher zur Tarnung aus einem Regal genommen hatte.
„Das nehm ich dann", sagte ich und beschloss zu gehen.
Kalle ging zur Kasse vor und ich nahm gerade noch wahr, wie im Nebenraum einige Scheine den Besitzer wechselten, bevor ich ihm folgte. Eins war sicher: Das war kein Spielgeld.
Hinter seiner Kassentheke schaute mich die stoppelbärtige Amazonenprinzessin grinsend an.
„Auch mal Lust auf ein Spielchen?"
Ich schüttelte ablehnend den Kopf.
„Zu kompliziert für mich", redete ich mich heraus.
„Und ich spiele nicht um Geld."
Kalle lachte.
„Das sind doch nur Peanuts. Wenn du richtig um Kohle spielen willst, musst du in Dinos Palast gehen."
Ich kannte die Spielhalle, von denen es in unserer Stadt immer mehr gab, vom Vorbeifahren.
„Ich bin doch Student, da bleibt nicht viel übrig zum Verzocken."
Kalle schüttelte abwägend den Kopf.
„Da kenne ich aber einige von euch, die da trotzdem schon ein paar Euros gelassen haben. Der Dings zum Beispiel, von dem wir letztens gesprochen haben. War Stammgast bei den Spieleabenden, aber einmal hat er mir erzählt, das es woanders eigentlich doch noch spannender war, weil es da um mehr ging als hier und dass er da gerade ein paar Hunderter kassiert hatte."
Ich hielt den Atem an in der Hoffnung, Kalle noch mehr zu entlocken, aber er besann sich dann doch.

„Jedenfalls gehen hier keine großen Beträge über den Tisch."
„Alles klar."
Ich nickte verständnisvoll.
„Macht fünf fünfzig."
Ich zahlte, verabschiedete mich wieder mit Handschlag und verließ den Laden mit dem Gefühl, dass sich die Investition gelohnt hatte.

Beflügelt von meinem investigativen Erfolg schwang ich mich auf mein Fahrrad und fuhr den Ostwall hoch auf das Polizeipräsidium zu, bog davor aber links ab, grob in Richtung Yayla-Arena, in dessen Nähe sich Dinos Palast befand.
Die immer mal wieder umbenannte Mehrzweckarena rechter Hand liegen lassend - eine Halle, in der schon Größen wie Bob Dylan, Elton John und Joe Cocker aufgetreten waren, die aber auch dem meist erfolglosen Eishockeyverein unserer Stadt als Austragungsstätte für seine trotz allem immer gut besuchten Heimspiele diente - erreichte ich die Spielhölle.

Ich betrat die nur mittelmäßig beleuchtete Halle und war beeindruckt von dem bunten Blinken der zahlreichen Automaten, die im Halbdunkel des großen Raumes ihr Bestes taten, meine Augen zu verwirren. Es roch nach Kaffee und Bier, Schweiß und Nikotin, ein Gemisch, das mich normalerweise zum sofortigen Rückzug bewegt hätte, aber wenn ich mir ein genaueres Bild von dem Ort machen wollte, wo sich Tristan oft herumgetrieben hatte, musste ich das wohl oder übel in Kauf nehmen.
Aus dem Dunkel kam von links ein massiver Typ mit - ich konnte es kaum glauben - Sonnenbrille auf mich zu. Wie er sich hier fortbewegte, ohne ständig irgendwo anzustoßen, war mir ein Rätsel.
„Ausweis", presste er kaugummikauend zwischen seinen gewaltigen Zähnen hervor und seine Lederjacke

knirschte, als er die Hand fordernd ausstreckte. Er tat wirklich sein Bestes, um dem Stereotyp eines Kleinganoven gerecht zu werden.
Ich griff in meine Jacke, holte mein Portemonnaie heraus und zeigte ihm meinen Ausweis, den er erstaunlicherweise lesen konnte.
Er nickte kurz und verschwand hinter einer kleinen Theke im Hintergrund des Palastes, auf der ich einen Kaffeeautomaten und in einem Regal dahinter verschiedene Tüten mit Süßigkeiten und Knabberzeug ausmachen konnte. In einem Kühlschrank mit Glastür, der in diesem düsteren Ambiente noch am meisten Licht verstreute, standen jede Menge Kaltgetränke.
Meine Augen hatten sich an die Dunkelheit mittlerweile gewöhnt und ich konnte nun genauer erkennen, wie der Raum eingerichtet war. In drei Reihen standen verschiedene Automaten nebeneinander, davor Barhocker und hier und da kleine Tische. Es gab mehrere Flipper, wie es sie vor vielen Jahren vor allem in Kneipen gegeben hatte, Maschinen, bei denen man mit kleinen Greifarmen irgendwelche Gegenstände erfassen sollte, eine Art Rouletteautomaten, zwei Tischkicker und etliche bunt leuchtende Geräte, deren Sinn sich mir nicht erschloss. Allen gemeinsam war der kleine silberne Schlitz, in den man sein Münzgeld zu werfen hatte, wollte man ein Spielchen wagen.
Es waren außer dem Sonnenbrillenträger nur noch wenige Leute in dem Raum: Zwei junge Männer konnte ich vom Eingangsbereich aus weiter hinten neben einem Kicker stehen sehen, einen kräftigen Typen im Lodenmantel, der ab und zu laut vor sich hin fluchte und einen Handwerker im blauen Overall, der hier wohl seine Pause verbrachte.

Nachdem ich befürchtete, durch allzu langes Beobachten die Aufmerksamkeit von Dino - wenn es denn überhaupt Dino war - zu erregen, entschied ich

mich für einen Automaten, dessen Prinzip ich glücklicherweise ebenfalls aus Gaststätten kannte: eine Variante des einarmigen Banditen, bei der man gewonnen hatte, wenn drei gleiche Symbole in einer waagerechten Reihe angezeigt wurden, nachdem sie sich auf ihren Scheiben rasend schnell im Kreis bewegt hatten und man sie mit einem Knopfdruck im vermeintlich richtigen Moment zum Halten gebracht hatte.
Leider saß direkt daneben, von mir vorher nicht zu erkennen, auf einem Hocker ein kleiner, älterer Mann in einem viel zu großen Mantel, dessen Innenfell schon bessere Zeiten erlebt hatte, mit erschreckend geröteten Augen, der sofort den Verdacht in mir weckte, dass die Geruchsvariante Nikotin, Bier und Schweiß in erster Linie sein Beitrag zum besonderen Flair dieses Palastes war.
„Neu hier?", sprach er mich auch sofort von der Seite an, als ich mich auf den Hocker vor meiner Spielkiste setzte.
„Genau", antwortete ich kurzangebunden und wandte mich dem Automaten zu.
Aber er ließ nicht locker, wahrscheinlich war er froh, endlich jemandem gefunden zu haben, mit dem er hier ein paar Worte wechseln konnte.
„Gar nicht so schlecht hier", krächzte er, „ gar nicht so schlecht."
Ich warf einen Euro ein.
„Zum Beispiel der Kaffee. Kommt direkt aus Italien. Musst du probieren. Einmalig."
Ich drückte den Startknopf und die Scheiben begannen zu wirbeln.
„Ich bin übrigens der Charly", verkündete er, warf bei seinem Automaten ein paar Münzen ein und startete ihn ebenfalls.
„Bin schon ewig hier. Von Anfang an, kenne alle."
Das war natürlich interessant, aber andererseits hätte er mir höchstens bestätigen können, was ich ja schon

wusste, nämlich, dass Tristan hier wohl des Öfteren gespielt hatte.
Als ich dachte, es wäre der richtige Moment, drückte ich den Haltknopf dreimal, aber die richtige Reihe wurde nicht angezeigt. Charly kicherte.
„Gar nicht so einfach, was? Muss man üben, immer wieder."
Er drückte seinen Knopf in unregelmäßigen Abständen wie ich zuvor, aber auch er hatte keinen Erfolg.
„Na ja, es klappt nicht immer", brummelte er leicht verlegen.
Ich warf wieder einen Euro ein und wagte die nächste Runde. Charly zog nach.
„Jetzt aber. Bin ganz sicher. Wirst sehen."
Mein nächster Versuch scheiterte wie der erste, Charlys allerdings auch.
„Satan!", zischte er und ich warf den nächsten Euro ein.
„Da kann man ja ganz schön Kohle lassen", sagte ich wie beiläufig und mehr zum Automaten hin gesprochen als zu meinem Sitznachbarn.
„Ja, aber man kann auch was gewinnen", trumpfte er auf.
Ich gewann jedenfalls auch in dieser Runde nichts und opferte den nächsten Euro.
„Aber solange es nur um kleine Beträge geht, ist es ja nicht so schlimm", sagte ich nicht ohne Hintersinn.
„So ist es", stimmte mir Charly sofort heftig nickend zu.
„Andererseits ist dann ja auch nicht viel zu holen, selbst wenn man mal gewinnt", legte ich nach.
„Hier nicht", stimmte mir der kleine dicke Glücksritter vielsagend zu, wobei er in Richtung unserer Automaten zeigte.
„Aha?", stellte ich mich dumm und er schluckte den Köder.
„Woanders gibt's mehr", flüsterte er und leider kam er dabei nahe an mich heran, dass mich seine Ausdünstung beinahe buchstäblich vom Hocker geweht hätte.

Er blickte in Richtung einer Tür direkt neben dem Getränkeschrank.
„Dahinter kannst du mehr gewinnen", flüsterte er, „aber von mir hast du das nicht."
„Kannst ja mal mit dem da sprechen", sagte er und wies mit einem Kopfnicken in Richtung Tresen.
Das genügte mir erst einmal als Information und ich bedrängte Charly nicht weiter. Auch er sprach mich nicht mehr an und widmete sich wieder ganz seinem Spiel.

Es dauerte nicht lange, dann hatte ich mein selbst gesetztes Limit von zehn Euro verspielt und ich schaute unschlüssig auf den Automaten.
„Keine Kohle mehr?"
Die tiefe Stimme des Mannes mit der Sonnenbrille kam aus dem Dunkel hinter mir und obwohl er mich ziemlich erschreckt hatte, drehte ich mich dennoch betont ruhig zu ihm um.
„Ja, stimmt", log ich mit vorgetäuschtem Bedauern.
Der mit der Sonnenbrille brummte kurz.
„Wärst du Stammkunde, könntest du anschreiben lassen."
Ich machte große Augen mit vorgetäuschter Hoffnung.
„Bist du aber nicht", bemerkte er ernüchternd.
„Dazu müsstest du schon öfter hier gewesen sein. Kannst ja wiederkommen."
Ich nickte heftig.
„Mach ich doch, alles klar", sagte ich, als ob seine ausgefeilte Art der Kundengewinnung bei mir auf fruchtbaren Boden gefallen wäre.
Ich rutschte vom Hocker, schlenderte langsam zum Ausgang, den Blick der Sonnenbrille im Rücken. Wie war ich froh, wieder vom Winterweiß der Außenwelt geblendet zu werden und die frische, kalte Luft in großen Zügen einzuatmen.

Die Straßen waren vom Schnee geräumt, aber trotzdem gab es überall noch glatte Schlieren, die einem Fahrradfahrer besonders bei Dunkelheit alle Konzentration abverlangten.
Endlich zu Hause angekommen, brachte ich mein treues Gefährt wie immer in den Hof und stürmte die Treppe zu meiner Wohnung hinauf. Nichts wie hinein, Tür zu, Mütze, Jacke, Schuhe und Handschuhe ausgezogen.
Rasch einen Instantkaffee aufgegossen, weil das am schnellsten ging und endlich in meinen Sessel gesetzt, wo ich genüsslich einen großen Schluck nahm, der sofort eine angenehme Wärme in mir verbreitete.

Die Ereignisse des heutigen Tages gingen mir durch den Kopf: Lotte, Kalle, die Spieler, der mit der Sonnenbrille, Charly. Gab es da wirklich einen Zusammenhang mit dem Mord an Tristan? War mir vielleicht meine neue Rolle als Spezialagent im Dienste Ihrer Majestät zu Kopf gestiegen und fing ich schon an, Gespenster zu sehen? War es vielleicht auch nicht besonders klug, sich als Amateur in die Arbeit der Polizei so weit einzumischen? Und könnte ich mich durch meine Neugier nicht sogar selbst in Gefahr bringen?
Immerhin wusste ich jetzt, dass Tristan sehr gern um Geld spielte und dass es dabei durchaus auch um höhere Beträge gegangen sein könnte. Vielleicht hatte er in Dinos Palast oder in einer ähnlichen Spielhölle hohe Schulden gemacht und sie nicht pünktlich zurückzahlen können? Und wie passte das dann wieder zum Tatort in der Hochschule?
Am besten, so beschloss ich, würde ich meine Vermutungen an Lotte weitergeben, damit sie Ordnung in das Chaos meiner kleinen grauen Zellen bringen würde.
Ob richtig oder falsch: Ich hätte einen Grund, sie wieder zu treffen und das war doch immerhin auch schon ein sehr zufriedenstellendes Ergebnis. Bei diesem Gedanken fiel langsam die Anspannung von mir ab und

ich schaltete das Radio an. Irgendwann wurden im Lokalsender Welle Niederrhein für den kommenden Tag neue Schneefälle angekündigt.
Eine Zeitlang hörte ich, ohne länger an etwas Bestimmtes zu denken, der Musik und dem Moderator der Sendung zu und obwohl es noch nicht allzu spät war, schlief ich bald tief und fest ein.

Ein Kratzen an der Tür ließ mich aufschrecken und im blassen Licht des Mondscheins, das durch meine Fenster hereinleuchtete, konnte ich sehen, wie sich die Klinke senkte und sich die Tür langsam und leise knarrend öffnete.
Ich setzte mich in meinem Sessel kerzengerade auf und musste mit Entsetzen scheinbar gelähmt zusehen, wie der mit der Sonnenbrille meine Wohnung betrat und sich suchend umschaute. Starr vor Angst saß ich da, unfähig, einen Ton von mir zu geben und um Hilfe zu rufen.
Jetzt schaute er in meine Richtung, hatte mich gesehen und ein furchtbares Grinsen breitete sich auf seinem Gesicht aus. Die vielen Goldzähne waren mir vorher gar nicht aufgefallen, sein ganzer Mund schien voll davon.
Mit seinen kurzen, stämmigen Beinen kam er lautlos Schritt für Schritt in mein Wohnzimmer, irgendetwas Dunkles, Unförmiges hinter sich herziehend, bis er direkt vor mir stand.
Warum nur konnte ich nicht um Hilfe schreien, was schnürte mir die Kehle zu?
Seine Goldzähne glänzten im Mondlicht, während er einen riesigen Sack hinter sich hervorzog, ihn hochhob, über mich hielt und mit einem grauenhaften Gelächter eine unendliche Flut von Münzen auf mich herabfallen ließ, mehr und mehr, bis ich in dieser Welle aus Geld zu versinken glaubte, dann aber endlich meine Stimme wiederfand, aufschrie und von meiner eigenen Stimme geweckt schweißgebadet aus meinem Albtraum aufwachte.

Ein Blick auf die Uhr sagte mir, dass es sieben Uhr früh war und ich bekam starke Zweifel, ob ich meine selbsterteilte Lizenz zum Schnüffeln nicht doch besser gleich wieder an den Nagel hängen sollte, weil mir die Geschichte doch offensichtlich mehr zu schaffen machte, als ich gedacht hatte.

Wo ich nun schon einmal wach war, wollte ich die Gunst der Stunde nutzen und einige der Dinge erledigen, die in letzter Zeit immer zu kurz gekommen waren, Hauptsache, sie hatten nichts mit dem Verbrechen zu tun.
Ich räumte also meine Wohnung auf, putzte den Hausflur, soweit ich dafür zuständig war, erledigte den Abwasch der letzten Tage und überlegte, was ich noch einkaufen müsste.
Wie um mich mit winterlicher Idylle zu beruhigen, wurde ich von leichtem Schneefall begrüßt, als ich das Haus gegen neun Uhr verließ und mit meiner Einkaufsliste in der Tasche loszog.

Nach kurzer Zeit erreichte ich den Südwall und die Hochstraße. Dort gab es genügend Möglichkeiten, sich fürs Wochenende einzudecken. Auf meinem Weg durch die Fußgängerzone musste ich daran denken, dass dieses Stadtzentrum einmal eine Flaniermeile gewesen war, wo man sich am Samstag von seiner besten Seite zeigte, sich in einem Café oder Lokal zum Frühschoppen oder Mittagstisch traf. Heutzutage verirrten sich kaum noch sonntäglich herausgeputzte Bürger in diesen Teil der Innenstadt. Mehr und mehr Bettler bitten um milde Gaben, oft sind diese kaum von den Spaziergängern zu unterscheiden, Billigläden machen sich breit und es ist überhaupt nicht ratsam, nach zehn Uhr abends noch allein durch die City zu gehen.
Natürlich gibt es auch Lichtblicke, selbst im Winter, wenn beispielsweise „bei Kerzenlicht" eingekauft

werden kann oder im Sommer, wenn durch Konzerte und Modeschauen sogar Gäste aus dem Umland angezogen werden und man sich gastfreundlich von seiner besten Seite zeigt.
Noch ist unsere Stadt nicht verloren, dachte ich daher optimistisch, während ich mir in einer Bäckereikette frisch gebackene Brötchen für Samstag und Sonntag aussuchte und bei der gut gelaunten Kassiererin bezahlte.

Nach einem ausgiebigen Frühstück mit Schinken und Käsebrötchen und frisch aufgebrühtem Kaffee verging der Rest des Tages derart gestärkt wie im Flug. Zuerst arbeitete ich einiges von dem nach, was noch für das Studium zu erledigen war, dann hörte ich mir noch eins der ausgeliehenen Hörspiele an.
Als es schließlich wieder dunkel wurde und der Schnee sein Treiben einstellte, fiel mir ein, dass ich Lys Geschenke ja noch einpacken musste. Um acht Uhr sollte ihre Feier beginnen. Ich spielte kurz mit dem Gedanken, Lotte anzurufen und sie zu fragen, ob sie mitkommen würde, aber dann ließ ich es doch lieber. Das wäre für einige ein gefundenes Fressen gewesen und ich wäre mir auch gar nicht sicher, ob sie das überhaupt hätte machen dürfen. Immerhin wären einige Zeugen des Verbrechens anwesend, die die Polizei ja vielleicht sogar gleichzeitig zum Kreis der Verdächtigen zählen musste.
Kurz nach acht steckte ich das Geschenkpaket in eine Tragetasche und machte mich auf den Weg.

Ly und Max wohnten nicht weit von mir entfernt am Alexanderplatz, dessen japanischen Kirschbäume im Frühling mit ihrer herrlichen Blüte den Anlass für ein Nachbarschaftsfest boten, auf dem die verschiedensten Nationalitäten vertreten waren und zum Kennenlernen schmackhafter Leckereien einluden. Darüber hinaus zieht diese sensationelle Blütenpracht auch zahllose

Menschen an, die sich vor den Bäumen in Pose stellen, fotografieren lassen oder sich selbst als Selfie ablichten, um sich mit diesen Bildern im Internet zu präsentieren. Der Platz war schon 1885 angelegt worden, von schmucken Gründerzeithäusern eingerahmt und auf einer Seite zu einer Straße hin offen. Der Dozent Delius hatte uns schon mehrfach darauf aufmerksam gemacht, dass dort im Haus Nummer fünf Joseph Beuys 1921 seine ersten vier Lebensmonate verbracht hatte. Leider war es mit der Pracht schon in der angrenzenden Lewerentzstrasse wieder vorbei, wo gerade noch der marode Primus Palast, ein altes, privat betriebenes, eigentlich sehr schönes, aber leider sehr heruntergekommenes Privatkino erwähnenswert wäre, das aktuell aber immer häufiger eher geschlossen als geöffnet war. Max und Ly hatten großes Glück gehabt und tatsächlich eine schöne Zweizimmerwohnung im obersten Stock eines der Häuser am Alexanderplatz mieten können.

Als ich die Wohnung der beiden betrat, war ich überrascht, dass bereits so viele Gäste da waren. Eifriges Gemurmel und Gelächter füllte die Zimmer und es duftete nach exotischen Gewürzen, deren Namen mir natürlich nicht bekannt waren. Ly hatte mir die Tür geöffnet, ich umarmte sie, überreichte mein Geschenk und wünschte ihr alles Gute. Ihr dunkelrotes Kleid sah spektakulär aus und sie war bester Stimmung. Sie zeigte auf das Zimmer am Ende des kleinen Flurs.
„Die anderen sind schon da", und damit entschwand sie in einen Nebenraum, der wohl das Schlafzimmer war.
Im Wohnzimmer angekommen, erkannte ich schnell den bekannten Kreis:
Maren hatte sich in einen orangenfarbenen Pullover mit Sternchenmuster gezwängt und hielt ein farblich dazu passendes Getränk in ihrer linken Hand. Rechts neben ihr stand Alex in schwarzer Jeans und dunkelblauem Hemd. Den Abschluss bildete Jean-Marie, der einen

hellroten Cocktail in der Hand hielt, der in krassem Kontrast zu seinem grünen Outfit stand.
„Ja, wen haben wir denn da?", rief er mir zu und musterte mich von oben bis unten. Auch die anderen beiden begrüßten mich mit einem freundlichen „Hallo!".
„Wenn das mal nicht der Hilfssheriff von Frau Kommissarin ist", meinte Jean-Marie sagen zu müssen und klimperte anzüglich mit den etwas zu heftig geschminkten Wimpern.
Maren machte diesmal nicht mit, sie hatte ein anderes Interesse.
„Aber im Ernst, hast du was über die Untersuchungen erfahren?"
Ich war froh, dass sie das Gespräch auf die sachliche Schiene gelenkt hatte, wenn auch wahrscheinlich unbeabsichtigt und von Neugier getrieben.
„Also ich war gestern im Präsidium und Frau Becker hat mir die üblichen Fragen gestellt: Wo ich zur vermuteten Tatzeit war, ob es dafür Zeugen gab, ob mir irgendetwas besonders aufgefallen wäre und so weiter."
Mehr wollte ich nicht preisgeben, bevor ich nicht mit Lotte gesprochen hatte. Maren verzog enttäuscht den Mund und nahm einen Schluck aus ihrem Glas.
„Und wisst ihr etwas Neues?", wollte ich wissen.
„Nein, auch nicht", antwortete Alex und Jean-Marie nickte bestätigend.
„Sieht so aus, als ob sie jetzt erst einmal den Freundes- und Bekanntenkreis von Tristan untersuchen wollen", fügte er hinzu.
„Hatte er denn eigentlich eine Freundin?", fragte Maren, deren Interesse wieder aufflammte.
„Da war wohl mal was mit der süßen Klang", sagte Jean-Marie, woraufhin Alex missbilligend die Augenbrauen zusammenzog, was Jean-Marie aber nur weiter in Fahrt brachte.
„Natürlich könnte er auch einen Freund gehabt haben", trumpfte er auf.

Wir schauten ihn überrascht an und natürlich gönnte er sich eine gehörige Kunstpause, bevor er nachlegte.
„Also ich habe ihn schon ein paar Mal in männlicher Begleitung gesehen – in sehr gut aussehender männlicher Begleitung übrigens..."
„Das muss doch gar nichts heißen", warf Alex abwiegelnd ein.
Jean-Marie lächelte nachsichtig.
„Auch nicht, wenn sie Hand in Hand unterwegs waren?"
Das war nun für alle eine neue Information, die ihre Wirkung zeigte.
„Aber er soll doch auch mal etwas mit Dr. Klang gehabt haben", beendete Maren das verblüffte Schweigen der Runde.
„Das schließt sich ja nicht aus", belehrte sie Jean-Marie.
Maren lachte schallend.
„Stimmt auch wieder", und mit einem aufmunternden Blick zu Alex fügte sie hinzu: „Dann gibt es ja jetzt wieder Chancen für andere Bewunderer der schönen Vera", und sie trank ihr Glas in einem Zug leer.
Alex lief rot an.
Ich sah meine Gelegenheit gekommen, dem Minenfeld der Beziehungsgerüchte zu entkommen, indem ich Maren anbot, ein neues Glas für sie zu holen und ging in Richtung Küche, von wo der verführerische Duft des Essens herüberwehte.
Zu meiner Überraschung traf ich dort auf Dorm und Delius, die sich nicht zwischen den vielen, sehr lecker aussehenden Häppchen entscheiden konnten. Es war zwar nicht ganz unüblich, auch Dozenten zu Festen einzuladen, aber ich hatte gar nicht gewusst, dass Ly sie so gut kannte. Vielleicht war es aber auch nur ihre besondere Höflichkeit, die sie zu dieser Einladung gebracht hatte.
Offenbar waren sie sich mal wieder nicht einig, diesmal darüber, ob es sich bei einem bestimmten Häppchen

um Fisch handelte. Delius, heute ganz in Existenzialistenschwarz gekleidet, wurde auf mich aufmerksam, winkte mir zu und beide sahen mir freundlich entgegen.
„Johannes, was meinen Sie, ist das hier Lachs?"
Ich blickte auf die Leckerei, griff zu und biss hinein.
„Lachs", stellte ich fest.
Dorm lachte.
„Sehen Sie, Delius, Probieren geht über Studieren. Mit Ihrem erkenntnistheoretischen Ansatz hätten wir noch stundenlang vor dem Essen gestanden und wären wohl unentschieden wie Buridans Esel verhungert. Also Lachs – her damit!"
Damit griff er zu und füllte seinen Teller. Delius lächelte süffisant und tat es ihm gleich.
„Sie haben uns also das Leben gerettet, Johannes", stellte er amüsiert fest.
Ich sah die Gläser mit dem orangefarbenen Inhalt, griff zu und entschuldigte mich. In jeder Hand ein Glas kehrte ich zu meinen Freunden zurück, wo ich Maren ihr Getränk überreichte.
„Wusstet ihr, dass Delius und Dorm auch kommen würden?"
Alex nickte, den anderen war ihre Anwesenheit bisher entgangen.
„Wahrscheinlich haben sie sich wieder gestritten", vermutete Maren.
„Eigentlich nicht", erklärte ich und berichtete kurz von dem Lachsproblem.
„Wird Zeit, dass man sich endlich entscheidet, wer von beiden die feste Stelle bekommen soll, sonst hört die Zickerei ja nie auf", stellte Jean-Marie fest.
„Anfang April spätestens soll die Entscheidung feststehen", informierte uns Alex, „das habe ich im Sekretariat mitbekommen."
„Na, Gott sei Dank", seufzte Maren, „dann haben sie nur noch etwas mehr als zwei Monate zu überstehen, bis alles klar ist."

In diesem Moment gesellte sich Max zu uns, den ich vorher auch noch nicht gesehen hatte, obwohl die Wohnung eigentlich nicht sehr groß war. Aber es waren ja auch viele Leute da, was die Übersicht erschwerte. Er begrüßte mich, indem er mir auf die Schulter klopfte.
„Alles gut?", wollte er sich umblickend wissen und alle nickten.
„Schönes Fest und leckeres Essen", lobte Maren und prostete ihm zu. Der Cocktail schmeckte erfrischend fruchtig.
„Was ist denn das?", wollte ich wissen.
„Ein Mango-Cocktail, Spezialrezept von Ly", erklärte Max.
„Ich trink ja doch lieber Bier", gestand er uns flüsternd und hob nochmal uns zuprostend sein halbvolles Glas.
Mit dieser Vorliebe war er in unserer Stadt gut aufgehoben, denn hier gab es immerhin vier Hausbrauereien.
Er wies auf eine schicke Regalkonstruktion an der Wand zu unserer Rechten.
„Habe ich gerade fertig gemacht."
Wir bewunderten seine Arbeit aus Buchenholz, in der sich Regale, offene Fächer und kleine Schubladen abwechselten und Gelegenheit boten, Dinge darin funktional und dekorativ einzuordnen. Die beiden kleinen Lautsprecher darin verbreiteten einen angenehm unaufgeregten Klangteppich.
Dorm und Delius traten hinzu und blickten auf das neue Designerstück.
„Erinnert an Bauhausästhetik", bemerkte Dorm und Delius widersprach wie gewohnt:
„Die Anordnung der Flächen erinnert an niederländischen Neo-Plastizismus", wobei ich wieder einmal nicht erkennen konnte, ob er das ernst meinte.
„Da bin ich völlig anderer Meinung", war Dorms erwartungsgemäße Antwort, aber Maren gab ihnen keine Chance, diesen Disput weiter auszutragen.

„Hier sind wir nicht an der Hochschule, jetzt wird gefeiert – also zum Wohl!", und damit hob sie ihr Glas und alle prosteten sich zu.
„Das ist wohl auch der Grund, weshalb man dich schon länger nicht an der Hochschule gesehen hat, oder?", fragte Alex und deutete auf die gelungene Tischlerarbeit.
Max nickte, ein wenig verlegen, vermutlich, weil die beiden Dozenten neben ihm standen.
„War dann doch mehr Arbeit als gedacht", erklärte er wie zur Entschuldigung.
„Hoffentlich haben Sie nicht zu viel Stoff verpasst", sagte Delius und blickte leicht besorgt.
„Mir fehlen nur die letzten zwei Wochen", meinte Max.
„Die hole ich schon wieder auf", versicherte er und Delius nickte beruhigend.
„Das ist zu schaffen", bestätigte auch Dorm.
In diesem Moment gesellte sich Ly zu uns.
„Habt ihr keinen Hunger?", fragte sie und wies in Richtung Buffet.
„Gut, dass du das sagst", bemerkte Jean-Marie und wir machten uns gemeinsam auf den Weg in die Küche, die Dozenten hinter uns lassend.
Mit Tellern in der Hand gingen wir an der reichlich gedeckten Tischplatte entlang und griffen zu. Am Ende der Tafel wartete ein großer, zum Teil angeschnittener Braten mit dunkler Kruste auf uns und als Maren sich bediente und eine große Scheibe schon fast auf ihrem Teller ablegen wollte, hielt sie inne, starrte beinahe entsetzt auf den Braten und legte die Scheibe langsam wieder zurück. Natürlich wussten wir alle, woran sie gerade hatte denken müssen und wir schlossen uns solidarisch ihrem Entschluss an.
Zum Glück kam gerade Dorm in die Küche, offensichtlich, um sein Glas neu zu füllen.
„Mens sana in corpore sano", verkündete er gut gelaunt mit Blick auf das Buffet und füllte sein Glas nach, prostete uns zu und ging wieder zurück ins Wohnzimmer.

„Da hat er recht", stimmte Maren zu und schob sich ein Häppchen mit Leberpastete in den Mund, womit der Bann gebrochen war und wir ebenfalls wieder in den anderen Raum zurückkehrten, wo Ly auf uns wartete.

„Schmeckt's euch?", wollte sie in etwas ängstlichem Tonfall wissen.
„Genial", beruhigte sie Jean-Marie und alle nickten zustimmend.
„Du musst mir die Rezepte unbedingt geben. Mein Karel ist ein genialer Koch, der kann uns das dann sicher auch zubereiten, wenn wir wieder Mal Appetit auf was Besonderes haben. Und den haben wir ja andauernd...", fügte er mit vollem Mund grinsend hinzu.
„Das freut mich", antwortete Ly arglos und Max, der fast zwei Köpfe größer war als die kleine Chinesin nahm sie in den Arm.
In diesem Moment waren die Gedanken an das Verbrechen in der Keramikwerkstatt in weite Ferne gerückt.

So verplauderten wir den Abend, aßen hervorragend und tranken köstliche Getränke, doch als ich mich schließlich als einer der letzten Gäste von Ly und Max verabschiedet hatte und bestens gelaunt auf den schneebedeckten Alexanderplatz mit seinen weiß eingeschneiten Bäumen, die ihre Äste wie nach Wärme suchend in die Höhe reckten, hinaustrat, wurde ich schlagartig von Furcht befallen, weil mir bewusst wurde, dass ich nun noch mitten in der Nacht den Heimweg durch die fast menschenleeren Straßen vor mir hatte.
Der Schnee krachte unter meinen Sohlen, als ich auf dem kürzesten Weg nach Hause hastete, wobei ich mich immer wieder versicherte, dass mir niemand folgte und um jeden uneinsichtigen Hauseingang einen großen Bogen machte. Alles schien gut zu gehen, bis mir auf einmal ein großer Mann mit über den Kopf gezogener

Kapuze entgegenkam und ich in aufsteigender Panik die Straßenseite wechselte. Zu meiner unendlichen Erleichterung blieb er aber dann doch auf seiner Seite der Straße und ging seines Weges. Nicht nur vor Kälte zitternd schloss ich kurz darauf die Haustür zu meiner Wohnung auf, huschte in den Flur und schloss die Tür so schnell, wie es nur ging.
Endlich wieder in meiner warmen Wohnung, warf ich meine Jacke über einen Küchenstuhl und zog die nassen Schuhe aus, die ich vor der Heizung abstellte. Hoffentlich konnten meine neuesten Erkenntnisse Lotte helfen, den Mörder schneller zu finden, schoss es mir durch den Kopf, denn so langsam, das musste ich mir widerwillig eingestehen, bekam ich es mit der Angst zu tun.

4. Kapitel: Das Museum

Kaum wage ich es zu glauben, dass ein so liebliches Wesen wie sie zugleich auch solchen Kunstverstand besitzt! Gerade erst hatte ich die Mappe geöffnet und schon beim ersten Bild weiteten sich ihre himmelsklaren Augen voller Bewunderung.
Meine Freude kannte keine Grenzen, mir zitterten die Hände und ich holte Bogen um Bogen aus der schützenden Hülle.
Wie sich die Körper auf ihre Geometrie reduzieren, auflösen, neu vereinen und die Farben nur noch der Kunst, nicht der Natur allein gehorchen.
Doch meine Begeisterung über all dies Neue wiegt nicht so schwer wie das Glück, dass auch sie dies zu erkennen vermag.

Als ich am folgenden Montag die Hochschule betrat, war es schon zehn Uhr. Die Temperaturen waren unverändert weit unter dem Gefrierpunkt und ich steuerte als erstes die Mensa an, um mir wie gewohnt ein warmes Getränk zu gönnen, das mich aufwärmen sollte, bevor ich wieder zu meinen Kisten gehen würde.

Die Halle war fast leer, so dass ich geradewegs auf den Kaffeeautomaten zusteuerte und mir in einem Becher einen Cappuccino to go zog. Ich begrüßte die gut gelaunte Frau an der Kasse, zahlte und machte mich auf den Weg in den Erfassungsraum. Da zu dieser Zeit Vorlesungen stattfanden, traf ich kaum auf andere Studierende. Als ich den Raum betrat, wehte mir der vertraute Geruch nach altem Papier entgegen und nachdem ich vorsichtig den Kaffee abgestellt hatte, öffnete ich das Fenster, um erst einmal etwas frische Luft hereinkommen zu lassen. Allerdings dauerte meine

Lüftungsphase nicht allzu lange, die hereinströmende Kälte ließ mich das Fenster schnell wieder schließen.

Da das Hochfahren des veralteten Computers bekanntlich seine Zeit brauchte, begann ich wieder in den von mir bereitgestellten Kisten zu stöbern, wobei mir das Notizbuch in die Hände fiel, in dem ich letztens schon geblättert hatte. Wem es einmal gehört hatte, war nicht erkennbar und die Bemerkungen darin waren eher Gedankenblitze als wohl überlegte und ausformulierte Texte. Das Entziffern war nicht ganz einfach, denn Sütterlinschrift hatte ich zwar einmal im Rahmen eines Seminars kennengelernt, aber sie war mir nicht gerade geläufig. Meistens ging es um irgendwelche Tiere: Rehe, Pferde, Fische, Frösche – anscheinend ein Tierfreund, der aber auch Interesse an Kirchenfenstern hatte, denn neben kurzen Kommentaren waren auch kleine Skizzen in das Büchlein gekritzelt, die wohl auf die Schnelle bei irgendeinem Besuch einer Kapelle oder Kirche das Gesehene festhalten sollten.

Endlich war der PC bereit, ich legte das Notizbuch beiseite und griff nach den zuoberst liegenden Büchern meines babylonischen Stapels, die ich nach und nach in das umständlich zu bedienende System eingab, was mich aber nicht weiter störte, denn je länger die Eingaben dauerten, desto länger würde ich auch für diese Arbeit bezahlt – zwar nicht angemessen, denn die Hochschule war knapp bei Kasse, aber es half mir, über die Runden zu kommen.

Nach ungefähr zwei Stunden bekam ich Hunger, weil ich mein Frühstück hatte ausfallen lassen. Ich räumte also die erfassten Bücher und Dokumente in das Regal für die erledigten Dokumente und schaltete den Rechner aus.

Als ich kurze Zeit später die Mensa betrat, bot sich mir schon ein ganz anderes Bild als bei meiner Ankunft: Die Stühle waren weitgehend besetzt und ein Duft nach Sauerbraten und Rotkohl erfüllte die Luft. Ich schaute genauer hin und entdeckte wieder einmal direkt an der großen Fensterfront Maren und Alex, die sich angeregt unterhielten. Als ich an ihrem Tisch ankam, begrüßten sie mich freundlich.

„Und wie habt ihr die Feier überstanden?", fragte ich als erstes in die Runde.
„Keine Probleme", sagte Alex, der sowieso zu den sehr kontrollierten Trinkern gehörte.
Maren winkte ab.
„Nichts haut eine Seefrau um - und selbst?"
„Auch alles gut", antwortete ich, ließ aber meine Panikattacke absichtlich aus.
In diesem Augenblick schaute Maren interessiert Richtung Essensausgabe.
„Ist das nicht Benno?"
Wir drehten uns um und sahen Benno Meinhard, der uns jetzt auch entdeckt hatte und fröhlich lachend auf uns zukam. Benno studierte wie ich Kommunikationsdesign und hatte ein Semester vor mir damit angefangen. Wir hatten ihn seit der Weihnachtspause nicht mehr gesehen.
„Frohes neues Jahr!", wünschte er uns, während er sich auf einen freien Stuhl neben Maren setzte und sein Tablett abstellte.
„Gleichfalls", antworteten wir im Chor und Alex, der offensichtlich besser informiert war als ich, setzte hinzu: „Hast du die Erkältung gut überstanden?"
Benno nickte, wobei seine blonden Locken wippten und mir wieder einmal auffiel, wie gut er eigentlich aussah, ein echter Engel.
„Ja, schon, aber mich hatte es diesmal richtig krass erwischt: War kurz vor der Lungenentzündung, vierzig Fieber. Aber seit gestern ist wieder alles gut."

Wir waren beeindruckt und bei genauerem Hinsehen stellte ich fest, dass er auch etwas abgenommen hatte.
„Bin gerade erst wieder hier angekommen", sagte er.
„Ich freu' mich sogar schon auf die Seminare."
„Warum denn auch nicht?", fragte Alex trocken und Maren verdrehte die Augen in Richtung der Heiligenscheine an der Decke.
„Streber", sagte sie und grinste.
Benno lachte wieder und nahm seine runde Nickelbrille ab, um sie mit einer Serviette zu putzen.
Dann griff er zum Löffel und begann, die herrlich duftende Ochsenschwanzsuppe zu essen.
Zwischen zwei Löffeln fragte er beiläufig: „Was gibt es denn Neues?"
Wir blickten ihn erstaunt an.
„Ja, hast du es denn noch gar nicht gehört, was hier passiert ist?", platzte Maren heraus.
Er schüttelte nur den Kopf.
Maren beugte sich ihm entgegen.
„Tristan ist tot", flüsterte sie, „und es kommt noch schlimmer: er wurde umgebracht."
Benno schaute sie entgeistert an und Suppe tropfte von seinem Löffel, weil seine Hand zu zittern begann.
„Du wusstest es noch nicht", stellte Alex nüchtern fest.
Aber bis Benno antwortete, dauerte es erst noch einige Augenblicke.
„Nein, das wusste ich wirklich noch nicht", sagte er langsam.
Er war weiß wie der Schnee draußen vor dem Fenster und es dauerte schon einige Zeit, in der keiner von uns ein Wort sagte, bis er sich wieder gefasst hatte und weiter aß.
„Weiß man denn schon, wer es war?", wollte er schließlich wissen, wobei er versuchte, seiner Stimme einen fast gleichgültigen Klang zu geben, was aber nicht ganz gelang.
„Nein", sagte Maren, „die Polizei hat uns zwar alle vernommen, aber soweit wir wissen", und dabei warf

sie mir einen kurzen Blick zu, „hat man noch keinen möglichen Täter gefunden."
Benno überlegte kurz.
„Und wieso hat man euch überhaupt vernommen?"
„Weil Maren den toten Tristan gefunden hat – im großen Brennofen", erklärte Alex.
Benno hörte wieder auf zu essen und legte den Löffel in den fast leeren Teller.
Er schien intensiv nachzudenken und stand schließlich langsam auf.
„Also, ich muss jetzt los, bin spät dran", sagte er, „bis später dann", und er eilte zur Geschirrrückgabe, stellte sein Tablett ab und verließ die Mensa mit schnellen Schritten.

„Was war das denn jetzt für ein Auftritt?", fragte Maren und schüttelte den Kopf.
„Das ist ihm ja ganz schön nahe gegangen", sagte ich.
„Wenn man das zum ersten Mal hört, ist es ja auch ein Hammer", meinte Alex.
„Wir hatten ja, anders als er, auch schon Zeit, das zu verarbeiten", fügte er hinzu.
Maren und ich nickten zustimmend und schwiegen. Ich schaute aus dem Fenster, wo die Mittagssonne die Schneedecke so stark glitzern ließ, dass man kaum hinschauen konnte.
„Apropos verarbeiten – steht jetzt eigentlich fest, wann wir wieder in die Werkstatt dürfen?", wollte ich wissen.
„Am Schwarzen Brett stand, dass wir ab heute wieder dort arbeiten können", sagte Alex.
Maren schüttelte sich.
„Da kriegen mich keine zehn Pferde wieder rein."
Alex blickte sie streng an.
„Wenn man vom Pferd gefallen ist, muss man sofort wieder aufsteigen, sonst hat man für immer Angst vorm Reiten."
Maren dachte eine Zeitlang nach, zupfte am Ärmel ihres

selbstgestrickten grünen Wollpullovers, den überdimensionale weiße Schneekristalle zierten.
„Na gut, mein Lieber", sagte sie schließlich, „wann sollen wir uns treffen?"
„Wie wär's um drei?", schlug Alex vor.
Und dabei blieb es.

Der Vorschlag passte mir sehr gut, denn ich musste noch die Vorlesung über Kunstgeschichte besuchen, die bis halb drei dauern würde.
Ich schlenderte also zum Hörsaal, vorbei an den Mitstudierenden, die vermutlich ebenfalls auf dem Weg zu ihren Lehrveranstaltungen waren. Am Schwarzen Brett blieb ich kurz stehen und fand auch gleich die Bekanntmachung des Rektors, der die Keramikwerkstatt nach Zustimmung der Polizei wieder freigegeben hatte. Zuletzt waren zwei Telefonnummern, eine von Hauptkommissar Martin und eine von Lotte angegeben, an die man sich wenden sollte, falls man noch einen der berühmten „sachdienlichen Hinweise" hätte. Ich fotografierte mit meinem Handy den Teil des Plakats, auf dem die Nummern standen, um sie später in meine Kontakte zu übernehmen, dann ging ich weiter zum Hörsaal.

Die Reihen waren gut gefüllt und Dorm war offensichtlich zufrieden mit der Besucherzahl, als er den Raum betrat und die zahlreichen Anwesenden registrierte.

„Kunstwerke stehen immer in einem historischen Kontext", begann er seinen Vortrag.
„Und so kann dieser historische Kontext ganz entscheidend dafür sein, welchen Stellenwert wir einem Kunstwerk zu der einen oder anderen Zeit beimessen. Dasselbe Werk kann in verschiedenen Epochen völlig unterschiedlich bewertet werden. Welchen Erfolg hätte ein Mondrian im 19. Jahrhundert gehabt? Und welche Resonanz wird heutzutage einem Künstler zuteil, der

noch im Stil der alten niederländischen Meister malt? Die Zeit, in der etwas an einem bestimmten Ort und in einem bestimmten makrogesellschaftlichen Kontext entsteht, ist ganz entscheidend für die kunstgeschichtliche Bedeutung, die ein Werk entfalten kann. Doch auch den mikrokulturellen Kontext dürfen wir nicht vernachlässigen, wollen wir versuchen, ein Objekt im weiteren Sinne ganzheitlich zu begreifen, soweit das überhaupt möglich sein sollte, denn auch unsere Sicht der Dinge entsteht in einem historischen Kontext.
Nehmen wir zum Beispiel die Künstlergemeinschaft aus Worpswede oder die Blauen Reiter aus Sindelsdorf. Hätten die Werke Franz Marcs wirklich eine solche Berühmtheit erlangt, wären sie nicht durch die Aktivitäten dieser Gruppe an die Öffentlichkeit getreten? Hatten sich nicht andere Künstler ganz unabhängig vom Blauen Reiter in dieselbe Richtung bewegt, nur dass von ihnen heute kaum noch jemand spricht? Und was wäre aus einem Picasso geworden, hätte er die „Frau mit Artischocke" nicht 1941, sondern 1641 gemalt? Wie wäre es Max Ernst ergangen, hätte er sein Bild „Die Jungfrau züchtigt das Jesuskind" im Mittelalter und zur Zeit der Inquisition gemalt?"
Dorms sonore Stimme zeigte Wirkung, mein Blick begann zu wandern und nach kurzer Zeit stellte ich fest, dass Benno ein paar Reihen vor mir saß. Ich hatte vermutet, dass er nach Hause gegangen war.
Ich schaute wieder nach vorn, wo Dorm sich alle Mühe gab, die Studierenden für die Kunsthistorie zu begeistern. Zwar machte ich mir hier und da ein paar Notizen, konnte mich aber nicht richtig auf die Vorlesung konzentrieren. Immer wieder kam mir Lotte in den Sinn und ich überlegte, unter welchem Vorwand ich sie wohl wieder treffen könnte.
Als Dorm sich verabschiedete und den Hörsaal verließ, war ich froh, dass die Vorlesung vorüber war.
Nachdem ich mein Notizbuch eingepackt hatte, machte ich mich auf in Richtung Werkstatt. Der Weg dorthin

war freigeräumt, rechts und links häuften sich kleine Schneedünen, irgendein Streugut knirschte unter meinen Schuhen. Es war windstill und schneite nicht. Die Sonne war wieder hinter einer hellgrauen Wolkendecke verschwunden, so dass es mal wieder nicht so richtig hell wurde.
Als ich an der Werkstatt ankam, kam mir der Werkstattmeister in seinem grauen Kittel entgegen.
„Tag, Herr Egger", grüßte ich ihn und er grüßte zurück, indem er seine Strickmütze kurz lüftete und mit leicht geröteten Augen an mir vorbei zum Haupteingang weiterhastete. Ich betrat das Gebäude und der Geruch von Kaffee und Ton empfing mich, als wäre nichts gewesen. Andererseits: was hatte ich erwartet? Bratengeruch?

Als ich die Arbeitstische erreichte, war Jean-Marie schon da. Allerdings strahlte er nicht wie sonst diese Mischung aus Überdrehtheit und Hochnäsigkeit aus. Er ließ die Schultern hängen und saß gedankenverloren vor einem unförmigen Haufen Ton. Er bemerkte mich erst, als ich unmittelbar vor ihm stand.
„Hallo, Jean-Marie", begrüßte ich ihn, woraufhin er mich müde anblickte.
„Hallo Jo", antwortete er und ließ noch einen abgrundtiefen Seufzer folgen.
Außer uns war niemand im Arbeitsraum.
„Was ist denn los?", fragte ich.
Er blickte von mir weg auf die Wand.
Er ließ mich warten, rückte dann aber doch mit seinem Problem heraus.
„Karel", zischte er, als erwartete er, dass die Erwähnung dieses schon alles sagen würde.
„Karel?"
Sein Blick verfinsterte sich.
„Karel", und er schaute düster auf den Tonklumpen vor sich, „ hat mich betrogen."

Seine flache Hand landete auf dem Ton, als wollte er eine Fliege erschlagen.
„Wir haben wie verrückt gestritten“, setzte er hinzu und schaute verzweifelt auf den Tonklumpen.
Die Beziehungsberatung von Homosexuellen war nun nicht gerade mein Spezialgebiet, aber nach kurzem Nachdenken sagte ich:
„Ihr werdet euch schon wieder vertragen.“
Jean-Marie stand auf.
„Und wenn ich ihn gar nicht mehr will?“, rief er aus.
„Und wenn ich diesen Scheißkerl gar nicht mehr will?“, rief er jetzt noch lauter und dramatischer. Er griff mit beiden Händen in die Tonmasse, als wollte er sie würgen.
„Das sollte eine Skulptur für seinen Geburtstag werden“, schrie er jetzt und schlug nochmal mit einer Faust ungelenk auf den Haufen ein.
„Eine Skulptur für diesen Riesen…“, verzweifelt blickte er die zermatschte Masse an.
„…arsch?“, versuchte ich ihm spontan aus dem Formulierungsengpass zu helfen.
Mit einem fürchterlichen Schrei und unvermuteter Kraft schlug er auf den Ton ein, bis er ihn endlich hochhob und mit unvermuteter Kraft quer durch den Raum schleuderte, bis er knapp neben dem Eingang gegen die Wand klatschte. Soviel Wut hatte ich ihm gar nicht zugetraut.
„Haben wir was verpasst?“, fragte Maren, die gefolgt von Ly und Alex in diesem Augenblick durch die Tür eintrat und auf den herabgestürzten Klumpen blickte. Die Gruppe kam zu uns an die Werkbank.
„Jean-Marie hat Liebeskummer“, erklärte ich.
„Karel hat ihn betrogen“, fügte ich hinzu, woraufhin Jean-Marie hemmungslos zu weinen anfing und sich die Hände vors Gesicht hielt.
Maren schaute ihn kurz an, dann nahm sie ihn in den Arm, drückte ihn an sich und tätschelte seinen Rücken. Er schluchzte mitleidheischend.

„Schau mal, mein Lieber", sagte sie ruhig, „hat er dich denn auch verlassen?"
Das Schluchzen ließ etwas nach.
„Wie? Nein..."
Maren brachte ihn dazu, sie mit seinen geröteten Augen anzusehen.
„Aber dann ist ja noch nicht alles verloren."
Das Schluchzen hörte auf.
„Hast du nicht selbst noch vor ein paar Monaten mal auf einer fremden Scheibe getöpfert?", gab sie ihm leise zu bedenken.
Jetzt erinnerte auch ich mich daran, wie er mit seinem Seitensprung angegeben hatte.
Jean-Marie schaute sie ertappt an, blieb aber stumm.
„Siehst du – und danach habt ihr euch doch auch wieder versöhnt. Noch ist also nicht alles verloren."
Sie klopfte ihm ermutigend auf die Schulter und Jean-Marie schien sich zu fassen. Er stand mit einem Ruck auf.
„Ich rufe ihn sofort an", verkündete er entschlossen, warf seinen Kittel in die Ecke und verließ mit weit ausholenden Schritten die Werkstatt.
„Und wer macht das jetzt sauber?", fragte Alex mit Blick auf den Matschfleck neben der Tür und die Tonreste auf dem Boden.
„Immer der, der fragt", versicherte Maren mit gewinnendem Lächeln und Alex ergab sich in sein Schicksal.
„Und ich mache uns jetzt erst einmal einen Kaffee", kündigte sie an und irgendwie war damit in der Werkstatt wieder die altvertraute Atmosphäre hergestellt, wofür wir ihr alle wirklich sehr, sehr dankbar waren.
Als wenn er es geahnt hätte, betrat Werkstattmeister Egger, wie immer von leichtem Cannabis-Geruch umgeben, die gut geheizte Halle, als Maren mit ihrem Tablett zu uns zurückkam. Wir begrüßten ihn und er blickte leicht verlegen auf das Tablett.

„Ob da vielleicht noch eine Tasse für mich…", begann der kleine graue Mann, aber Maren schnitt ihm das Wort ab.
„Aber natürlich, Herr Egger, für Sie doch immer."
Sie verteilte rasch die auf dem Tablett stehenden Becher und bot die letzte dem beliebten Hochschulangestellten an, der sie dankend annahm.
„Ich mache mir eine neue", erklärte Maren und verschwand wieder.
„Was für ein Glück, dass die Werkstatt wieder freigegeben ist", begann Egger und nahm einen großen Schluck aus dem Becher.
„Allerdings", stimmte Alex zu, der die Tonreste von Jean-Maries Wutausbruch beseitigt hatte.
„Sonst hätten wir vielleicht Probleme mit der Fertigstellung unserer Objekte bekommen können und einige von uns brauchen die Leistungsnachweise unbedingt noch für dieses Semester."
Eggers Blick fiel auf die Arbeiten, die im Regal an der Wand standen und blieben bei Marens letzten Ergebnissen stehen.
„Und welche Aufgabenstellung lag bei diesen Objekten zugrunde?", fragte er mit wohl gewählten Worten.
„Krieg und Frieden", klärte ihn die Künstlerin auf, die jetzt auch einen dampfenden Becher in ihren Händen hielt und sich wieder zu uns gesellt hatte.
Egger schaute genauer hin und hielt den Kopf schief.
„Eine sehr freie Interpretation", sagte er vorsichtig.
„Mehr Krieg als Frieden", bemerkte Alex trocken und erntete einen strengen Blick von Maren.
„Vielleicht müssen die Kanten noch etwas bearbeitet werden?", schlug Egger vor.
„Bloß nicht", wehrte Maren energisch ab, so dass ihre braunen Locken bebten, „das soll ja gerade das verletzende Element des Krieges betonen."
Nicht nur Egger machte große Augen. Während er sich die Werke noch einmal unter diesem neuen Aspekt

genauer anschaute, zupfte Maren ungeduldig an ihrem riesigen bernsteinfarbenen Ohrring.
„Sind die Sprünge im Ton auch beabsichtigt?", fragte er schließlich.
„Natürlich", behauptete Maren heftig nickend, schaute dann allerdings so genau auf die von Egger gemeinten Stellen, dass ich mich des Eindrucks nicht erwehren konnte, dass sie diese vorher noch gar nicht beachtet hatte. Maren strebte keine Perfektion an, ein „im Großen und Ganzen in Ordnung" genügte ihr in der Regel voll und ganz.
„Das zeigt die Zerbrechlichkeit des Friedens", erklärte sie dem Werkstattmeister, der sie mit großen Augen anschaute. Maren war einfach nie um eine Ausrede verlegen und selbst Ly musste schmunzeln.
„Nun ja", sagte er und nahm noch einen Schluck Kaffee, „aber wenn Sie Hilfe brauchen sollten, sprechen sie mich ruhig an."
Maren sagte nichts, nickte aber großzügig. Egger blickte in die Runde.
„Tja, wenn es sonst nichts mehr gibt, was ich noch für Sie tun kann", sagte er, „dann gehe ich jetzt mal noch ein Zigarettchen rauchen."
Sprach's und verschwand schnellen Schrittes.
„Woher der wohl sein Marihuana bezieht?", fragte ich.
„Keine Ahnung", sagte Maren, „vielleicht vom Museumsplatz?"
„Ich würde eher auf Holland tippen", sagte Alex, „ist doch gleich nebenan und dort ohne Probleme zu bekommen."
„Ich bin auch so ganz entspannt", stellte Maren fest und beendete so dieses Thema.
„Lasst uns doch noch was arbeiten", meldete sich Ly zu Wort und ihr Vorschlag wurde einstimmig angenommen.

So verging die Zeit und gerade hatten wir beschlossen, für heute Schluss zu machen, da klingelte mein Handy: Lotte.

„Ja, hallo", sagte ich und ärgerte mich sofort, dass mir nichts Geistreicheres eingefallen war.
Sie kam gleich zur Sache:
„Hättest Du Zeit, dass wir uns treffen. Martin macht mir die Hölle heiß, weil wir nicht richtig weiterkommen. Ich möchte gern hören, was du in der letzten Zeit erfahren hast."
Ich dachte kurz nach.
„Tja, ein paar Gerüchte, aber ich weiß nicht, ob das wirklich wichtig ist…", begann ich und hätte mich schon gleich wieder auf die Zunge beißen können, weil ich damit ihr Interesse ja schon im Keim hätte ersticken können, aber sie ließ sich nicht beirren.
„Du kannst mir ja erzählen, was du weißt und ich schaue dann, ob etwas Verwertbares dabei ist."
„Prima", stimmte ich erleichtert zu, „wo wollen wir uns treffen?"
„Irgendwo, nur nicht in der Nähe des Präsidiums", sagte sie, „wo uns Martin über den Weg laufen könnte."
Ich überlegte kurz.
„Wie wäre es im Kaiser-Wilhelm-Museum?", schlug ich vor.
„Gute Idee", sagte Lotte, „morgen um zwölf, da fällt es nicht auf, weil ich dann meine Mittagspause machen könnte."
„Das passt", sagte ich betont sachlich, „dann bis morgen um zwölf."
„Bis morgen um zwölf", wiederholte sie und beendete das Gespräch.
Ich schaute von meinem Handy auf und um mich herum standen Maren, Alex und Ly und grinsten unverschämt.
„Dann bis morgen um zwölf", ahmte mich Maren nach alle drei lachten.
Freunde können ganz schön doof sein.

Kurze Zeit später gingen wir gemeinsam zum Haupteingang zurück, wo ich mich von den anderen verabschiedete, mich auf mein Fahrrad setzte und nach

Hause fuhr. Die Straße war stellenweise von Glatteis bedeckt und offenbar hatten die Temperaturen dazu geführt, dass sich an vielen Stellen kleine und größere Löcher im Asphalt aufgetan hatten, was mich dann dazu brachte, zur Sicherheit abzusteigen und das Rad den Rest der Strecke zu schieben. Es war später Nachmittag, die Straßen waren gerade ausreichend beleuchtet und menschenleer. Als ich in die Lindenstraße einbog und meine eigenen, knirschenden Schritte hörte, machte sich mit einem Mal eine Beklemmung in mir breit, die dazu führte, dass ich anfing, mich immer mal wieder umzudrehen um festzustellen, ob ich wirklich allein unterwegs war. Allerdings konnte ich niemanden entdecken, der mir vielleicht gefolgt sein könnte. Je länger ich durch die enge Einbahnstraße mit den dunklen, wie aus einem Fritz Lang Film kopierten Fassaden lief, desto mehr wich die Beklemmung einer Furcht, obwohl ich mir immer wieder sagte, dass es doch gar keinen Grund für mich gab, mich direkt bedroht zu fühlen. Als ich mein Haus schließlich erreicht hatte, beeilte ich mich, die Tür zu öffnen, hineinzugehen und sie rasch wieder hinter mir zu verschließen.

Oben angekommen überlegte ich, wie ich das morgige Treffen mit Lotte möglichst positiv gestalten könnte. Ich beschloss, mich vorher noch einmal über das Museum genauer zu informieren, um bei Lotte vielleicht mit Fachkenntnis zu punkten.
Es war noch gar nicht so lange her, dass das Museum nach sechsjähriger Umbauphase wiedereröffnet worden war. Ich war sogar dort gewesen, als vorab die noch leeren, weißen Räume zur Besichtigung freigegeben worden waren. Und auch bei der Eröffnungsfeier mit Lichtshow und einer Menge Publikum war ich Anfang Juni 2016 als Zuschauer dabei gewesen, hatte mir das gelungene Spektakel angeschaut und davon

beeindruckt mich im Nachhinein über das Bauwerk genauer informiert.
Was ich in Erfahrung brachte, war, dass das Museum 1897 zu Ehren von Kaiser Wilhelm dem Ersten erbaut und eröffnet worden war. Der Schwerpunkt lag zunächst auf neuzeitlichem Kunstgewerbe und Kleinkunst. Der Stadtverordnete Friedrich Oetker hatte das neue Museum durch den Ankauf und die Schenkung einer namhaften Sammlung unterstützt. Ab 1922 wurde dann durch den zweiten Direktor der Schwerpunkt auf bildende Kunst gelegt und es wurden Werke von zum Beispiel Liebermann, Campendonk und Kirchner erworben. Besonders die kurze Zeit später geschaffenen vier Wandbilder von Johan Thorn Prikker mit dem Titel „Lebensalter", die auch bei der Wiedereröffnung besonders hervorgehoben wurden, sind als Höhepunkte dieser Epoche zu erwähnen. Während der Nazizeit wurden zahlreiche Werke aus dem Museum als „entartete Kunst" entfernt und nur dem Kunstgriff des späteren Direktors Dr. Fritz Muthmann, der vor die Bilder Prikkers Mauern ziehen ließ und sie so vor der Entfernung oder sogar Vernichtung durch die Nazis rettete, ist es zu verdanken, dass man sie noch heute im Obergeschoss des Museums bewundern kann.
Glücklicherweise blieb das Museum im Krieg unversehrt, anders als der Rest der Stadt, die in der Nacht vom 22. auf den 23. Juni 1943 schwerste Luftangriffe durch britische Bomber erlebte, welche große Teile der Innenstadt zerstörten. Ab 1947 gelang es dem damaligen Direktor Dr. Paul Wember, mit geringem Etat und kunstverständigem Gespür, eine bedeutende Sammlung zeitgenössischer Kunstwerke aufzubauen, darunter Schätze von Max Ernst, Yves Tanguy, Joan Miro, Matisse, Yves Klein, Picasso und Joseph Beuys, nach dem mittlerweile der Platz vor dem Museum benannt ist.

Viel Neues fand ich jedoch nicht mehr im Internet, surfte noch einige Zeit ziellos herum, bis mich die Müdigkeit schließlich übermannte, ich den Laptop ausschaltete und etwas später in einen tiefen, zum Glück traumlosen Schlaf fiel.

Am nächsten Morgen erwachte ich in blendender Verfassung. Ich hatte sehr lange geschlafen, weil ich keine Veranstaltung zu besuchen hatte und heute Alex mit der Erfassung weitermachen wollte. Den Anfall von Angst, der am vorherigen Abend über mich gekommen war, schien mir im Rückblick eher ein Ergebnis von Übermüdung als von realer Bedrohung. Nach einer langen Dusche und einem ausgiebigen Frühstück machte ich mich mit bester Laune auf den Weg zum Museum. Der Weg war kurz und ich hatte beschlossen, mein Fahrrad diesmal zu Hause zu lassen und zu Fuß zu gehen, denn die Straßen waren immer noch stellenweise von Glatteisflächen bedeckt. Kurz vor zwölf betrat ich das Kaiser-Wilhelm-Museum, dessen Namensgeber noch immer wie bestellt und nicht abgeholt auf seinem gekappten Sockel an der Seite neben dem Gebäude seinen vorläufigen Standort gefunden hatte. Ursprünglich war das Museum ja ihm zu Ehren als Gedenkhalle erbaut worden und die pompöse Marmorstatue von Gustav Eberlein hatte im Foyer herrschaftlich erhöht auf die Besucher herabgeschaut. Während des Museumsumbaus zwischen 1966 und 1969 hatte man ihn dann in die Husarenkaserne verfrachtet, dann 1979 zwar zurückgeholt, aber erst einmal an der Nordseite des Gebäudes ohne hohen Sockel abgestellt, wo er noch immer auf einen finalen Standpunkt hoffte.

Ich kaufte noch keine Eintrittskarte und postierte mich vor die helle Eingangshalle, weil ich mit dem Kauf noch auf Lottes Ankunft warten wollte. Es dauerte auch nicht lange, bis ich auf ein Almosen angesprochen wurde, denn die Bettler und Drogenabhängigen, die sich vor dem Seidenweberhaus nicht mehr ungestört fühlten, weil die Polizei nach einigen Bürgerprotesten dort nun doch öfter Präsenz zeigte, hatten den ansehnlich herausgeputzten Vorplatz des Kunsthauses für sich entdeckt. Obwohl der junge Mann für mich eigentlich nicht übermäßig heruntergekommen aussah, schaute ich nach, ob ich nicht einen Euro parat hatte, aber diesmal musste der Bittsteller leer ausgehen. In meinem Portemonnaie herrschte bis auf einen Zehn-Euro-Schein Ebbe. Etwas ungehalten brummelnd zog er wieder ab zu einer der Bänke, wo ihn seine Schicksalsgenossen erwarteten. Sich bei dieser Kälte hauptsächlich im Freien aufhalten zu müssen, das war sicher kein Honigschlecken.

Punkt zwölf Uhr kam Lotte an. Wegen ihrer großen roten Pudelmütze hatte ich sie im Gegenlicht zunächst nicht erkannt, aber dann stand einer herzlichen Begrüßung nichts mehr im Weg. Ich sage nur: Frühling! Wir kauften zwei Eintrittskarten, gaben unsere Jacken aber nicht an der Garderobe ab und gingen die großzügig angelegten Treppen hinauf in den ersten Stock, wo wir allerdings nicht die Ausstellungsräume betraten, sondern an den großen Fenstern mit Sicht auf den verschneiten Westwall und den Vorplatz stehenblieben.
„Wie geht es dir?", fragte ich Lotte, die wieder sehr müde aussah und erst jetzt ihre Handschuhe in der Jacke verstaute.
„Ging schon mal besser", antwortete sie.
„Je näher er seiner Pensionierung kommt, desto unausstehlicher wird Martin. Er kommt nicht richtig voran und möchte aber unbedingt zum Abschluss seines Berufslebens noch diesen spektakulären Fall lösen. Na ja, und seinen Frust lässt er dann an seinen Mitarbeitern und Mitarbeiterinnen aus. Es ist kaum auszuhalten."
Sie seufzte kurz, gab sich dann aber einen Ruck.

„Dann erzähl mal", forderte sie mich auf, nachdem sie sich kurz umgeschaut hatte.
„Wusstest du, dass das Museum hier im Krieg überhaupt keinen Schaden...", fing ich an, aber Lotte blicke mich nur bedauernd an.
„Die andere Geschichte, Jo, die von deinen Kommilitonen."
„Ja, na klar", beeilte ich mich zu sagen und überlegte, wo ich anfangen sollte.
„Komm", sagte sie, „lass uns durch das Haus gehen und du erzählst mir einfach, was du in den letzten Tagen seit unserem Treffen an der Hochschule gehört hast. Alles kann wichtig sein, egal wie unwichtig es dir jetzt erscheint. Also?"
Ich vergaß sofort alles, was ich mir über das Museum angelesen hatte und begann einfach zu berichten, was ich bei meinen Treffen mit Dozenten und Studenten der Hochschule gehört hatte: dass es das Gerücht gab, dass Tristan nicht nur an Frauen interessiert gewesen wäre und dass er nicht nur bei den Cosmic Warriors, sondern auch in Dinos Palast regelmäßig spielte und so weiter.

Wir durchquerten das ganze Museum, während ich ihr Einzelheit um Einzelheit berichtete, ab und zu einen kurzen Blick auf die uns umgebenden Kunstwerke werfend und als wir vor dem Werk „Zickzack Expansion und Kontraktion" des in Krefeld geborenen Künstlers Ignacio Uriarte stehen blieben, einem aus gefalteten Papierseiten erstellten Wandbild, schaute mich Lotte nachdenklich an.
„Nicht schlecht, Jo, nicht schlecht. Vielleicht hatte Tristan Wagner Spielschulden oder vielleicht geht es ja auch wie so oft um ein Verbrechen aus Leidenschaft. Falls an den Gerüchten etwas dran ist, könnte dafür tatsächlich sowohl eine Frau als auch ein Mann in Frage kommen. Dieser Jean-Marie scheint ja übrigens auch recht impulsiv zu sein und wie weit ging wohl die

Beziehung von Tristan zu Dr. Klang, wenn überhaupt daran etwas dran sein sollte?"
Was Lotte da gerade aus meinem für mich doch eher anekdotischen Bericht herausgefiltert hatte, erstaunte mich nicht schlecht, doch sofort relativierte sie wieder ihre Vermutungen.
„Alles natürlich sehr, sehr vage, Jo und vielleicht an den Haaren herbeigezogen, aber viel mehr haben wir im Moment sowieso nicht. Ich werde mir einige deiner Freunde nochmal vorladen."
Wir gingen hinaus in das Treppenhaus und schauten gemeinsam aus dem großen Fenster. Es hatte wieder angefangen zu schneien.
Lotte gab mir einen Kuss auf die rechte Wange.
„Danke, Jo."
Das ging so schnell und traf mich so unvermutet, dass ich es kaum richtig wahrnehmen konnte.
„Gern geschehen", antwortete ich leicht irritiert.
Nebeneinander und jeder seinen Gedanken nachhängend gingen wir die Treppe hinunter und verließen das Museumsgebäude. Der Wind ließ die Schneeflocken durch die Luft wirbeln.
„Wenn ich dir noch weiter helfen kann...", fing ich an.
Lotte schaute mich direkt an.
„Das wäre schön."
Die Schneeflocken fielen auf ihr braunes Haar, sie setzte sich die Pudelmütze wieder auf und zog ihre dazu passenden Wollhandschuhe über.
Sie hob ihre rechte Hand, winkte zum Abschied, ohne noch ein weiteres Wort zu sagen und ging Richtung Präsidium, während ich Richtung Hochschule aufbrach.

Gerade bog ich in die Roßstraße ein, als ich mit jemandem zusammenstieß. Es war derselbe Bettler, der mich vor dem Museum angesprochen hatte und jetzt eine Flasche Bier in der linken Hand hielt.
„Wat soll dat?", herrschte er mich an und nickte herausfordernd. Er war etwas größer als ich, trug einen

dunkelgrünen Parka mit Fellimitat am Kapuzenrand und Springerstiefel.
„Keinen Stress, war keine Absicht," versuchte ich ihn zu beschwichtigen, aber das genügte ihm nicht. Unglücklicherweise stand ich vor einem Hauseingang, und als er sich so vor mich stellte, dass ich weder rechts noch links an ihm vorbeikam, fühlte ich mich wie in eine Falle geraten.
„Pass bloß auf", knurrte er und kam noch etwas näher, so dass sein Bier-Atem mich zum Luftanhalten zwang.
„Ist doch schon gut", sagte ich und hob die Hände abwehrend.
„Nix is' gut", sagte er, „solche wie dich kann ich nich' leiden. Bestimmt auch so 'n Student... Hast bestimmt `ne Menge Kohle..."
Schon wollte ich mein Portemonnaie herausholen, als ich es mir im Bruchteil einer Sekunde anders überlegte.
„Ich nicht, aber vielleicht der Polizist da", sagte ich und nickte zur anderen Straßenseite hinüber.
„Was...", stieß er hervor, drehte sich um und fiel auf den ältesten Trick der Welt herein. Mit einem heftigen Stoß machte ich mir den Weg frei und lief so schnell ich konnte weiter in Richtung Hochschule. Erst als ich den Frankenring erreicht hatte und keine Schritte hinter mir zu hören glaubte, blieb ich erschöpft stehen. Von meinem Verfolger, wenn er mir überhaupt gefolgt war, war nichts zu sehen. Ich atmete die kalte Luft erleichtert ein und überquerte die befahrene Straße, auf deren anderen Seite mich die Stützpfeiler vor dem Eingang des Hochschulgebäudes wie mit offenen Armen empfingen.

Mein erstes Seminar sollte um drei Uhr anfangen und bis dahin blieb mir noch einige Zeit. Wie immer in solchen Fällen ging ich in die Mensa, weil man sich dort bekanntlich am besten aufhalten konnte, wenn man Zeit zu überbrücken hatte und diesmal traf ich dort auf

Benno, der allein an einem Tisch hinten rechts am Fenster saß.
Er hatte nur einen Fruchtsaft vor sich stehen, anscheinend hatte er schon gegessen oder keinen Hunger.
„Hallo Benno", grüßte ich ihn.
Er blickte mich erstaunt an.
„Ach, du bist's, Jo – hallo auch", antwortete er etwas abwesend.
Ich setzte mich zu ihm.
Er war wohl nicht in Redelaune.
„Hast du dich schon wieder eingefunden?", fragte ich ihn nach einiger Zeit.
„Ja, ja, alles gut. Habe nur viel nachzuholen, aber das kriege ich schon hin."
„Wenn du willst, kann ich dir meine Notizen geben", bot ich ihm an.
„Danke, das wäre prima. Ich komme drauf zurück."
Wieder entstand eine Pause. Es war warm in der Kantine und Benno standen die Schweißperlen auf der Stirn. Ob er wirklich wieder ganz fit war nach seiner Erkältung?
„Die Keramikwerkstatt ist wieder freigegeben", wechselte ich das Thema.
„Da ist es passiert, nicht wahr?", fragte er und schaute mich beinahe ängstlich an.
„Ja, schon", antwortete ich, „aber alle Spuren sind beseitigt. Wir waren gestern schon wieder da und haben gearbeitet."
„Furchtbarer Tod", sagte Benno kopfschüttelnd und ich nickte zustimmend.
„Ja und niemand hat bis jetzt eine Ahnung, weshalb er eigentlich umgebracht wurde", fügte ich hinzu.
Benno schwieg und schaute auf das Glas in seinen Händen.
„Die Polizei hat wohl noch keine heiße Spur, aber es spricht ja einiges dafür, dass es jemand war, der sich in der Werkstatt auskannte", sagte ich.
„Sieht so aus", sagte Benno und trank seinen Saft.

Dann stand er unvermittelt auf, wobei er beinahe den Stuhl umgestoßen hätte.
„Tut mir leid, Jo, aber ich habe wenig Zeit und muss noch was Dringendes erledigen."
Er schob seine runde Nickelbrille zurecht und versteckte seine Lockenpracht unter einer Wollmütze.
„Kein Ding", sagte ich, „man sieht sich."
Er nickte mir zu und verließ die Mensa.

So mundfaul hatte ich Benno noch nie erlebt, daher war ich ganz froh, dass er gegangen war, heute war offenbar nicht sein bester Tag und das Gespräch hatte mich auch nicht besonders aufgemuntert.
Ich schaute nach oben zu den Lichtern an der Decke der Mensa und überlegte, ob ich noch bleiben oder schon zum Seminarraum gehen sollte. Ein Blick auf die Uhr nahm mir die Entscheidung ab, denn es war schon später als gedacht und so ging ich in den Raum, wo ich Alex und Dr. Klang in intensivem Gespräch vertieft antraf. Alex hatte ein etwas gerötetes Gesicht, was selten vorkam und Dr. Klang schaute betreten nach unten. Als sie mich bemerkten, straffte sich ihre Haltung und sie wandte sich mir zu.
„Hallo Johannes", begrüßte sie mich und auch Alex grüßte kurz.
„Ich hoffe, Sie haben fleißig geübt?"
„Mit den Schatten klappt es immer noch nicht so richtig und mit der Perspektive hapert es auch noch", gab ich zu.
„Übung macht den Meister, eine alte Binsenweisheit, die aber immer noch stimmt", sagte sie.
Eine Strähne ihres langen schwarzen Haares fiel ihr ins Gesicht.
„Sie könnten zum Beispiel einmal die Stadt aus der Vogelperspektive heraus gesehen darstellen – eine gute Übung."

„Danke für den Tipp", sagte ich, sie nickte und bei genauerem Hinsehen fiel mir auf, dass ihre Augen leicht gerötet waren.
Sie drehte sich um und ging zu ihrem Schreibtisch, während ich mich fragte, worüber die beiden wohl gesprochen hatten und was die Dozentin wohl in solche Aufregung versetzt hatte.
Ich nahm einen Platz neben Alex ein und holte meine Zeichenutensilien aus der Tasche. Als ich wie beiläufig zu ihm hinüberblickte, sah ich, dass auch er noch immer sehr angespannt wirkte.
„Alles gut?", fragte ich.
„Trauer um Tristan", sagte er nur mit einem seltsam abfälligen Unterton, den ich mir nicht erklären konnte und von ihm bisher nicht kannte.
Waren denn heute alle schlecht drauf?
Mittlerweile waren alle Kursteilnehmer angekommen und ich war froh, als das männliche Modell den Raum betrat und die Übung begann.
Ich mühte mich nach Kräften, aber das Ergebnis meiner Bemühungen war eher mittelmäßig, was Alex dann auch entsprechend kommentierte.
„Du musst nicht nach Wichtigkeit zeichnen, sondern nach Helligkeit."
Wo er das nur wieder her hatte. Jedenfalls schien er sich wieder gefangen zu haben.
„Gehen wir nachher noch einen Kaffee trinken?", schlug ich vor, nicht ohne Hintergedanken, denn schließlich wollte ich meiner Undercover-Rolle gerecht werden und versuchen, Lotte, nicht ganz uneigennützig, mit weiteren Informationen zu versorgen.
„Gern", antwortete er und so saßen wir kurze Zeit später wieder in der Mensa vor zwei dampfenden Bechern Kaffee. Manchmal beschlich mich das Gefühl, den Großteil meines Studentenlebens in der Mensa zugebracht zu haben.
Zuerst sprachen wir über unverfängliche Themen wie zum Beispiel darüber, dass er sich schon völlig und sehr

schnell in die Erfassungssoftware eingearbeitet hatte, aber dann begab ich mich vorsichtig auf unsicheres Terrain.
„Was war das denn da vorhin mit Dr. Klang?"
Alex blickte auf seinen Kaffee und senkte den Kopf. Er schien mit sich zu ringen, aber letztendlich beschloss er dann doch, mich tiefer einzuweihen.
„Sie hat mich abblitzen lassen", sagte er leise.
Ich wagte nicht, seine Eröffnung zu unterbrechen.
„Schon vor einigen Wochen hatten wir uns mehrmals nach der Uni getroffen und es war auch richtig gut, aber als ich dann mehr wollte, hat sie einen Rückzieher gemacht."
Das Alter konnte wohl nicht der Grund gewesen sein, denn Alex war ein Student Ende zwanzig und die Dozentin höchstens Mitte dreißig.
„Wegen einem andern?", wagte ich einen weiteren Vorstoß.
Alex rang wieder mit sich.
„Ja", sagt er schließlich flüsternd, „ausgerechnet wegen Tristan."
Jetzt musste ich mich gar nicht anstrengen, sprachlos zu bleiben.
„Sie waren kurz zusammen, hat sie mir erzählt, aber wegen irgendeines Vorfalls hatte ihre Beziehung gerade auf Eis gelegen, als wir uns näher gekommen sind. Um vielleicht eine Versöhnung nicht zu vermasseln, wollte sie sich dann nicht auf jemand anderen einlassen. Ich weiß nicht, ob das stimmte, jedenfalls habe ich versucht, mich heute nochmal mit ihr zu verabreden, aber da ist wohl nichts mehr zu machen, auch ohne Tristan."
„Mist", sagte ich und nahm einen großen Schluck aus meinem Becher. Also war an der Spitze, die Maren letztens abgeschossen hatte, doch etwas dran.
Ich legte meine Hand auf seine Schulter.
„Wird schon wieder", versuchte ich, ihm Mut zu machen.

„Entweder besinnt sie sich oder ...“, begann ich.
„Ja, was geht denn hier ab“, hörte ich plötzlich eine schrille Stimme hinter mir.
Jean-Marie, heute ganz in grün gekleidet, setzte sich neben Alex und feixte, aber weil mich seine dreiste Art heute dann doch nervte, sagte ich:
„Das war ja wohl etwas daneben gestern in der Werkstatt.“
„Ja, tut mir leid, meine Lieben“, gab er mit theatralischer Geste zu, was seiner Entschuldigung aber schon wieder die Glaubwürdigkeit nahm, „ich bin eben ein sehr emotionaler Mensch.“
Er beugte sich vor.
„Letztens habe ich sogar mit einer von meinen Skulpturen nach ihm geworfen. So schade! Aber stellt euch vor: Karel und ich haben uns wieder versöhnt“, flötete er.
„Ist das nicht toll?“
Alex und ich nickten wortlos und wenig begeistert.
„Am Wochenende fahren wir nach Amsterdam und feiern unsere Wiedervereinigung“, fügte er hinzu.
„Karel hat schon ein tolles Fünf-Sterne-Hotel für uns ausgesucht, der Liebe. Mit Jacuzzi und Regenwald-dusche und dann werden wir...“
„So genau müssen wir das gar nicht wissen, Jean-Marie“, unterbrach ich ihn dann doch etwas ungehalten, woraufhin er kurz einen Schmollmund zog.
„Ihr habt eben keinen Sinn für Romantik“, warf er uns vor und schaute weg von uns Richtung Ausgang.
Ich blickte auf meinen Becher, den ich jetzt leer-getrunken hatte. Ein Grund mehr aufzubrechen.
„Ich wünsche euch auf jeden Fall viel Glück in Amsterdam“, sagte ich im Aufstehen, „aber jetzt muss ich wirklich gehen, ist schon spät.“
„Ach ja, richtig, für mich ist es auch Zeit“, schloss sich Alex an und so verließen wir gemeinsam die Hochschule. Vor dem Eingang blieben wir nochmal kurz

stehen, ein paar rauchende Studentinnen standen ebenfalls unter dem schützenden Vordach.
„Vielleicht braucht sie nur etwas Zeit, die Sache mit Tristan zu verarbeiten", versuchte ich, Tristan wieder Mut zu machen, der wieder etwas traurig wirkte.
Er lächelte, nickte und wir verabschiedeten uns voneinander.

Nicht nur, weil ich zu Fuß unterwegs war, brauchte ich länger als gewöhnlich bis nach Hause. Die Begegnung mit dem Bettler hatte ihre Spuren hinterlassen. Was, wenn das keine Zufallsbegegnung war? Was, wenn jemand versuchte, mich gezielt einzuschüchtern? Der Raser, der mich letztens beinahe gestreift hatte, fiel mir wieder ein. Hatte ich irgendetwas gesehen oder sonst wie erfahren, was mich für den Mörder gefährlich machte? Und wieder: War ich vielleicht selbst in Gefahr?

Mittlerweile war es schon wieder dunkel und die Luft roch nach Autoabgasen, es herrschte Feierabendverkehr. Mir gingen die Gespräche des heutigen Tages durch den Kopf. Wäre es Alex zuzutrauen, dass er aus Eifersucht einen Mitstudenten in den Ofen stopfte? Das konnte ich mir eigentlich nicht vorstellen, aber sind stille Wasser nicht tief, wie man sagt? Umgab seinen trotz allem emotionalen Kern nicht vielleicht eine nur scheinbar durch nichts zu erschütternde sachliche Schale, die ein besonderes Ereignis leicht zerbrechen lassen konnte? So reihte sich ein beunruhigender Gedanke an den nächsten, während ich die dunklen Straßen nach verdächtigen Gestalten sondierte, doch zum Glück blieb meine Suche erfolglos und ich beschloss, meine Begegnung mit dem Mann im grünen Parka als unglücklichen Zufall zu betrachten. Was nützte es schon, wenn ich mich selbst verrückt machte und als nächstes Opfer betrachtete? Ruhig Blut war angesagt.

So bemühte ich mich, auf dem unsicheren Schneeboden möglichst schnell nach Hause zu kommen, wo ich nach einiger Zeit auch wohlbehalten ankam.

Was für ein Tag, dachte ich, als ich mich endlich auf mein gemütliches Sofa fallen lassen konnte, zur Ablenkung die CD „The Truth about Love" im Internet aufrief, mir die Kopfhörer aufsetzte und in die Klangwelt von Pink eintauchte.
Das wirkte Wunder und so hörte ich mir noch zwei weitere CDs komplett an, bevor ich beschloss, ins Bett zu gehen. Meine letzten Gedanken an diesem Tag galten Lotte und meinem Vorsatz, ihr möglichst bald meine neuesten Informationen und Spekulationen mitzuteilen.
Am nächsten Tag wollte ich eigentlich lange ausschlafen, denn das ständige Nachgrübeln und die Ereignisse des Tages hatten mich doch etwas erschöpft, aber dieser Wunsch sollte mir nicht erfüllt werden.

5. Kapitel: Das Boot

Wie rasch doch drei Wochen vergehen können. Immerhin geht es dem Alten nun besser, ich kann zurück - nur fort von hier. Alles scheint wie in irrwitzigem Fluge vorüber zu eilen - selbst die Kutsche kam zu früh. Du konntest nicht einmal deine Haube richtig schnüren. Noch immer diese klirrende Kälte, die Füße werden feucht und klamm, es ist ein Elend. Und dieser ewige Kampf um das Geld, das verfluchte Geld. Ohne die brüderliche Fürsorge der Freunde und den herzensguten Förderer hätte ich noch nicht einmal herreisen können.
Endlich - der Bahnhof. Komm, steig aus, meine Sonne, ich trage Dich über den Schmutz. Schon rieche ich den Qualm der Lokomotiven, der sich mit dem Rauch aus den Schornsteinen der Häuser und Stofffabriken zu unerträglichem Nebel verbindet.
Ein letzter Kuss, ich steige ein. Leb wohl, auf Wiedersehen, mein Glück, gleich geht es los.
Welch ein Gedränge und dort: mein Platz.
Den Koffer hoch, das Fenster herunter, vor dem Du mir zuwinkst.
Eine letzte Frage, in den Qualm gestellt. Kaum kann ich es fassen, während der Bahnhof in der Ferne entschwindet.
Du hast tatsächlich „Ja" gesagt.

Eine kleine Kirche steht in einem unserer Stadtteile, die Pax Christi heißt. Es ist keine große Kirche, der Backsteinbau erinnert eher an eine Turnhalle, wäre nicht davor die 14 Meter hohe Eisenskulptur mit dem Titel „Steig", die den Besucher schon von außen darauf aufmerksam macht, dass hier Irdisches und Himmlisches in enger Verbindung stehen. Als das katholische Gemeindezentrum 1979 eröffnet wurde, dauerte es nicht lange, bis Pfarrer Maaßen im Rahmen eines „Kulturschoppens" namhafte Künstler in dem

Gotteshaus begrüßen konnte, die mit den Bürgern, Bürgerinnen und Kunstinteressierten angeregte Diskussionen führten, darunter unter anderem Klaus Staeck, Joseph Beuys, Ewald Mataré und Günther Uecker. Von fast jedem dieser berühmten Teilnehmer findet sich noch ein Werk im Gemeindezentrum ausgestellt. Von Uecker sieht man dort eine Arbeit mit dem Titel „Chichicastenango", die an ein Massaker in Guatemala erinnern soll. Es handelt sich dabei um ein Ruderboot, in das der Künstler von außen so viele langstielige Nägel nach innen getrieben hat, dass es unmöglich scheint, sich in dieses Boot zu setzen, ohne ernsthaft Schaden zu nehmen.

Vor diesem Werk stand am nächsten Morgen ein wutschnaubender Hauptkommissar Martin neben einer betroffen blickenden Lotte. Sie schauten auf den leblosen Körper eines Mannes, der bäuchlings und mehrfach durchbohrt im Innenraum des Bootes lag. Beide trugen Gummihandschuhe und Lotte hielt ein Skizzenbuch in ihrer rechten Hand, als ich eintrat. Es waren außer den beiden noch sechs andere Polizisten und der Priester anwesend, die gemeinsam das zweckentfremdete Kunstwerk umringten.

Lotte hatte mich kurz nach sechs Uhr früh angerufen und sehr dringend gebeten, sofort zu Pax Christi zu kommen. Soviel zum langen Ausschlafen…
„So eine Scheiße", murmelte Martin gerade, als er mich eintreten sah und auch gleich rot anlief.
„Was um Himmels Willen wollen Sie denn hier, verlassen Sie sofort den Tatort."
Lotte hob eine Hand.
„Das ist Johannes Wassen, ich habe ihn hergebeten", erklärte sie ihm leise, aber bestimmt.
„Was?", polterte Martin irritiert und seine Stimme wurde lauter.
„Warum in drei Teufels Namen das denn nun wieder?"

Offenbar war seine Ausdrucksweise heute Morgen religiös motiviert.
„Das hier", und sie hob das Buch in ihrer Rechten hoch, „ist ein Skizzenbuch mit dem Logo der Hochschule auf der Vorderseite, leider ohne Namen. Herr Wassen ist Student. Er könnte das Opfer vielleicht gleich identifizieren und wir könnten viel Zeit sparen."
Martins Gesicht verfärbte sich weiter dunkelrot, aber fürs erste gab er sich geschlagen und sagte nichts mehr zu meiner Anwesenheit.
Schließlich sprach er einen Mann im weißen Overall an, der eine Kamera in der Hand hielt.
Dieser kam auf mich zu, drückte einige Knöpfe an seinem Fotoapparat und zeigte mir eine Aufnahme. Trotz der Einstiche, die durch die Nägel verursacht worden waren, war das Gesicht des Opfers noch gut zu erkennen.
„Das ist Benno", sagte ich, während mir der Schweiß ausbrach, „Benno Meinhard."
Meine Knie knickten leicht ein und der Mann mit der Kamera stützte mich.
„Also auch ein Student?", fragte Lotte.
Ich konnte nur noch nicken.
„So eine Scheiße", wiederholte sich Martin und der Pfarrer verzog missbilligend die Mundwinkel.

Es dauerte eine ganze Weile, bis ich mich wieder halbwegs gefasst hatte.
„Er studiert...studierte Kommunikationsdesign an der Hochschule", sagte ich.
„Kannte er Tristan Wagner?", fragte Lotte.
„Ja, natürlich, wir haben viele Seminare und Vorlesungen gemeinsam besucht. Wir sind kein großer Fachbereich."
„Kannten Sie sich auch privat?", hakte sie nach und vermied vorsichtshalber eine vertraulichere Anrede.
„Ja, wir sind eine lockere Clique", bestätigte ich.

„So eine Scheiße", knurrte Martin noch einmal, der sich allerdings sofort wie ertappt umsah, als ihm endlich bewusst wurde, in was für einem Gebäude er sich befand und dass der Pfarrer direkt neben ihm stand.
Er wandte sich mir zu und am Zustand seiner Kleidung und seinen Bartstoppeln erkannte ich, dass auch er wohl sehr übereilt zum Tatort aufgebrochen war.
„Sie können jetzt gehen. Wenn wir noch Fragen haben, kommen wir auf Sie zu."
Lotte verzog den Mund, ohne dass er es sehen konnte.
„Nur noch eine Frage", rief sie mir zu.
„Erkennen Sie das Skizzenbuch wieder? Gehört es Benno Meinhard?"
Ich ging nochmal auf sie zu, warf einen Blick in das dünne Büchlein.
„Ja, das könnte von Benno sein, das sind Motive aus unserem Zeichenkurs bei Frau Dr. Klang, den haben wir beide besucht."
Ich blätterte einige Seiten um.
„Hier, dieses Zeichen", sagte ich, „ein liegendes „B" – damit hat er manchmal seine Bilder signiert."
„Danke", sagte sie förmlich und ohne mich anzusehen, „halten Sie sich zu unserer Verfügung."
„Ja, gut, mach' ich", beeilte ich mich zu sagen und verließ den Ort des neuen Verbrechens.

Die Luft war kristallklar und der strahlend blaue Himmel, der einen guten Tag zu verheißen schien, stand in krassem Widerspruch zum Geschehen in der Kirche. Etwa 5 Minuten brauchte ich bis zur Haltestelle der Linie 42, wo ich die Ankunft der hoffentlich gut geheizten Wagons sehnlichst erwartete. Zeit zum Duschen hatte ich nach Lottes Anruf nicht gehabt und ich fühlte mich rundum unwohl. Es wehte ein unangenehmer, scharfer Wind, der in mir den Wunsch nach einer langen Unterhose weckte und ich stellte mich in den Windschatten des Wartehäuschens, bis die erlösende Straßenbahn endlich kam. Die Wärme im Wagon

taute mich langsam wieder auf. Es war ungefähr acht Uhr und fast alle Plätze waren besetzt. Neben mir saß ein korpulenter Mann mit einem beeindruckenden schwarzen Schnäuzer und roch im Gegensatz zu mir taufrisch - Glück gehabt, denn immer wieder einmal kam es vor, dass sich jemand mit nasenbetäubenden Ausdünstungen in der Bahn oder im Bus zu mir gesellte. Deshalb vermied ich es normalerweise, mit Bus oder Bahn zu fahren. Nur heute früh hatte ich mich bei Lottes Anruf spontan entschieden, nicht das Fahrrad für die doch etwas längere Strecke bis zur Kirche zu nehmen, weil die Straßen noch nicht geräumt waren.
Am Ostwall, in Höhe der Dreikönigenstraße, stieg ich aus, lief dann auf den noch immer nicht vollständig geräumten Bürgersteigen bis zum Südwall, vorbei am Denkmal des Seidenwebermeisters Ponzelaer und beeilte mich, meine Wohnung zu erreichen.
Dort angekommen warf ich mich auf meine Couch und schloss erschöpft die Augen.

Das konnte doch nicht wahr sein, erst gestern noch hatte ich mit Benno in der Mensa gesprochen. Bei diesem Gedanken fiel mir auf, dass diese Begebenheit noch gar nicht zur Sprache gekommen war, als ich in Pax Christi mit Lotte gesprochen hatte.
Ich stand auf und suchte mein Handy. Lotte meldete sich sofort.
„Da gibt es noch etwas, das Du wissen solltest", sagte ich, bevor sie etwas sagen konnte.
„Und das wäre?", fragte sie.
„Ich habe gestern noch mir Benno gesprochen, so ungefähr gegen 14 Uhr, in der Mensa der FH."
„Interessant, was hat er ...", doch in diesem Augenblick wurde sie von Martins markanter Stimme aus dem Hintergrund unterbrochen, der sie mit enormer Lautstärke zu sich beorderte.
„Ich melde mich", sagte sie und beendete das Gespräch, was mich für einen Moment ratlos zurückließ.

Ich dachte kurz nach und beschloss dann, in die Hochschule zu fahren, um meine Freunde zu informieren.

So kam es, dass ich kurze Zeit später in die Keramikwerkstatt kam, wo ich Alex, Ly, Maren, Jean-Marie und leider auch Jonas antraf, der mich auch gleich entsprechend begrüßte.
„Sieh an, der Liebling der Polizei betritt unsere bescheidene Werkstatt. Hast Du denn auch schon Handschellen dabei?"
Ausnahmsweise ging ich nicht auf seine nicht von besonderem Einfallsreichtum zeugende Andeutung ein.
„Es gibt Neuigkeiten", sagte ich.
„Du heiratest Kommissar Martin", platzte Jean-Marie lachend heraus, der wohl meinte, sich auf Jonas Niveau begeben zu müssen, aber da hatte er sich den falschen Zeitpunkt ausgesucht, denn niemand lachte über seinen müden Witz.
„Es gibt sogar sehr schlechte Neuigkeiten", fuhr ich fort und da blickten mich dann doch alle mit plötzlicher Aufmerksamkeit an.
„Benno wurde ermordet."
Es dauerte eine Zeitlang, bis die Bedeutung dieses Satzes allen klar wurde und ihre Wirkung zeigte.
„Da metzelt einer Studenten ab", hauchte Maren kurzatmig und ließ sich auf einen der Drehstühle fallen.
„Ich hau' ab, ich hau' ab", schrillte Jean-Marie und fuchtelte wild mit den Armen herum, während er hektisch seine Utensilien in seinen Rucksack packte.
Ly schaute nur wortlos und mit aufgerissenen Augen auf Alex, der sich am schnellsten fasste.
„Da muss es doch einen Zusammenhang geben, das kann doch kein Zufall sein", sagte er.
„Was ist denn genau passiert?", wollte Jonas ungewohnt ernst wissen.
Also berichtete ich, was ich in der Kirche gesehen hatte und blickte am Ende meines Vortrags in ungläubige

Gesichter, in denen sich unverkennbar Angst breit zu machen begann.
„Wer ist denn dann der nächste?", fragte schließlich Jean-Marie und umklammerte seinen Rucksack.
Maren ließ beide Arme hängen. Dann, nach heftigem Einatmen, gab sie sich einen Ruck.
„Ich muss jetzt was essen, mir ist ganz flau im Magen."
Damit war das Eis gebrochen und kurzerhand machten wir uns alle auf den Weg in die Mensa, die mit ihrer Geborgenheit so etwas wie unser aller sicherer Hafen war.

Diesmal hatten wir allerdings Pech, weil wir zur Mittagszeit ankamen und so ergatterten wir nur einen nicht so gemütlichen Platz unweit der Eingangstür.
Nachdem wir uns mit Kaffee und Essen versorgt hatten, war es schließlich wieder Alex, der das Schweigen brach.
„Ich bleibe dabei, da muss es einen Zusammenhang geben. Zwei Studenten unserer Hochschule werden in so kurzer Zeit ermordet und dann auch noch zwei, die wir sehr gut kannten."
„Sind wir jetzt alle in Lebensgefahr?", fragte Ly und legte ihren Löffel, mit dem sie ihre Suppe gegessen hatte, an die Seite, so als wollte sie in jedem Augenblick aufspringen und die Flucht ergreifen.
„Nur wenn es tatsächlich einen Zusammenhang gibt", gab Alex zu bedenken, um gleich darauf hinzuzufügen:
„Und ich glaube jedenfalls fest: den muss es geben."
Jean-Marie machte große Augen und eine abwehrende Geste.
„Ich rufe Karel an und wir hauen ab auf sein Hausboot in Holland, da findet uns der Mörder bestimmt nicht."
Aber Jonas nahm ihm genüsslich diese Hoffnung.
„Es sei denn, mein Lieber, einer von uns ist der Killer. Dann findet er – oder sie – dich auch in Holland."

Daraufhin machte sich eine peinliche Stille an unserem Tisch breit, während der wir uns ungläubig gegenseitig anschauten.
Doch noch bevor Jean-Marie, dessen blaue Augen aus den Höhlen springen wollten, endgültig ausflippen konnte, wurde unser Gespräch durch den Einmarsch der „Heiligen drei Könige" in Person der Dozenten Delius und Dorm sowie des Dekans Oldenburg unterbrochen, die sich lautstark über irgendein organisatorisches Thema zu streiten schienen, bis sie sich bewusst wurden, dass sie sich jetzt in der Mensa befanden und abrupt nicht unweit unseres Tisches stehen blieben.
„Herr Professor", wandte sich Jonas unvermittelt an Oldenburg, „haben Sie schon das Neueste gehört?"
Der Dekan blickte, ebenso wie die beiden Dozenten, irritiert und ungehalten wegen der unvermuteten Unterbrechung ihres Disputs zu uns herüber.
„Darf ich erfahren, was Sie damit meinen?", fragte er kurz angebunden.
„Noch ein Mord", raunte Jonas mit unterdrückter Stimme.

Im Nu kamen die drei Lehrkräfte dicht an unseren Tisch heran und schauten ihn entsetzt und ein wenig misstrauisch an.
„Was in aller Welt sagen Sie da?", sagte Oldenburg und blickte sich um, um sich zu vergewissern, dass nicht noch jemand etwas von Jonas' Mitteilung mitbekommen hatte.
„Es ist noch ein Student ermordet worden", verriet ihm Jonas mit sichtlichem Stolz darauf, diese Neuigkeit dem Dekan als erster präsentieren zu können.
„Benno Meinhard hat es erwischt", fügte er verschwörerisch hinzu.
„Ach du meine Güte, auch das noch", entfuhr es Delius und Dorm fügte hinzu: „Das darf doch nicht wahr sein..."
„Warum weiß ich davon nichts?", fragte der Dekan fassungslos und blickte seine beiden Lehrkräfte hilflos

an, während seine rechte Hand wieder und wieder durch seine rote Lockenpracht fuhr.
„Es ist erst heute Morgen entdeckt worden", ergänzte ich.
„Die Polizei wird sich sicher noch bei Ihnen melden."
Oldenburg fixierte mich.
„Und wo ist das passiert? Doch hoffentlich nicht schon wieder in einem unserer Öfen, oder?", wollte Dorm wissen und sah mich beinahe flehentlich an.
Aber ich konnte ihn beruhigen.
„Nein, überhaupt nicht in unsere Hochschule - in Pax Christi hat man ihn gefunden."
Professor Oldenburg war die Erleichterung selbst, aber er sagte nichts und richtete sich wieder zu voller Größe auf.
„Dann warte ich erst einmal ab, die Polizei wird mich sicherlich bald kontaktieren."
Er nickte seinen beiden Untergebenen kurz zu, wies mit der rechten Hand gebieterisch nach vorn und sie machten sich mit ausholenden Schritten auf den Weg Richtung Essenstheke.
„Solange es nicht in seiner Uni passiert, ist für den alles in Butter", kommentierte Maren diesen Abgang.
Es blieb wieder eine Weile still, weil jeder die neueste Entwicklung erst einmal für sich verarbeiten musste.
Mir wurde dieses bedrückende Schweigen irgendwann zuviel, deshalb stand ich auf, entschuldigte mich mit dem Hinweis, dass ich bei der Erfassung der Dokumente noch im Hintertreffen war und verließ die Runde diesmal frühzeitig.

Im Archivraum empfing mich eine unerwartete Kälte, aber ich war trotzdem froh, das Arbeitszimmer wieder betreten zu können, wenn auch die Heizung heruntergedreht worden war, was ich aber sofort korrigierte.

Bis der PC hochgefahren war, begann es sich auch schon wieder zu erwärmen und ich zog meine Winterjacke aus.
Mein Blick auf die Kisten noch nicht erfasster Objekte stimmte mich wieder einmal optimistisch, dass hier noch auf längere Zeit ein - wenn auch geringes - Einkommen für mich gesichert sein würde.
Froh darüber, mich ablenken zu können, griff ich in eine der unerledigte Kisten und holte einen Stapel Bücher und Dokumente hervor, die ich neben mir auf einem kleinen Hocker postierte und begann mit der Erfassung, während es draußen schon wieder zu schneien begann. Dieser Winter hatte es wirklich in sich.

Ich hatte wohl gut eine Stunde lang das Programm bedient, als es an der Tür klopfte. Ohne Idee, wer das wohl sein könnte, stand ich auf und öffnete. Vor mir stand Franz Delius.
„Kann ich Dich mal stören?" fragte er und kam in das Arbeitszimmer, wo er sich interessiert umblickte.
„Das ist also der Ort, wo Ihr den großen Nachlass des Bankiers katalogisiert", stellte er kopfnickend fest.
„Das sieht ja nach viel Arbeit aus", fügte er hinzu und setze sich auf den Stuhl neben meinem Turm zu Babel.
„Ja, genau", bestätigte ich und setze mich auch wieder auf meinen Platz vor dem PC.
„Sehr imposant", sagte er, wirkte aber eigentlich nicht sonderlich beeindruckt.
„Da habt Ihr ja sicher noch eine ganze Weile zu tun, bis das alles erfasst ist", sagte er und rückte seine Krawatte zurecht, die als Motiv den Seidenweber unserer Stadt trug.
„Wahrscheinlich noch einige Monate", bestätigte ich, ohne mich festlegen zu wollen.
Delius beugte sich mir entgegen.
„Und habt Ihr unter den Dokumenten auch schon etwas über Fotografie gefunden?"
Darüber musste ich kurz nachdenken.

„Nicht, dass ich wüsste, aber vielleicht haben Alex oder Ly dazu schon etwas erfasst", antwortete ich und drehte mich um, damit ich über die Stichwortsuche im erfassten Bestand nachschauen konnte.
Delius beobachtete mich aufmerksam und tatsächlich ergab die Recherche einen Treffer.
„Ja, da gibt es etwas: „Kleine Geschichte der Photographie" von Walter Benjamin von 1931. Soll ich es heraussuchen? Es muss in dem Regal da hinten stehen."
Delius schüttelte den Kopf.
„Nicht nötig, Wassen, danke. Es genügt, wenn ich weiß, dass wir da etwas haben und wenn ich es richtig interpretiere, müsste das die Erstausgabe sein."
Sein Blick schweifte über die Kisten.
„Wenn es da noch mehr zu dem Thema gibt, sagen Sie mir bitte Bescheid. Ich plane einen Vortrag zum Thema Fotografie im nächsten oder übernächsten Semester zu halten, falls ich dann noch hier bin."
„Klar, mache ich", sagte ich, „haben Sie denn vor zu wechseln?
Zum ersten Mal hatte ich den Eindruck, dass seine sonst immer so auffällige Selbstsicherheit einem plötzlichen Anflug von Unsicherheit wich.
„Man muss abwarten, was das Auswahlverfahren ergibt", sagte er und blickte kurz zu Boden.
„Vielleicht heißt es dann für mich: Auf zu neuen Ufern! Denn Geld regiert die Welt, Wassen, glauben Sie es mir."
Er lehnte sich wieder zurück und der kurze Moment der Offenheit wich wieder der bekannten Fassade.
„Nun habe ich Sie aber lange genug von Ihrer Arbeit abgehalten", sagte er und stand auf. Sein Blick fiel auf das alte Notizbuch, das ich beiseitegelegt hatte. Er nahm es in die Hand und blätterte kurz darin.
„Sieh an, ein Künstler auf der Flucht", kommentierte er, was er auf einer Seite las. Er legte das Büchlein wieder zurück.

„Sind nicht alle Künstler auf ihre Art auf der Flucht?“, sagte er und zog lächelnd eine Augenbraue hoch. „Denken Sie darüber nach, Wassen“, sagte er in bekannt ironischer Manier, nickte mir zu und verließ das Arbeitszimmer.
Zwar befolgte ich seinem vagen Rat, über diese Frage nachzudenken, kam aber zu keinem vernünftigen Ergebnis, weshalb ich mich lieber wieder meiner handfesten Arbeit zuwandte und die Erfassung fortsetzte.

So vergingen wohl einige Stunden, in denen ich bewusst meine ganze Aufmerksamkeit auf Titel, Erscheinungsjahre und Verfasser richtete und mit meinem Pensum gut vorankam. Am Ende war ich dann doch ziemlich geschafft von der konzentrierten Arbeit und nahm mir zur Entspannung noch einmal das Tagebuch vor, in dem der Künstler und Autor mal wieder mit seiner Gesamtsituation unzufrieden war. Immerhin: Ab und zu schien es in der Liebe ganz gut zu laufen, so dass der arme Kerl nicht nur Trübsal blasen musste. Aber auch von dieser Ablenkung hatte ich dann irgendwann genug, legte das kleine Buch beiseite und schaltete den Rechner aus.
Für diesen Tag, immerhin war es mittlerweile schon nach siebzehn Uhr geworden, hatte abgearbeitet, was ich mir vorgenommen hatte, packte meine Sachen in meinen Rucksack und machte mich auf den Heimweg.

Fahrradfahren, so musste ich feststellen, hat trotz Gegenwind etwas Meditatives. Wenn man nicht allzu sehr auf die Umgebung achten muss, was der Fall war, weil die Straßen nun frei waren, kommen einem die Gedanken nur so zugeflogen. Leider waren es diesmal nicht gerade die schönsten Ideen, die mir da durch mein Hirn rauschten. Immer wieder sah ich Bennos Gesicht vor mir, das man mir auf dem Tatortfoto gezeigt hatte.

Mal angenommen, da gäbe es tatsächlich einen Zusammenhang, wie Alex behauptete - und einiges sprach dafür - worin bestand dann diese Verbindung? Allein darin, dass beide Opfer Studenten an unserer Hochschule waren? Das wäre nicht viel, aber was wäre, wenn es sich tatsächlich um einen Zusammenhang handelte, der sogar unsere Clique betraf? Wäre es wirklich denkbar, dass einer von uns zu solchen Taten fähig wäre? Könnte zum Beispiel Alex, der kühle Denker, einen Freund in einen Brennofen sperren und kaltblütig verbrennen lassen? Verbarg sich hinter der scheinbar naiven Fassade von Ly eine eiskalte Killerin, die einen Kommilitonen in die Nägel des Kirchenbootes stoßen könnte? Oder hätte etwa Jean-Marie in einer emotionalen Kurzschlusshandlung jemanden umbringen können, etwa aus Wut über eine Zurückweisung? War Maren tatsächlich so bodenständig und harmlos, wie sie sich immer gab oder war das nur Fassade und dahinter verbarg sich eine Mörderin, deren Killerinstinkt durch irgendeinen Auslöser geweckt werden konnte? Wäre ihr das zuzutrauen? Und Jonas – steckte hinter seiner dummdreisten Maske vielleicht auch noch ein gerissener Mörder?
Zum Glück erreichte ich mein Zuhause, bevor mir der Kopf platzte und zu meiner Überraschung wurde ich bereits erwartet: Vor meiner Haustür saß in ihrem Dienstfahrzeug Lotte, die sofort ausstieg, als ich vom Rad sprang.
„Hi, Jo", begrüßte sich mich, als sie aus dem Wagen stieg, „ich hab da noch ein paar Fragen, die nicht warten können."
„Schon in Ordnung", antwortete ich und ging vor in den Hauseingang.
Keine Ahnung, ob es die Kälte war, die meine Hände etwas zittern ließ, als ich die Haustür aufschloss, um mit Lotte zu mir nach oben zu gehen, nachdem ich mein Rad im Hinterhof abgestellt hatte. Im Flur roch es etwas muffig, was mir auf einmal peinlich war. Gleichzeitig

fielen mir auch noch die alten Tapeten auf, die sich stellenweise schon zu lösen begannen. Je länger wir die Stufen hinaufstiegen, desto peinlicher wurde mir der Aufstieg durch das etwas vernachlässigte Treppenhaus und ich beeilte mich, meine Wohnungstür aufzuschließen, als wir endlich oben ankamen. Schnell schloss ich die Tür hinter Lotte, die sich interessiert in meiner Wohnküche umschaute. Insgeheim beglückwünschte ich mich dazu, dass ich vor nur wenigen Tagen meine Wohnung, zugegebenermaßen nach langer Pause, gründlich geputzt hatte. Es sah sogar noch einigermaßen aufgeräumt aus. Ich drehte die Heizung hoch, die ich meistens etwas herunterdrosselte, wenn ich das Haus verließ, ein wenig aus Umweltschutzgründen, vor allem aber, weil ich so die Heizkosten niedrig halten konnte.

„Soll ich uns einen Tee machen?“, fragte ich sie.
Lotte zog ihre dunkelblaue Daunenjacke aus und hängte sie über die Stuhllehne neben meinem Esstisch.
„Gern“, antwortete sie und atmete kräftig aus, während sie sich auf den Stuhl sinken ließ.
„So schlimm mit Martin?“, fragte ich, während ich meinen Lieblingstee mit Zimtaroma in das Teeei füllte und den Wasserkocher einschaltete.
Ihre dunkelgrünen Augen blickten zur Zimmerdecke und ich nahm mir vor, bei der nächsten Putzaktion auch auf die Spinnweben dort oben zu achten.
„Du kannst es Dir nicht vorstellen“, seufzte sie, schloss die Augen und ließ ihre Arme, die in einem roten Pullover mit einem überbreiten Rollkragen steckten, entspannt nach unten baumeln.
Um dem Impuls nicht nachzugeben, gleich zu ihr zu eilen, um sie tröstend in die Arme zu nehmen, holte ich Becher und Zuckerdose aus dem kleinen Küchenregal an der Wand, deckte im Nu den Tisch und wandte mich sofort dem leise pfeifenden Wasserkocher zu, der mir

signalisierte, dass ich jetzt den Tee aufgießen konnte, was ich dann auch eiligst tat.
Als ich endlich die Keramikkanne auf den Tisch stellte, beugte sich Lotte interessiert nach vorn.
„Das riecht aber lecker, ein wenig nach Weihnachten."
Durch den von der Kanne aufsteigenden Dampf sah ich in ihre Augen, die mich von der anderen Seite des Dunstes her anschauten. Wenn ich doch nur einen Mistelzweig zur Hand gehabt hätte, so aber sagte ich nur „Hagebutte mit Zimtaroma" und versank innerlich im Erdboden, weil mir nichts Geistreicheres in den Sinn gekommen war. Mir fiel allerdings ein, dass ich noch etwas Süßes im Schrank haben musste und so füllte ich mit ein paar royalen Keksen einen kleinen Teller und stellte ihn gut gefüllt auf den Tisch. Mit schwachem Lächeln griff Lotte zu, biss ein Stück vom Keks ab, legte ihn neben ihren Becher und lehnte sich wieder mit geschlossenen Augen nach hinten.

Wir sagten eine Zeitlang nichts, während sie sich offensichtlich entspannte, bis der Tee durchgezogen war und ich unsere Becher füllte. Das Geräusch des Teeeinschenkens war für sie das Signal, die Augen wieder zu öffnen und sich gerade auf ihren Stuhl zu setzen.
„Du wolltest mir noch etwas am Telefon sagen", nahm sie den Faden unseres letzten, unterbrochenen Telefonats wieder auf.
Ich berichtete ihr also von meiner Unterhaltung mit Benno, seiner Geistesabwesenheit und gleichzeitigen Unrast.
Lotte hörte konzentriert zu, sagte nichts und schien in Gedanken versunken, als ich mit meinem Bericht fertig war.
„Meine Vermutung", begann ich, „meine Vermutung also ist, dass Benno etwas wusste, das ihn in diesen Zustand versetzt hat. So gedankenverloren kannte ich ihn gar nicht. Es muss etwas mit dem Mord in der

Werkstatt zu tun haben, denn seit wir ihm davon erzählt haben, war er auf einmal so eigenartig und dass er dann auch noch ermordet wird, das kann doch kein Zufall sein."

Lotte nahm vorsichtig einen kleinen Schluck.
„Martin hat bisher einen Zusammenhang eher als unwahrscheinlich angesehen und für das zweite Opfer sogar einen Unfall nicht ausgeschlossen", sagte sie wie zu sich selbst.
„Deine Beobachtung lässt aber tatsächlich einen Zusammenhang als möglich erscheinen. Nur was bedeutet das dann?"
„Da meuchelt einer Designstudenten, ist doch klar", preschte ich vor.
Charlotte schüttelte den Kopf, den Teebecher in beiden Händen.
„Mal angenommen, das wäre das gemeinsame Element, wo wäre denn da das verbindende Motiv?", fragte Lotte.
„In den Krimis ist es meistens Leidenschaft, Geld, Rauschgift, Waffenhandel und was es sonst noch an Standardmotiven gibt", gab ich bedenken.
„Aber nichts von dem, was mir in dieser Richtung einfällt, könnte hier auf beide Fälle zutreffen", gab ich zu.
„Das muss ja auch nicht so sein", sagte Lotte, „denn es können ja durchaus auch zwei unterschiedliche Motive vorliegen."
„Zwei unterschiedliche Motive eines einzigen Mörders doch eher nicht, aber vielleicht zwei Mörder mit zwei unterschiedlichen Motiven", verkomplizierte ich ihren Gedankengang.
„Oder der zweite Mord ist nur ein Ablenkungsmanöver, um eine falsche Spur zu legen", sagte Lotte.
„Das wäre dann allerdings ein extrem kaltblütig geplantes Vorgehen", stellte sie fest.

„Und wem von Deinen Mitstudierenden wäre das zuzutrauen, falls es überhaupt jemand aus Deinem Bekanntenkreis wäre?"
Wir schauten schweigend auf unsere dampfenden Becher, im Raum war es warm geworden.
„Für heute bin ich zu müde, um noch weiter darüber nachzudenken", sagte Lotte schließlich und blickte sich um, als wäre sie gerade erst ins Zimmer gekommen.
„Eine schöne Wohnung hast Du hier", stellte sie fest und stand auf. Mit dem Becher in der Hand ging sie zum Fenster und blickte in die Winternacht hinaus.
„Und eine schöne Aussicht hast Du auch", fügte sie hinzu.
„Man kann die Spitze der Dionysius-Kirche sehen", sagte ich und stellte mich neben sie, um ebenfalls aus dem Fenster schauen zu können.
Eine Weile lang sagten wir nichts. Standen nur nebeneinander. Blickten hinaus.
Die Nacht war stockfinster, doch aus einzelnen Fenstern leuchtete es hell.
Es gibt diese Augenblicke, zusammengesetzt aus Banalitäten, die dich hinterrücks überwältigen und dich dein Leben lang nicht mehr loslassen.
Ich verlor den Sinn für die Zeit, weiß nicht mehr, wie lange wir so über die weiß bedeckten Dächer der Stadt und die erleuchteten Fenster schauten, während die dünne Wolkendecke einigen Sternen erlaubte, das kitschverdächtige Panorama von oben zu verzuckern.
Lotte schaute mich an.
„Was machen wir jetzt?", fragte sie, mehr zu sich gesprochen als zu mir.
Ich gebe zu, dass mir als Antwort schon einige sehr romantische Antworten eingefallen wären, aber da der Druck der Aufgabe sie immer noch wie das sprichwörtliche Häufchen Elend aussehen ließ, blieb ich lieber sachlich.

„Wenn sich der Kreis jetzt schon um die Hochschule zuzuziehen scheint, solltet Ihr vielleicht nochmal mit den Studentinnen und Studenten sprechen.“
Sie seufzte, nickte und setzte sich wieder an den Tisch, schaute mich an und die Magie des Moments war verflogen.
„Haben wir schon gemacht“, sagte sie.
„Wir haben erfahren, dass es am Abend vor dem Fund einen Vortrag in der Kirche gegeben hat. Wir haben auch die Teilnehmer feststellen können und zuerst noch heute im Laufe des Tages alle Studenten, die dabei waren, ins Präsidium bestellt, um sie zu befragen.“
Sie nahm einen großen Schluck aus ihrem Becher.
„Frau Lin zum Beispiel...“, begann sie.
„Wir nennen sie alle Ly“, unterbrach ich sie.
„...Ly also“, fuhr Lotte fort, „war nicht in Pax Christi. Sie war zu Hause mit ihrem Freund und hat für den Abend ein Alibi.“
„Womit sie schon mal als Massenmörderin aus dem Schneider ist“, schloss ich nicht übermäßig genial.
Lotte lächelte.
„Paul Mayer jedenfalls war dort“, begann sie wieder.
„Wir nennen ihn Jean-Marie, er möchte so genannt werden“, unterbrach ich wieder.
Jetzt lachte Lotte.
„Jetzt musst Du mir nur noch sagen, dass Du eigentlich auch anders heißt“ sagte sie belustigt.
„Mein Name ist Wassen“, sagte ich mit ernster Stimme „Jo Wassen. Unbezwingbar, unwiderstehlich und im Dienst Ihrer Majestät.“
„Klar, aber bevor Du anfängst, die Welt zu retten, versuchen wir doch erst einmal, mit unserem kleinen Problem weiterzukommen.“
Ihr Lächeln zeigte mir, dass sie sich langsam wieder entspannte.
„Also, Jean-Marie Mayer war einer der Zuhörer und er berichtete, dass er unmittelbar nach dem Vortrag, den übrigens ein gewisser Heinz Hagedorn gehalten hat, mit

dem Bus nach Hause gefahren ist. Dort hat er dann noch irgendetwas für die Hochschule vorbereitet und ist dann zu Bett gegangen."
Sie schaute mich an, als erwartete sie einen Kommentar, aber ich sagte nichts.
„Maren Friedrich, Alex Budnik und Jonas von der Weide waren ebenfalls da", fuhr sie fort.
„Und außerdem noch Dr. Vera Klang, die sich nach der Veranstaltung noch im Blauen Engel mit Alex Budnik getroffen hat."
Diese Information überraschte mich. Zwar war mir aufgefallen, dass Alex seit einiger Zeit regelmäßig den Zeichenunterricht der attraktiven Dozentin besuchte, aber dass sie sich entgegen seinen kürzlich geäußerten Klagen nun doch wieder privat trafen, damit hatte ich nicht gerechnet.
„Aber für alle gilt, dass sie theoretisch die Möglichkeit gehabt hätten, sich nach der Veranstaltung noch mit Benno Meinhard zu treffen und ihn in das Boot zu befördern. Übrigens hat ihn der Sturz ins Boot nicht das Leben gekostet, man hat festgestellt, dass er erstochen wurde."
„Du meine Güte", sagte ich, „das hört sich doch irgendwie nach einer geplanten Tat an, oder?"
„Schon möglich, aber es muss nicht heißen, dass es wirklich geplant war und schon gar nicht, dass es jemand aus Deinem Freundeskreis war", stimme Lotte mir zu.
Ich goss uns noch Tee nach, der die Küche mit seinem unschuldigen Duft erfüllte.
„Und wie war es eigentlich möglich, dass niemand etwas gemerkt hat? Immerhin waren viele Leute in der Kirche", fragte ich.
„Die Frage haben wir auch dem Pfarrer gestellt. Nachdem alle gegangen waren, war er noch in der Sakristei und hat noch einige Zeit damit verbracht zu prüfen, ob für den nächsten Gottesdienst auch alles

vorbereitet war. Als er dann die Kirchentür abgeschlossen hat - das Licht war ausgeschaltet - hat er wohl nicht mehr auf das Boot geachtet, sonst hätte er sicherlich schon zu diesem Zeitpunkt den toten Benno Meinhard entdecken können."

„Das heißt, der Täter oder die Täterin hat ziemliches Glück gehabt, dass der Pfarrer noch zu tun hatte und den Kirchenraum erst später verlassen hat."

„Genau, Jo, klingt also vielleicht doch nach einer ungeplanten Tat, denn niemand konnte vorhersehen, dass der Pfarrer nochmal in die Sakristei gehen würde und sich gleichzeitig niemand mehr von den Zuhörern im Raum befinden würde", sagte Lotte und nahm vorsichtig noch einen Schluck vom heißen Tee. Sie lehnte sich zurück und schaute sich wieder in meiner Wohnküche um. Ihr Blick fiel auf die Bilder an der Wand.

„Hast Du die gemacht?", fragte sie und deutete mit dem Becher auf einige Fotos.

Ich nickte, stand auf und ging zur Wand, wo ich ihr zu jedem Bild ein paar Erläuterungen gab, die sie aufmerksam verfolgte.

Als ich meinen Vortrag beendet hatte, stand Lotte auf, stellte ihren leeren Becher auf dem Tisch ab und griff nach ihrem Mantel, den sie über den Stuhl gehängt hatte.

„Tolle Fotos, Jo. Ich würde gern noch mehr darüber hören, aber ich muss jetzt los", sagte sie leise.

Es dauerte schon einige Zeit, bis sie sich in Mantel, Schal, Mütze und Handschuhe gepackt hatte, während ich ihr dabei zusah.

„Danke für den leckeren Tee und die Kekse", sagte sie schließlich und schaute mich lächelnd an.

Und als ich sie ein wenig enttäuscht ansah, weil sie nun doch schon gehen musste, fügte sie hinzu:

„Das alles hätte ich Dir eigentlich gar nicht sagen dürfen, Jo."

Doch obwohl das eigentlich offensichtlich war, war mir dieser Regelverstoß gar nicht aufgefallen.
„Und warum hast Du es mir dann gesagt, Lotte?"
Sie lächelte, sah mich leicht amüsiert an, gab mir aber keinen weiteren Hinweis.
„Gute Nacht, Jo", sagte sie, „und nochmal danke für alles."
Sie ging und ließ mich einigermaßen irritiert zurück.

Schnee, schon wieder neuer Schnee. Als ich am nächsten Morgen aus dem Fenster schaute und es schließlich öffnete, um frische Luft hereinzulassen, war die weiße Decke über der Stadt noch einmal dicker geworden, die Geräusche, die von der Straße zu mir hochdrangen, klangen noch gedämpfter als gestern.
Ein Blick auf die Uhr erinnerte mich daran, dass ich für meine Arbeit in der Bücherkammer schon ziemlich spät dran war und so dauerte es nicht lange, da kämpfte ich mich mit meinem Fahrrad durch den wieder einmal noch nicht geräumten Neuschnee.
Die kalte Luft schmeckte bitter, keine Ahnung, warum.
Noch bevor ich mir darüber weiter Gedanken machen konnte, hatte ich den schützenden Überbau des Haupteingangs der Hochschule erreicht, schloss mein getreues Rad ab und huschte in die warme Eingangshalle.
Die Mensa ließ ich diesmal links liegen, lief die Treppe in den ersten Stock hinauf und hatte schnell meinen Arbeitsraum erreicht.
Auch dort war es warm, denn ich hatte die Heizung nicht heruntergestellt, als ich zuletzt hier gewesen war und so machte ich es mir gemütlich, hängte meine Sachen auf den leeren Stuhl in der Ecke und nahm mir den nächsten Bücherstapel vor – darunter auch eine Mappe mit Belegen, die zeigten, dass der Besitzer dieser Dokumente einigen Kunstschaffenden regelmäßig hatte Geld zukommen lassen. In den Büchern, zum Teil mittlerweile gesuchte Sammlerstücke, fanden

sich auch kleine Zettelchen, auf denen der Leser sich Notizen gemacht hatte, nichts besonders Aufregendes oder Tiefsinniges, aber immerhin Belege dafür, dass ihn die Kunst nicht nur aus finanziellen Gründen heraus beschäftigte.
Kurz vor der Mittagspause kam mir auch wieder das kleine, abgegriffene Tagebuch noch einmal in die Hände, ich blätterte hinein, las die mir schon geläufigen Klagen über Land und Leute, bekam aber mittlerweile auch ein gewisses Mitgefühl mit dem Schreiber und seinen Nöten.
Lange las ich allerdings nicht mehr in diesen Notizen, denn bevor ich zur Mittagszeit in die Mensa ging, wollte ich unbedingt noch etwas von den Bücherbergen abgearbeitet haben.
Der Rechner war inzwischen eingabebereit, ich griff nach dem ersten Buch, Staub rieselte von dessen Seiten, als ich es öffnete, um die bibliographischen Angaben zu finden. Es handelte sich um ein Buch aus einem Berliner Verlag von Max Osborn, „Die Kunst des Rokoko" von 1929 – nicht gerade mein Interessensgebiet, aber immerhin eine Erstausgabe. Als nächstes, ebenfalls leicht angestaubt, erwischte ich ein Buch über „Neue Glasmalkunst" vom Reichsverband Deutscher Glasmalereien e.V., danach Knut Hamsuns „Segen der Erde" in einer Ausgabe von 1918 und so verging die Zeit dann doch wie im Flug, bis ich merkte, dass es Mittag geworden war und sich draußen sogar die Sonne ein wenig zeigte. Außerdem hatte ich Hunger bekommen, mein Frühstück hatte ich ausfallen lassen und so griff ich mir mein Portemonnaie, schloss die Tür hinter mir ab und machte mich auf Richtung Mensa.

„Diese Schmierfinken sollte man…", schallte es mir entgegen, als ich auf meinem Weg dorthin um die nächste Ecke des Ganges bog.
Und wie ich zunächst nur hören und dann auch sehen konnte, war es Professor Oldenburg, der mit hochrotem

Gesicht unter seinem sowieso schon roten Lockenschopf und mit wedelnden Armen vor Frau Dr. Klang stand und nach Worten rang.
Da er aber keine mehr fand - was ausgesprochen selten vorkam – stieß er nur eine Art Schrei aus und verschwand mit weit greifenden Schritten in Richtung seines Büros.
Die Dozentin, die mich bemerkt hatte, hob die Zeitung auf, die vor ihr auf dem Boden lag und zeigte auf die Schlagzeile.
„Schon wieder ein Opfer – wen trifft es als nächstes an der FH?"
Sie sah ziemlich mitgenommen aus.
„Er macht sich natürlich Sorgen um den Ruf der Hochschule", erklärte sie seinen Gefühlsausbruch.
Ich überflog den Artikel.
„Kann ich verstehen", sagte ich, denn der Autor hatte sich alle Mühe gegeben, jeden möglichen reißerischen Aspekt der beiden Fälle auszuschlachten.
Sie fuhr sich fahrig durch die schwarzen Haare, die ihr über die Schultern fielen.
„Es ist nur... wenn das neue Studentinnen und Studenten abschreckt, zu uns zu kommen, wer weiß, wie sich das auswirkt? Vielleicht wird uns bei sinkenden Zahlen der Etat gekürzt und dann müssen noch mehr Dozenten entlassen werden", gab sie zu bedenken.
Sie wirkte hilflos, nervös und schaute mich nicht direkt an.
„Das ist doch nur Presse, das ist morgen schon vergessen, Schnee von gestern", versuchte ich sie zu beruhigen.
„Der Ruf der Hochschule ist dem Dekan so unglaublich wichtig", sagte sie mit unterdrückter Verzweiflung in der Stimme, was mich doch sehr irritierte, denn dass ihr persönlich unsere Institution so sehr am Herzen lag konnte ich mir eigentlich nicht vorstellen. Oder meinte sie damit vielleicht auch, dass ihr Verhältnis mit Alex ebenfalls den Ruf der Institution beschädigen und sich

nachteilig für sie in ihrer Position auswirken könnte? War das etwa auch der Grund, weshalb sie sich Alex gegenüber so zurückhaltend verhielt? Das hätte mir nicht ganz eingeleuchtet, denn immerhin wären beide erwachsene Menschen, die sich abseits des Hochschulbetriebs frei füreinander entscheiden konnten.
„Entschuldige", unterbrach sie meinen Gedankengang, „ich muss noch etwas vorbereiten."
Sie fasste die Zeitung in der Mitte, wobei sie sie fest zusammendrückte, nickte mir kurz zu und ging in die mir entgegengesetzte Richtung davon.

Derart zurückgelassen versuchte ich, den Faden meiner Assoziationen wieder aufzunehmen, kam damit jedoch nicht weit, denn als ich die Mensa betrat, winkte mir sofort von einem der beliebten Fensterplätze Jean-Marie zu und natürlich folgte ich seiner Einladung, nachdem ich mir ein paar Snacks besorgt hatte.
„Hach, wie ist das nur alles fürchterlich", empfing er mich auf seine melodramatische Art, die ich nicht besonders mochte, weil sie mir doch sehr aufgesetzt vorkam.
„Ja, ist schon verrückt, man weiß gar nicht, was man davon halten soll", gab ich ihm etwas unbestimmt erst einmal recht.
Er wippte von einer Seite auf die andere.
„Was sagt denn die hübsche kleine Kommissarin zu der ganzen Geschichte?", flüsterte er unter heftigem Augenzwinkern.
„Sie hält Dich für den Hauptverdächtigen", sagte ich und spießte eine kleine Tomate mit der Gabel auf.
Die Wirkung meiner kleinen Bombe blieb nicht aus.
„Ist die denn von allen guten Geistern verlassen? Ich, der ich keiner Fliege etwas zu Leide tun könnte? Nicht einmal Karel, dem bösen Fremdgänger, obwohl ich ihm natürlich schon mit Rizinusöl das Essen... aber egal – wie kommt diese Schnepfe nur dazu..."

„Keine Panik, das war nur ein Scherz", erlöste ich ihn aus seiner Not und probierte die gedünsteten Karotten. Er schaute mich wütend an, heute waren seine Augen eher dezent geschminkt.
„Das war aber jetzt echt gemein, du elender Bursche, du" fauchte er, was mich aber nur ermunterte.
„Obwohl, wenn man bedenkt, dass du mit Rizinusöl arbeitest... Vielleicht hast du Tristan ja etwas Schlafmittel in seinen Kaffee getan, bevor du ihn in den Ofen..."
Weiter kam ich nicht, denn Jean-Marie schlug mit der Faust auf den Tisch.
„Wie kann man nur so gemein sein", empörte er sich.
„Zugegeben, er hat mich abblitzen lassen, aber wenn ich gewusst hätte, dass er schon in festen Händen war, hätte ich es gar nicht erst versucht."
Fast hätte ich mich verschluckt.
„Du hast es bei Tristan versucht?", wollte ich mich vergewissern.
„Natürlich", sagte er und schüttelte den Kopf, wobei ihm sein buntes Halstuch beinahe in die Suppe gefallen wäre, „immerhin hatte ich mich ja gerade mit meinem bösen Karel verkracht und Tristan schien mir damals auf der Semesterfeier natürlich auch nicht gerade abgeneigt. Ich bin ja auch was Besonderes, oder?"
Jetzt schaute er schon wieder sehr selbstbewusst erst auf mich, dann aus dem Fenster.
„Bist du wirklich sicher, dass er nicht abgeneigt war?", fragte ich.
Jean-Maries Überlegenheit wuchs augenblicklich, er senkte den Kopf und die Stimme.
„Wenn ich mich irgendwo auskenne, mein Lieber, dann auf diesem Gebiet. Tristan war einer von uns."
Natürlich genoss er meine Verblüffung und es dauerte ein paar Augenblicke, bis ich diese neue Information verarbeitet hatte, allerdings konnte ich meine Gedanken nicht weiter verfolgen, weil Ly und Maren die Mensa betreten hatten und auf uns zusteuerten.

Maren sah sehr entschlossen aus, als sie sich zu uns setzte, leicht über den Tisch beugte, wobei etwas Ton aus ihren braunen Locken in Jean-Maries Kaffeebecher bröselte, und für ihre Verhältnisse leise flüsterte:
„So kann das nicht weitergehen", raunte sie.
Jean-Marie und ich schauten sie gespannt an.
„Wer bitte schön soll denn als nächstes dran kommen?", fügte sie hinzu.
„Du machst es aber auch spannend", bemerkte Jean-Marie und erntete einen finsteren Blick.
„Wollen wir uns hier alle abmurksen lassen?", legte sie nach, um sofort noch hinzuzufügen:
„Natürlich nicht!", und spätestens jetzt, nachdem sie wieder mit ihrer gewohnt dominanten Stimme gesprochen hatte, hatte sie auch die Aufmerksamkeit der umliegenden Tische auf sich gezogen.
„Und was willst Du dagegen unternehmen?", wollte ich wissen.
„Ganz einfach", sagte sie, sich triumphierend umblickend, „wir streiken, bis sie den Täter gefunden haben."
Zugegeben, da war etwas dran und an den Blicken der Studierenden, die mitgehört hatten, erkannte ich, dass dieser Vorschlag für einige eine in Frage kommende Option zu sein schien.
„Aber wir müssen doch noch unsere Arbeiten vorstellen", warf Ly jetzt ein, die heute eine schwarze Daunenjacke trug, deren Kapuze von einem roten Fell umrahmt wurde.
„Na und?", war Marens klare, aber wenig aussagestarke Antwort.
„Könnte sein, dass die Profs die Arbeiten dann in diesem Semester nicht mehr annehmen", versuchte ich zu erklären.
„Na und?", wiederholte Maren.
„Dann verlieren wir vielleicht ein ganzes Semester", sagte Jean-Marie.
„Na und?", beharrte Maren.

„Mensch Maren", sagte Jean-Marie, „das kostet Geld. Ein ganzes Semester müssen einige von uns erst einmal finanzieren."
Da fiel dann auch bei Maren der Groschen, die aus einem wohl betuchten Haus kam und sich um solche profanen Dinge wie die Finanzierung eines Studiensemesters keine Sorgen zu machen brauchte. Das schien auch bei den um uns herum sitzenden Mithörern angekommen zu sein, denn deren Interesse wandte sich bereits wieder anderen Themen und dem Mittagessen zu.
„Mist", schnaubte Jean-Marie, nachdem er einen Schluck aus seinem Becher genommen hatte, "jetzt ist mein Kaffee kalt geworden und bröselig ist er auch noch."
Ly war die erste, die sich wieder auf die wichtigeren Dinge konzentrierte.
„Wir sollten zu Delius gehen", sagte sie, „das Seminar fängt in zwei Minuten an."
Also standen wir auf und verließen die Mensa.

„Die Kunsttheorie ist nicht nur vor einem gesellschaftspolitischen, sondern immer auch vor einem philosophischen Hintergrund zu betrachten...", und so weiter und so weiter. Wir kannten diese Einleitung von Delius, der mal wieder die Zuhörer mit seinen Kenntnissen der Philosophie zu beeindrucken versuchte. Er saß hinter seinem Schreibtisch in dem kleinen Raum, in dem etwa fünfzig Personen Platz hatten, ungefähr dreißig Studierende waren heute anwesend.
Selbstverliebt strich er sich über seinen kurzgeschorenen Hinterkopf und versuchte uns davon zu überzeugen, dass Beuys' Behauptung, dass jeder ein Künstler sei, auch quasi automatisch die Behauptung beinhaltete, dass jeder auch sprachlich ausdrücken könnte, was er künstlerisch gemeint hatte, wobei allerdings die Meinungen auseinandergingen, denn

wenn ich mir so manchen Katalogtext von Ausstellungseröffnungen in Erinnerung rief, dann beschlich mich nicht gerade selten das an Gewissheit grenzende Gefühl, dass der dort schreibende Künstler vielleicht gemeint hat, etwas mit seinem Werk Zusammenhängendes von sich gegeben zu haben, dass er sich statt dessen aber nur als verbaler Nebelwerfer betätigt hatte. Immerhin, das von Delius gerne zitierte Postulat Wittgensteins „Was sich überhaupt sagen lässt, lässt sich klar sagen…", bedeutete ja nicht, dass jeder auch in der Lage wäre, das, was er sagen wollte, tatsächlich auch klar zu sagen, wobei dann auch noch das unterschiedliche Verständnis darüber mit ins Spiel käme, was man jeweils unter „klar" verstand.
In seiner einnehmenden Sprechweise gab Delius sein Bestes, uns von seiner Theorie zu überzeugen, doch obwohl er sich auch heute wieder nach der neuesten Jugendmode gekleidet hatte und auch in seiner Wortwahl versuchte, sich an bestimmten Stellen seines Vortrags mit seinen eine Generation jüngeren Zuhörern und Zuhörerinnen auf eine Ebene zu stellen, gelang es ihm nicht, uns auf seine Seite zu ziehen. Trotzdem besuchten wir seine Veranstaltungen gern, denn sie hatten auf jeden Fall einen hohen Unterhaltungswert und außerdem brauchten wir die Leistungspunkte…

Am Ende des Seminars sammelten sich hauptsächlich ein paar Studentinnen um den Dozenten, der das Bad in der weiblichen Menge wie immer offensichtlich genoss.
Ich stand neben dem Ausgang und wartete auf Ly, Maren und Jean-Marie, der mich als erster erreichte und abfällig schnaufte.
„So ein eingebildeter Schnösel", sagte er, „dabei kommt er da, wo er möchte, auch nicht immer zum Zug, der Arme."
Verständnislos schaute ich ihn an.

„Na, bei der Klang ist er jedenfalls abgeblitzt", klärte er mich auf, woraufhin ich wieder einmal feststellen musste, dass ich über die zwischenmenschlichen Beziehungen an der Hochschule wohl nicht besonders gut im Bilde war und als Jean-Marie auch noch hinzufügte, dass bei der attraktiven Dozentin auch Tristan in Konkurrenz zu Delius gestanden hatte, fand ich meinen Eindruck nur bestätigt.
Dann hatten also Delius, Alex und Tristan ein Auge auf die schöne Frau Klang geworfen und Benno wiederum hatte wohl ein Verhältnis mit Tristan, der kurzzeitig auch von Jean-Marie umworben war. Soviel hatte ich zumindest von dem ganzen Beziehungsdurcheinander verstanden, die Frage war nur, was ich damit anfangen sollte und ob das überhaupt wichtig im Zusammenhang mit den Morden war.
Auf jeden Fall musste ich Charlotte über diese Zusammenhänge informieren, sie konnte am besten einordnen, wozu diese Informationen gut waren. Am Ende war es mir jedoch fast egal, ob sie überhaupt zu etwas gut waren, wenn nur der oder die Täter bald gefunden würden, denn die Angst, die sich nach Tristans Tod nur unterschwellig in mir breit gemacht hatte, war seit Bennos Ermordung so stark gewachsen, dass ich mich immer wieder dabei ertappte, meine Umgebung nach möglichen Gefahren abzusuchen.
Kurz blieben wir noch zusammen stehen und sprachen über die Vorlesung, dann machte ich mich rasch auf den Weg in den Erfassungsraum, denn dort fühlte ich mich wenigstens noch relativ sicher, obwohl mir hätte klar sein müssen, dass auch dieser Eindruck nur eine Täuschung war.

6. Kapitel: Das Café

Träum' ich oder wach' ich?
Selbst die Nebel vor dem Fenster scheinen mir wie die Wolken des Himmels dank deines Jaworts. Dagegen verblasst schier alles. Wie werden die Freunde staunen. Und vielleicht vergibt mir der gute Franz, dass ich die Entwürfe und Studien vergaß. Gewiss arbeitet er schon in Öl an unseren Motiven.
Von Anfang an haben ihm meine Rösser gefallen. Diese Eleganz, diese kraftvollen Formen, die Würde hinter der erhabenen Erscheinung. Wir werden das Wesen der Dinge ans Licht bringen, keine Spiegelbilder belangloser Natur, Neues wollen wir erschaffen...
Der Kontrolleur kommt, wo habe ich nur meine Fahrkarte?

„Hat die sie noch alle?", polterte Maren am nächsten Tag, als wir Doktor Klangs Zeichenkurs verlassen hatten und auf dem Weg Richtung Ausgang den langen Korridor entlangliefen, dessen eine Seite vollständig aus Glaselementen bestand und den Blick auf den von Schnee freigefahrenen Frankenring freigab.
„Musst dich eben besonders warm anziehen", riet ihr Ly besorgt, was Maren aber nicht beruhigte.
„Bei den Temperaturen im Freien herumstehen und zeichnen – wie kann man auf so eine bescheuerte Idee kommen?"
Fast wären ihr die Unterlagen aus der Ledertasche gefallen, die sie am Lederriemen festhielt und heftig schüttelte.
„Jetzt ist eben Perspektive das Thema und da ist der Business Park doch eine gute Location zum Zeichnen", verteidigte Alex die angekündigte Übung, was aber nur dazu führte, dass Maren ruckartig stehenblieb, wobei Jean-Marie sie fast angerempelt hätte, um Alex dann mit bedrohlichem Blick zu fixieren.

„Sollen wir uns da etwa den Tod holen?", fragte sie und berührte mit ihrem Gesicht fast das seine.
„Komm, Schätzchen", beschwichtigte sie Jean-Marie, indem er sie am Arm nahm und mit ihr den unterbrochenen Gang wieder aufnahm.
„Wir werden uns alle den Popo abfrieren, aber wir werden auch zeichnen lernen und jetzt gönnen wir uns erst einmal einen leckeren Kaffee", fügte er hinzu und von seinem unvermuteten Anflug von Vernunft überrascht ließ sich Maren abführen.
„Wenn ich mich erkälte, ist die Klang schuld", sagte Maren nun schon deutlich gemäßigter, als wir die Mensa betraten.

Nachdem wir uns mit Getränken versorgt hatten, fanden wir einen Platz nicht weit vom der Fensterreihe entfernt. Die Sonne kam heraus und ließ die Schneedecke glänzen, dass es blendete.
Ich nahm einen Schluck heißen Kakao aus dem Becher und blickte zur Decke hoch und fragte mich, wie viele der runden Lampen dort oben wohl angebracht waren. Jean-Marie kannte meine Assoziation von Heiligenscheinen, weil ich sie schon ein paar Mal zum Besten gegeben hatte.
„Ja, sind wir nicht alle kleine Engel?", sagte er verständnisvoll und bewegte seine Handflächen wie kleine Flügel.
Maren schaute ihn humorlos an.
„Aber einer oder eine könnte auch ein ganz großer Teufel sein", sagte sie grimmig und dann dauerte es einen Moment, bis wieder jemand etwas sagte.
„Gibt es denn etwas Neues von der Polizei?", fragte schließlich Alex, der heute einen dunkelblauen Rollkragenpullover trug. Alle Augen richteten sich auf mich und mir wurde ziemlich unbehaglich zumute. Was dachten die sich?
„Keine Ahnung", sagte ich, „ich war ja bei dem Vortrag von Hagestolz im Pax Christi gar nicht dabei. Mich hat

man nur angerufen", und dabei vermied ich es, Lottes Namen zu erwähnen, „weil ich Benno identifizieren sollte."
„Und wieso haben sie da gerade dich angerufen?", bohrte Maren nach.
„Vielleicht, weil man ein Skizzenbuch gefunden hat und daraus geschlossen hat, dass es sich um einen Studenten handeln könnte und man sich gedacht hat, dass ich als Student Benno vielleicht kennen könnte", sagte ich.
„Aber ihr seid doch sicher auch schon vernommen worden. Was ist denn dabei rausgekommen?", lenkte ich ab.
„Mich hat dieser Martin befragt, ein sehr unangenehmer Typ", sagte Alex.
„Ich hatte mir den Vortrag von Hagestolz angehört", fügte er hinzu.
„Wer war denn noch alles da?", wollte ich wissen, denn ich konnte mich nur daran erinnern, dass Lotte mir die teilnehmenden Studenten und Studentinnen genannte hatte.
„Benno, Jean-Marie, Maren, Jonas, Frau Klang und Delius waren dabei", sagte er.
„Natürlich waren da auch noch ungefähr dreißig andere Leute, von denen ich aber niemanden kannte."
„Gut, dass ich nicht da war,", bemerkte Ly.
„Du könntest ja draußen gewartet haben, um in einem günstigen Augenblick zuzuschlagen", enttäuschte sie Jean-Marie und lachte laut, als Ly ihn daraufhin entsetzt anschaute.
„Jedenfalls wollte Martin wissen, ob mir etwas Besonderes bei der Veranstaltung aufgefallen wäre, ob sich jemand auffällig verhalten hätte, wann ich gekommen und wann gegangen bin und wann ich Benno zuletzt gesehen hätte."
„Und was hast du gesagt?" fragte Ly und zog sich gespannt die Ärmelenden ihres roten Mohair-Pullovers über die Knöchel.

„Na ja, zuerst einmal ist mir nichts Besonderes aufgefallen“, sagte Alex.
„Ich bin gegen Viertel vor sieben angekommen, da waren schon ziemlich viele der Zuhörer dort, auch Hagestolz und Pfarrer Maaßen. Ich habe mich dann zu Jean-Marie gesetzt, der auch schon da war. Kurz danach ist dann Benno dazugekommen, der ein wenig aus der Puste schien, aber vielleicht war er auch nur aufgeregt. Jedenfalls hat Hagestolz pünktlich um neunzehn Uhr angefangen und einen sehr guten Vortrag zu „Kirche und zeitgenössische Kunst“ gehalten. Am Ende kam es dann noch zu einer kurzen Diskussion, in der ein Teilnehmer unbedingt die Missbrauchsfälle und die Vertuschungsversuche der Kirche mit dem Thema verbinden wollte, aber da hat Hagestolz dann ganz gut reagiert und das Ganze in geordnete Bahnen zurückgeführt. So gegen halb neun war es dann zu Ende, wir verließen bis auf den Pfarrer alle die Kirche und verabschiedeten uns voneinander.“
„Dann muss Benno aber doch noch nicht nach Hause gefahren sein“, stellte Ly fest.
„Wahrscheinlich hat ihn der Mörder...“, begann ich.
„...oder die Mörderin...“, warf Jean-Marie ein.
„Wahrscheinlich hat ihn der Mörder oder die Mörderin nach der Veranstaltung getroffen und dann umgebracht, bevor der Pfarrer die Kirche geschlossen hat“, sagte ich.
Es dauert eine Weile, bis alle das Gesagte verarbeitet hatten.
„Da hat er oder sie aber Glück gehabt, dass der Pfarrer das nicht mitbekommen hat“, sagte Maren schließlich.
„Das kann man wohl sagen“, pflichtete Jean-Marie ihr bei.
„Außer natürlich...“, er machte eine Pause und zog die Stirn in Falten.
„Nun sag schon“, forderte ihn Ly auf.
„Außer natürlich, der Pfarrer ist der Mörder.“

Die auf Jean-Maries Schlussfolgerung einsetzende Pause dauerte noch länger als die vorherige.
„Scherz beiseite", brach Alex das Schweigen, „wie war es denn bei dir, Jean-Marie? Du bist doch auch befragt worden."
Jean-Marie nahm erst einmal einen tiefen Schluck Tee aus seiner Tasse.
„Stellt euch vor, der hat mich in ein Lokal bestellt und beim Mittagessen verhört. Mich hat er genau dasselbe wie Alex gefragt, dieser einfallslose Klotz. Ich war ja schon fast als erster in der Kirche gewesen und habe mir da nochmal in aller Ruhe die Kunstobjekte angeschaut und dann einen guten Platz gesucht. Und als die Veranstaltung dann vorbei war, bin ich sofort weggefahren, denn ratet mal, wer zu Hause schon auf mich gewartet hat."
„Könnte es dein Karel gewesen sein oder hast du einen neuen Schatz?", sagte Maren kopfschüttelnd.
„Wie du nur darauf kommst", antwortete Jean-Marie kokett, „ich geh doch nicht fremd, wo Karel doch so eifersüchtig ist. Nein, nein, er hat schon auf mich gewartet und uns etwas Leckeres gekocht, der Gute und hinterher..."
„Ja, also ich muss jetzt los", unterbrach ihn Alex und auch ich wollte noch einiges abarbeiten, bevor ich die Hochschule verlassen und einige Einkäufe erledigen wollte. Also stand ich ebenfalls auf, was dann zu einem allgemeinen Aufbruch führte.

Irgendjemand hatte die Heizung diesmal zu weit aufgedreht, so dass mich eine gewaltige Hitzewelle empfing, als ich den Raum mit den Bücherstapeln, Kisten und Kartons betrat. Daher öffnete ich zuerst einmal das Fenster für eine kurze Weile, bis sich die Innentemperatur normalisiert hatte. Beim Hinausschauen sah ich, wie Delius und Dorm sich mal wieder gestenreich stritten, was in letzter Zeit immer häufiger vorkam, meist ging es um irgendwelche akademischen

Kleinigkeiten oder die neu zu besetzende Stelle. Sollten sie sich in die Haare kriegen, ich schloss das Fenster und überlegte, was ich als nächstes katalogisieren könnte.

Um etwas Abwechslung in die Reihenfolge zu bringen, nahm ich mir eine der weiter entfernt stehenden Kisten vor und schaute nach, ob etwas Interessantes darin wäre. Eine Bibel, verschiedene Bücher, darunter frühe Ausgaben von Werken von Thomas Mann, Otto Flake und Alfred Döblin, eine Kladde mit Rechnungen, die ich kurz durchblätterte, wobei mir auffiel, dass sich darunter auch einige für Malutensilien befanden, wobei ich mir die Frage stellte, weshalb dieser Mann der Finanzwelt so viel für Dinge wie Ölfarben und Pinsel ausgab. Aber warum nicht, Geld und Kunst waren doch schon immer miteinander eng verbunden, wenn oft auch nur in dem Sinne, dass den Kunstschaffenden die nötigen Finanzmittel für ihre Kunst fehlten. Kurz – es war nichts darin, was meine besondere Aufmerksamkeit weckte. Daher beschloss ich, dann doch mit dem Karton weiterzumachen, den ich zuletzt bearbeitet hatte, schob den anderen wieder zurück und stieß dabei einen Stapel Dokumente von einer im Weg stehenden Kiste herunter. Beim Aufheben fand ich einen Papierfetzen mit dem hübsch gezeichneten Kopf eines Rehs darauf, der mir gut gefiel, weshalb ich das Papier mit einer Nadel an die ansonsten recht kahle Wand pinnte und nachdem alles wieder ordentlich aufgestapelt war, griff ich mir einige Bücher und begann mit der Erfassung. Natürlich dauerte es nicht lange, bis ich wieder an die Verbrechen dachte. Sollte es wirklich jemand aus meinem Bekanntenkreis gewesen sein?
Maren konnte ich mir eigentlich nicht als jemanden vorstellen, der einen Freund umbringt und in einen Brennofen steckt. Dann hätte sie wohl auch nicht so dramatisch reagiert, als sie den Ofen geöffnet hat. Oder hatte sie das nur gespielt? Und wäre es nicht auch für

sie möglich, dass irgendein Ereignis sie zu einer solchen Tat hätte bringen können? Sie hatte ja schon die Tendenz, unter Druck den Kopf zu verlieren, wie damals bei der Klausur, als sie zuerst einen Schreikrampf bekam, als sie erkannte, dass sie sich völlig falsch vorbereitet hatte und dann, nachdem sie die Aufgabenblätter in tausend Stücke zerrissen hatte, wilde Flüche ausstoßend den Raum verlassen und einen stark irritierten Delius zurückgelassen hatte.
Und Ly? Sie wirkte auf mich manchmal wie von einem anderen Stern, oft gedankenverloren, sehr naiv und immer das Gute und Schöne im Blick, anderseits aber auch undurchschaubar und sehr beherrscht. Was wäre, wenn etwas vorgefallen war, das ihren hübschen Schutzwall durchbrochen und sie in ihrem Innersten verletzt hätte? Wozu wäre diese bildschöne Frau fähig, wenn sie zum Beispiel in irgendeiner Weise in die Enge getrieben würde? Das konnte ich mir zwar nur schwer vorstellen, aber möglich war es doch.
Dann schon eher Jean-Marie, dessen manchmal ausgesprochen dick aufgetragenes Schwulsein ja nicht ausschloss, dass er zu Grausamkeiten in der Lage wäre. Vielleicht wäre er nicht der Killer, der sein Opfer kaltblütig und geplant erledigte, aber ein Verbrechen aus Leidenschaft wäre bei ihm wohl nicht ganz undenkbar, so aufbrausend wie er bei passender Gelegenheit sein konnte.
Alex war da schon anders gestrickt. Er hatte immer einen Plan, ließ sich selten aus der Ruhe bringen und schien immer genau zu wissen, was er wollte. Aber welches Motiv sollte er haben, seine beiden Mitstudenten ins Jenseits zu befördern – und dann auch noch auf solch eher spektakuläre Art? Leidenschaft wäre hier wohl kein Motiv, denn Alex war unzweifelhaft nur am anderen Geschlecht interessiert. Oder hätte sein Interesse an Frau Klang in mir nicht einleuchtender Weise in Alex einen Gedankengang in Bewegung setzen können, an dessen Ende der Schluss hätte stehen

können, dass es notwendig wäre, Tristan und Benno aus dem Weg zu räumen? Das schien mir dann auch wieder ziemlich weit hergeholt.
Hatte vielleicht die sonst so freundliche Dozentin etwas mit den Morden zu tun? Oder vielleicht Egger, Delius, Dorm oder Oldenburg?
Die leicht impulsive Vera Klang hätte sich doch mit Tristan derart streiten können, dass dieser eventuell sogar unbeabsichtigt ums Leben kam. Immerhin kannte sie sich an der Hochschule aus und hätte ihn in Panik im Brennofen entsorgen können. Aber einen Zusammenhang mit Benno konnte ich nicht finden.
Egger war bei dem Vortrag in Pax Christi gar nicht anwesend, zumindest war er nicht unter den Zuhörern und hätte natürlich draußen warten können, um dann im geeigneten Augenblick zuzuschlagen. Der Gedanke kam mir recht absurd vor, wenn ich mir den grauen kleinen Mann vorstellte, der auf mich immer den Eindruck gemacht hatte, als wäre er mit sich und der Welt zufrieden.
Delius war da ganz anderer Natur. Bei ihm hätte ich mir schon eine wohl überlegte Tat vorstellen können, aber gerade dieses stark ausgeprägte vernunftbetonte Handeln hätte doch sicher dazu geführt, dass er nicht im Affekt seinen Konkurrenten beim Werben um die Dozentin getötet hätte. Oder unterschätzte ich da die emotionale Seite des Dozenten?
Ähnlich ging es mir mit Dorm, dem Konkurrenten von Delius um die ausgeschriebene feste Stelle an der Hochschule. Da hätte ich eher ein Motiv gesehen, Delius zu beseitigen als Benno und Tristan.
Am wenigsten konnte ich Dekan Oldenburg mit den Untaten in Verbindung bringen, dessen einzige Sorge darin zu bestehen schien, den guten Ruf der Institution zu wahren.

Die Gedanken begannen wieder einmal, in meinem Kopf Karussell zu fahren und zum Glück betrat in diesem

Moment Dorm den Raum, grüßte mich etwas abwesend mit „Hallo, Johannes" und blickte sich suchend um.
„Mein Handy", sagte er erklärend, „ich habe irgendwo mein Handy verlegt und dachte, ich hätte es vielleicht hier liegen lassen."
Ich blickte mich mit ihm um, schaute auch in die offenen Kisten, fand aber nichts.
„Ein ziemliches Durcheinander, oder?", sagte er und lächelte.
„Eigentlich kommen wir ganz gut klar", sagte ich.
„Hast Recht, am Ende müsst ihr ja damit arbeiten können", gab er zu.
„Dann muss ich wohl mal in meinem Auto nachschauen", sagte er, kratzte sich nachdenklich am Dreitagebart, zuckte die Schultern und winkte mir zum Abschied kurz zu, dann war ich wieder allein.
Der unverhoffte Besuch hatte mich aus meinen Überlegungen gerissen und nachdem ich noch ein paar Dokumente erfasst hatte, beschloss ich zufrieden, für heute Schluss zu machen. In die Mensa wollte ich nun nicht noch einmal, denn obwohl ich mich dort immer fast wie zu Hause fühlte, hatte ich den Eindruck, dass mir eine Abwechslung gerade ganz gut tun würde.

Als ich unter das Vordach des Hochschulausgangs trat schien die Sonne. Ich war so in meine Datenerfassung und meine eher hilflosen Kombinationen vertieft gewesen, dass ich gar nicht bemerkt hatte, wie es sich draußen merklich aufgehellt hatte. Schaute man auf die schneebedeckten Rasenflächen, dann reflektierte der Schnee das Sonnenlicht so sehr, dass man den Blick schnell in eine andere Richtung wenden musste. Trotz des Sonnenscheins war es immer noch unangenehm kalt, ich wischte etwas Schnee vom Sattel meines Fahrrads und überlegte kurz, wohin ich eigentlich wollte. Die Wahl fiel auf den Comicladen, vielleicht gab es dort irgendeine Neuerscheinung, die ich kaufen und

mich damit für einige Zeit in eine andere Welt versetzen könnte. Also schwang ich mich aufs Rad, die Kälte drang vom Sattel durch meine Jeans und der feuchte Gegenwind trug auch dazu bei, dass ich so schnell es eben ging Richtung Ostwall fuhr.
„Was geht?“, begrüßte mich dort wie immer bestens gelaunt Kalle, dessen T-Shirt-Emblem ihn heute als Flash, den schnellste Menschen der Welt, kenntlich machte.
Mir fiel zum ersten Mal auf, dass es hier nicht viel anders als in meinem Arbeitsraum roch.
„Alles gut“, antwortete ich, „wollte wieder mal schauen, was es Neues gibt.“
Kalle hob den Zeigefinger und wies in den hinteren, schlauchförmigen Bereich des Geschäfts, in dem sich die amerikanischen Comics befanden.
„Gestern eingetroffen, ganz heißer Scheiß“, pries er die Neuerscheinungen an.
Ich folgte dem schnellsten Menschen der Welt, der langsam vor mir herschlurfte, entlang der Regale voller Hefte, Alben und Bücher, bis wir vor der Reihe neu einsortierter US-Hefte standen.
Wegen des außergewöhnlichen Covers griff ich nach einer Ausgabe mit dem Titel „Deadman“ und Kalle zog die Augenbrauen hoch.
„Apropos“, sagte er mit gedämpfter Stimme, „das war ja jetzt wohl schon der zweite Student, der den Löffel abgeben musste.“
Ich nickte nur kurz und blätterte durch das Heft.
„Kanntest Du den?“, wollte er wissen und der Unterton in seiner Stimme ließ mich aufmerksam werden.
„Schon“, sagte ich abwartend und beinahe gleichgültig.
„Ich nämlich auch“, trumpfte Kalle auf und das Blitz-Symbol auf seiner Brust schien größer zu werden.
„Ach“, sagte ich betont überrascht, „war er auch ein Kunde?“
Im Hintergrund aus dem Spielzimmer, in dem sich offensichtlich wieder einige junge Männer befanden,

wurde es plötzlich laut, weil irgendwer die falsche Karte gelegt hatte, woraufhin jetzt irgendjemand mit einem Fluch belegt wurde und aus diesem Grund in heftige Beschimpfungen ausbrach, die aber zum Glück bald abebbten, weil schon der nächste Spieler an die Reihe kam und alle gespannt auf das Ergebnis des Würfelns warteten, das mit solcher Energie erfolgte, dass es sich fast wie ein Schuss anhörte, als der Becher auf den Tisch knallte.
„Klar war der Kunde", nahm Kalle den Faden wieder auf, „genau wie Tristan."
„Und?", hakte ich nach, denn ich sah ihm an, dass er noch mehr auf Lager hatte und sein Wissen an den Mann bringen wollte.
„Die beiden kannten sich", fügte er raunend hinzu, „und manchmal kamen sie auch zu dritt in meinen Laden."
Es dauerte einen Augenblick, bis ich „Deadman" wieder ins Regal gestellt hatte.
„Und wer war der dritte Mann?", wollte ich wissen.
Kalle schaute sich um, als vermutete er, abgehört zu werden.
„Ein etwas älterer Typ von der Uni, Delius, kommt oft hierher, hat sogar schon mal da hinten mitgespielt."
Kalle deutete mit dem tätowierten rechten Arm Richtung Spielzimmer.
„Was, wenn der der nächste auf der Liste ist?", flüsterte er besorgt.
„Da ist was dran", stimmte ich ihm zu.
„Das kann natürlich Zufall sein", gab er zu bedenken.
„Ja, wahrscheinlich", sagte ich und griff doch wieder nach „Deadman", um Kalle Gelegenheit zu geben, vielleicht noch mehr Informationen zu liefern. Aber der schnellste Mensch der Welt hatte sein Pulver verschossen und schaute mich abwartend an.
„Das Heft nehme ich mit", wechselte ich das Thema, „sieht ganz vielversprechend aus."
Wir gingen zum Kassentresen, ich zahlte und verließ Kalles Spieleshop.

Noch bevor ich mein Fahrrad aufschloss, holte ich mein Handy aus der Tasche und wählte Lottes Nummer.
„Jo?", meldete sie sich.
„Ja, ich bin's", sagte ich, „ich war eben im Comicladen und habe was Neues erfahren."
Im Hintergrund hörte ich schon wieder Martins Stimme lautstark Lottes Namen rufen. Musste der eigentlich immer in der Nähe sein, wenn ich sie anrief?
„Um fünf am Neumarkt-Kiosk", sagte sie schnell und legte auf.

Bis dahin waren es noch zwei Stunden und so beschloss ich, vorher einen Zwischenstopp zu Hause einzulegen. Vorher machte ich aber noch einen Abstecher in Aslans Obstladen, der mich wie immer ausgesprochen freundlich begrüßte.
„Was darf es heute sein?", fragte er, während er seine Hände an einem Handtuch hinter der Theke abwischte, die er offensichtlich gerade gereinigt hatte.
„Wir haben hervorragende Pomelos im Angebot", sagte er und wies auf eine kleine Pyramide aus den hellgelben Früchten.
„Ist mir zu groß", antwortete ich und schaute mich im Laden um.
„Oder die Apfelsinen, auch heute eingetroffen", schlug Aslan vor und da diese schön wie gemalt aussahen, nahm ich vier davon.
Als ich bezahlte, bot der Obsthändler mir noch eine Feige zum Probieren an mit dem Ergebnis, dass ich mir davon auch noch eine kleine Tüte füllen ließ.
Nachdem ich alles in meinem Rucksack verstaut hatte, winkte ich ihm zum Abschied zu und verließ bester Laune sein wohlriechendes Reich.

Vorbei an Adolf Luthers Acrylglas-Linsen und dem kleinen Glaspavillon, dessen Innenraum diesmal mit Fotos zum Hineinschauen lockte, wenn auch bei dieser Kälte vermutlich kaum jemand große Lust hatte, länger

irgendwo stehen zu bleiben, fuhr ich nach Hause, weil bis zu meinem Treffen mit Lotte noch einige Zeit zu überbrücken war.
Als mich auf dem Ostwall, kurz bevor ich in den Südwall einbiegen wollte, haarscharf ein Bus überholte, geriet ich ins Schlingern, konnte mich aber gerade noch fangen und landete mit meinem rechten Fuß in einer großen Pfütze, so dass mir das eisige Wasser in den Schuh lief.
„Schwein gehabt", rief mir ein türkischer PC-Reparateur zu, der gerade einen Rechner in sein Geschäft trug, ich winkte ihm zustimmend zu und schwang mich wieder aufs Rad. Rund achttausend türkische Mitbürger lebten in unserer Stadt, aber ich kannte nur drei davon näher, zwei Jungen und ein Mädchen, die mit mir die Grundschule besucht hatten. In meiner Jahrgangsstufe auf dem Gymnasium gab es zwar einige Mitschüler und Mitschülerinnen mit türkischen Eltern, aber ein engerer Kontakt war dort nicht zustande gekommen. Besser kannte ich da mittlerweile schon den Obsthändler Aslan und natürlich meinen Stamm-Dönerverkäufer Ömer, der sich selbst auch gern Döner-Ömer nannte. Bei dem Gedanken bekam ich Hunger.

In meiner warmen Wohnung angekommen, zog ich zuerst den nassen Schuh aus und stopfte Zeitungspapier hinein, um das Wasser aus dem Leder zu saugen und stellte ihn auf die Heizung. Die Socke wrang ich aus und hängte sie daneben.
Der Blick aus dem Fenster zeigte mir die Dächer der Stadt noch immer in seltener Sauberkeit, der Schnee deckte den Schmutz zu und verlieh der Aussicht den Anschein von unschuldiger Schönheit.
Mein Magen knurrte und ich schaute nach, was ich noch im Kühlschrank hatte. Etwas Holländer Käse war noch da, also legte ich eins der Brötchen von gestern auf den Toaster und als es aufgebacken war, belegte ich es mit

dem Kühlschrankfund. Während ich das Brötchen genoss, ließ ich die Kaffeemaschine laufen und bald konnte ich auch den ersten Schluck des heißen Kaffees zu mir nehmen, den ich immer in einem Fair-Trade-Laden in der Nähe kaufte. Im Grunde schmeckte mir dieser nicht so gut wie der der großen Handelsmarken, aber hier zählte für mich die gute Tat.
Frau Klangs Ankündigung fiel mir ein und ich stand auf und prüfte, ob auf meinem Arbeitstisch noch alle Utensilien verfügbar waren, die ich für die Zeichenexkursion in den van der Rohe Business Park benötigte. Zum Glück war alles vorhanden, deshalb setze ich mich an meinen Laptop und schaute zur Vorbereitung nach, was es Wissenswertes über diese Anlage zu finden gab. Nach dem ersten Weltkrieg hatten sich 1920 mehrere Seidenstoffproduzenten in der Vereinigte Seidenwebereien AG, kurz Verseidag genannt, zusammengeschlossen und deren Geschäftsführer Hermann Lange und Josef Esters hatten auf dem Gelände Verwaltungsgebäude errichten lassen, unter anderen vom letzten Bauhausdirektor Mies van der Rohe und dem Architekten Erich Holthoff. Schon in den siebziger Jahren war die Seidenproduktion nicht mehr rentabel und die Verseidag stellte die Produktion auf Kunststoffgewebe und technische Textilien um. Die Gebäude im heute Business Park genannten Gelände wurden nach und nach aufgegeben und die Zentrale des Unternehmens, das die Produktion längst ins kostengünstigere Ausland verlagert hatte, siedelte immerhin noch innerhalb unserer Stadt um. Seit 1999 standen Gelände und Gebäude unter Denkmalschutz und wurden nach und nach restauriert. Klar, dass die Anlage sich zum Üben perspektivischer Zeichnung besonders eignete. Ich musste nur noch meine Wollhandschuhe finden, welche die Fingerspitzen frei ließen und mir für den Zweck besonders geeignet schienen. So suchte ich noch einige Zeit danach, fand sie schließlich auch in einer Kiste

unten in meinem Kleiderschrank und stellte mit Schrecken fest, dass es schon kurz vor fünf war.

Es war wohl zehn Minuten später als verabredet, als ich Lotte am Kiosk auf dem Neumarkt erreichte. Sie trug einen knielangen, dunkelblauen Mantel und schaute mich aus ihrer vor dem eiskalten Wind schützenden Kapuze heraus fragend an.
„Tut mir leid", sagte ich und schloss mein Fahrrad schnell an einem der Fahrradständer an, die neben dem Zeitschriftenhäuschen frei waren.
„Nicht so schlimm", antwortete sie und zitterte kurz.
„Sollen wir drüben ins Café gehen?", schlug ich vor und sie nickte heftig.
Nach wenigen Schritten erreichten wir das Eckcafé und gingen hoch in den ersten Stock, wo wir das Glück hatten, einen Tisch am Fenster mit Blick auf den Platz vor dem Café zu bekommen. Draußen war es dunkel, nur die Fenster der Geschäfte und ein paar Laternen beleuchteten die beinahe völlig menschenleere Fußgängerzone. Zugegeben, dieses Café unterschied sich nicht viel von ähnlichen Cafés, die zu irgendeiner Kette gehörten, aber es hatte schon insofern etwas Besonderes, als man hier auf einer gewundenen Treppe in einen großzügig gestalteten ersten Stock hinaufsteigen und somit beinahe symbolisch die Niederungen der Welt verlassen und sich auf ein höheres Niveau begeben konnte, von wo aus die Alltäglichkeiten des Lebens klein erscheinen mochten. Diesen Eindruck verstärkte noch die Möglichkeit, sich an eins der Fenster setzen zu können, die den Blick auf den Platz des Neumarkts erlaubten, wo an angenehmen Tagen die Menschen vorbeiströmten und man sich im Zuschauen verlieren konnte.

Aus ihrem Mantel geschält, setzte sich Lotte in ihrem hellgrünen Pullover an den kleinen Tisch. Auch ich hatte mich gesetzt und bestellte wie sie einen Tee, als die Bedienung nach unseren Wünschen fragte.

„Also", begann sie, „was gibt es Neues?"

„Heute war ich nochmal im Comicladen und habe mit Kalle, dem Eigentümer gesprochen..."

„Aber du hast ihm hoffentlich nichts von dem erzählt, was wir bei dir besprochen haben, oder?", unterbrach sie mich.

„Natürlich nicht, was denkst denn du", beruhigte ich sie und fragte mich, ob sie ernsthaft an meiner Verlässlichkeit zweifelte.

„Also, er hat mir erzählt, dass Tristan und Benno nicht die einzigen waren, die regelmäßig in den Laden kamen und an den Spielrunden dort teilgenommen haben."

„Wer denn noch?", fragte sie gespannt.

„Delius", ließ ich die Katze aus dem Sack, „er war wohl auch Stammkunde, was mich schon deshalb wundert, weil ich mir eigentlich nicht hätte vorstellen können, dass ein Mittvierziger sich zu den jungen Nerds setzt, um mit ihnen Würfelspiele zu spielen."

„Etwas unüblich vielleicht, aber eigentlich muss das noch weiter nichts bedeuten", wandte Lotte ein und schaute mich mit ihren dunkelgrünen Augen etwas enttäuscht an.

„Na ja, besonders ist schon, dass Tristan, Benno und Delius wohl oft auch gemeinsam dort aufgetreten sind und Kalle daraus die Befürchtung abgeleitet hat, dass Delius jetzt vielleicht das dritte Opfer werden könnte."

Lotte nahm einen langen Schluck aus der Tasse und schaute auf dem Fenster auf den Platz unten vor dem Café.

„Falls es da einen Zusammenhang außer der Spielleidenschaft gibt, dann ist der jedenfalls noch nicht zu erkennen", sagte sie und wandte sich mir wieder zu. „Trotzdem ist das eine Beobachtung, die nicht unberücksichtigt bleiben sollte", sagte sie und lächelte. Im Café wurde es Frühling, ihr Parfüm schlug wieder zu.

„Ich glaube", fügte sie hinzu, „ich werde nochmal selbst mit diesem Kalle sprechen. Weißt du, wie lange da heute geöffnet ist?"
„Montags bis Freitag ist bis 19 Uhr auf", sagte ich, froh darüber, dass sie meinen Hinweis am Ende doch für verfolgenswert hielt.
„Dann können wir da gleich noch vorbeigehen", sagte sie und ich nahm erfreut wahr, dass sie „wir" gesagt hatte.
„Und wie geht es dir sonst? Martin schien ja wieder ziemlich auf hundert zu sein, als ich dich angerufen habe."
Sie seufzte und lehnte sich zurück.
„Wird immer schlimmer mit ihm", sagte sie und verdrehte die Augen.
„Schon verständlich, dass er unter Druck steht: Zwei Morde in so kurzer Zeit in seinem Zuständigkeitsbereich, die auch noch in irgendeinem Zusammenhang zu stehen scheinen und kein Ermittlungsfortschritt festzustellen. Aber deshalb müsste er sich ja nicht unbedingt so übel benehmen, wie er es macht. Tobt herum, hat keinen richtigen Plan und gibt den Druck und seinen Frust an seine Untergebenen weiter. Ein echter Sonnenschein. Wird Zeit, dass er in Pension geht."
Lotte hatte mit unterdrückter Stimme gesprochen, so dass außer mir niemand etwas hatte hören können.
„Ist es denn noch lange bis dahin?", wollte ich wissen.
„Noch ein halbes Jahr", sagte sie und lächelte. Schöne Zähne hatte sie auch.
„Die Zeit überstehst du auch noch", versuchte ich, ihr Mut zu machen. Sie lächelte wieder.
„Es ist schön, jemanden zu haben, mit dem man darüber sprechen kann", sagte sie und schaute mich an.
„Na klar doch", sagte ich wenig geistreich, hatte aber auch das Gefühl, dass besonderer Wortwitz jetzt gerade auch gar nicht so wichtig war.

„Sollen wir zahlen?", fragte sie und ich winkte der Bedienung zu.

Kurz darauf passierten wir den Neumarkt, bogen rechts in die Königstraße ein, vorbei am Fischmarkt, dann links in die Dreikönigenstraße, wo wie immer eine Gruppe Obdachloser rauchend und wegen der Kälte ab und zu mit den Füßen aufstampfend stand und darauf wartete, Parktickets mit Restzeitguthaben an ankommende Parkplatznutzer zu verkaufen. Vorsichtshalber schaute ich genauer hin, weil ich keinen besonderen Wert darauf legte, noch einmal mit dem Mann zusammenzutreffen, der mich letztens in die Enge getrieben hatte. Doch meine Befürchtung war überflüssig, er war nicht in der kleinen Gruppe zu entdecken. Ein kurzes Stück weiter und wir bogen rechts ab in den Ostwall. Nach kurzem Fußweg hatten wir unser Ziel erreicht.

Kalle zog überrascht die Augenbrauen hoch, als er mich schon wieder eintreten sah.
„Was vergessen?", fragte er mich.
„Nein, nein", versicherte ich ihm, „Frau Becker von der Polizei", und ich wies auf Lotte, die das Geschäft hinter mir betreten hatte, „hat nur noch ein paar Fragen, weil ich ihr von deinen Beobachtungen erzählt habe."
Lotte holte ihren Ausweis heraus und zeigte ihn Kalle, der interessiert darauf schaute.
„So sehen die Dinger also aus", sagte er belustigt, „man sieht das ja immer im Fernsehen, aber in echt habe ich so'n Ausweis noch nie zu sehen bekommen."
„Können wir hier sprechen?", fragte Lotte, die sich aufmerksam in dem Geschäft umsah.
Kalle nickte.
„Ist gerade kein Kunde da, null Problemo."
„Könnten Sie mir bitte nochmal erzählen, was Sie genau beobachtet haben?", fragte Lotte.

„Also richtig beobachten tue ich meine Kunden natürlich nicht", setzte er an, „aber man bemerkt natürlich so das Eine oder Andere."
„Natürlich – und was genau haben Sie bemerkt?"
„Na ja, dass die beiden, also Benno und Tristan, sehr oft zusammen hierher kamen, meistens zum Spielen, manchmal, um Comics zu kaufen."
Er deutete mit einem Nicken Richtung Nebenraum.
„Kann natürlich daran liegen, dass sie vielleicht mehr als nur gute Freunde waren", deutete er an, um gleich konkreter zu werden.
„Ab und zu gingen die schon sehr freundschaftlich miteinander um", sagte er und dehnte das „sehr" vielsagend.
„Irgendwann fing es dann an, dass auch dieser Delius hier mit ihnen auftauchte und mitmachte, also Rollenspiele, Karten und so."
„War irgendetwas Besonders an den dreien, ist Ihnen etwas besonders Ungewöhnliches aufgefallen?" fragte Lotte.
„Nein, nur, dass besonders Delius scharf auf die Spiele war, denn anfangs kam er immer mit den beiden oder einem von ihnen, in den letzten drei, vier Monaten kam er aber auch oft allein und drehte ganz schön auf."
Lotte schaute sich um und betrachtete wieder die gestapelten Spielekartons, Kartensets und Comicständer.
„Wird hier auch um Geld gespielt?", wollte sie wissen.
Kalle verzog das Gesicht.
„Nicht dass ich wüsste", sagte er mit schlecht gespielter Empörung in der Stimme, „dazu muss man schon in Dinos Palast gehen. Die Jungs haben ab und zu davon erzählt."
„Wann waren die drei denn zuletzt hier?", wollte Lotte wissen.
Kalle legte die Stirn in Falten.
„Also zu dritt waren die vor ungefähr drei Wochen zuletzt hier. Delius müsste vor ungefähr einer Woche das letzte Mal hier gewesen sein."

Lotte griff in die Innentasche ihrer Jacke und holte eine Visitenkarte heraus.
„Wenn Ihnen noch was einfällt, dann rufen Sie mich bitte unbedingt an", sagte sie und legte die Karte vor ihm auf die Theke.
„Klar doch", sagte er und lachte.
Wir verabschiedeten uns und verließen das Geschäft, blieben aber noch vor dem Eingang stehen.
„Viel hat's ja nicht gebracht", sagte ich und zog mir die Handschuhe an.
„Das würde ich nicht sagen", meinte Lotte.
„Vielleicht macht es Sinn, Dinos Palast mal einen Besuch abzustatten", sagte sie nachdenklich.
„Du weißt ja, dass ich letztens mal da war, um mir das auch einmal anzusehen", sagte ich, „ein echt übler Laden."
„Macht nichts", beharrte Lotte, „falls alle drei auch da verkehrten, könnte es ja auch dort Hinweise auf einen Zusammenhang geben. Wir sollten nichts unversucht lassen, schon allein deshalb, damit wir nichts übersehen."
Das leuchtete mir ein.
„Aber jetzt muss ich leider gehen", sagte Lotte mit einem Stoßseufzer, „Polizeiarbeit ist vor allem Fleißarbeit und ich muss noch einige Protokolle und Formulare abarbeiten."
Sie lächelte mir zu und berührte mit ihrer Hand meinen linken Oberarm.
„Bis bald", sagte sie, drehte sich um und ging zurück in ihr Büro, wo nicht nur die Akten, sondern auch der ewig ungehaltene Hauptkommissar Martin auf sie wartete.
Lotte war gegangen und der Winter hatte mich wieder.

Ohne einen besonderen Gedanken zu fassen, schob ich bei einsetzender Dunkelheit mein Rad die vom Schnee weitgehend befreite Fußgängerzone hinunter Richtung Hansa-Zentrum, ging vorher rechts in den Westwall und

erreichte meine Wohnung, nachdem ich in die Lindenstraße abgebogen war.
Als erstes machte ich mir einen Tee, denn ich hatte das Gefühl, dass eine Erkältung im Anmarsch war. Mit dem heißen Becher in der Hand setzte ich mich auf die Couch in meinem übersichtlichen Wohnzimmer und versuchte, mir über die Dinge klar zu werden, die ich heute erfahren hatte, kam aber zu keinem vernünftigen Schluss. Deshalb griff ich zu meinem Skizzenblock, der auf dem kleinen Beistelltisch lag und begann zu skribbeln. Der Versuch, Lotte aus der Erinnerung zu zeichnen, misslang leider kläglich, deshalb wechselte ich schnell das Thema, stellte mich ans Fenster und zeichnete die Dächerlandschaft, die sich trotz der Dunkelheit in ihrer weiß-bläulichen Verkleidung klar vor dem nächtlichen Himmel abhob. Doch bei aller idyllischen Aussicht drängte sich mir immer wieder der Gedanke auf, dass da draußen unter einem dieser bildschönen Dächer wohl jemand lebte, der zwei meiner Mitstudenten auf dem Gewissen hatte. So verging der Abend mit Skizzen und Gedanken, die zu nichts weiter führten als zu einer unbeschreiblichen Müdigkeit. Nach dem letzten Schluck aus meinem Lieblingsbecher legte ich mich erschöpft und mit dem sicheren Gefühl, krank zu werden, ins Bett, träumte vom Frühling und von unfertigen Bildern.

Am nächsten Morgen klingelte der Wecker sehr früh, denn meine erste Vorlesung begann schon um neun Uhr. Immerhin fühlte ich mich wieder besser, anscheinend war der Anflug einer Erkältung nicht so stark gewesen, wie ich befürchtet hatte. Als mich dann ein stechend kalter und feuchter Wind empfing, beeilte ich mich, die Hochschule zu erreichen, wo ich im Eingangsbereich auf Jean-Marie traf, der mit einer Art Flokati-Mantel, Pudelmütze und Schal selbst im Gebäude noch zu frieren schien.

„Noch Zeit für einen Kaffee?", fragte ich ihn, um ihm die Gelegenheit zu geben, sich noch mit einem Heißgetränk innerlich aufzuwärmen.
„Na gut", murmelte er hinter seinem Schal, den er sich über den Mund gezogen und immer noch nicht abgelegt hatte.
Mit schnellen Schritten gingen wir in die Mensa, zogen uns zwei Becher frischen Cappuccino und setzen uns in eine Ecke des hellen Raumes.
Als Jean-Marie den Schal abstreifte, um einen Schluck zu trinken, fiel mir auf, dass sein linker Mundwinkel geschwollen war. Er bemerkte meinen Blick und verzog das Gesicht.
„Karel ist ja so eifersüchtig", deutete er an.
„Und da hat er dich geschlagen?", fragte ich ungläubig.
Er hob beschwichtigend die Hände.
„Das ist ihm so rausgerutscht", sagte er, „keine große Sache. Er ist eben so leidenschaftlich."
„Ja, aber...", setze ich an, aber er unterbrach mich mit abwehrenden Handbewegungen.
„Er hat sich schon entschuldigt", sagte Jean-Michel.
„Und wie", fügte er hinzu, jetzt schon wieder gar nicht mehr zerknirscht und wie um mich abzulenken fügte er hinzu: „Bei Tristan und Benno war auch nicht immer alles nur Sonnenschein."
„Wie meinst du das?", hakte ich nach.
Jean-Marie beugte sich nach vorn. War das etwa dasselbe Parfüm wie von Lotte?
„Benno war nicht gerade begeistert, dass sich Tristan auch für die Klang interessierte. Hab ich dir ja schon gesagt."
„Für die sich auch Alex interessierte", ergänzte ich.
„Du hast es erfasst", triumphierte Jean-Marie und leerte seinen Becher mit einem großen Schluck.
Ich tat es ihm gleich und beschloss, das bei nächster Gelegenheit auch noch einmal bei Lotte anzusprechen. Vera Klang hatte bekanntlich zwischen Tristan, Delius

und Alex gestanden, aber dass das bei Benno zu größerer Eifersucht geführt hatte, war neu.
Wir standen auf und gingen in den Seminarraum, wo uns schon Ly und Alex erwarteten. Wir setzen uns zu ihnen und hatten uns kaum begrüßt, als Dorm auch schon den Raum betrat und das Seminar mit den Worten „Jede Kunst war zeitgenössisch" eröffnete, um uns im folgenden Vortrag über dieses Zitat Maurizio Nannuccis diskutieren zu lassen.

Die Zeit verging wie im Flug, denn schon nach kurzer Zeit entzündete sich eine hitzige und unterhaltsame Diskussion zwischen den Teilnehmenden, in die sich Dorm vor allem moderierend einbrachte. Es war sein Stil, die Studentinnen und Studenten an geeigneter Stelle in philosophischer Manier durch geschickte Fragen und Stichworte zu eigenen Erkenntnissen zu führen. Im Grunde wäre das eine Methode gewesen, die von Delius als Philosophie-affinem Dozenten zu erwarten gewesen wäre, aber dieser zog es leider vor, seine Zuhörer und Zuhörerinnen aufgrund seines Wissensvorsprungs von oben herab mit seinen Kenntnissen zu beeindrucken. Als das Seminar schließlich beendet war, verabschiedeten sich Alex und ich von Ly und Maren und wir gingen zusammen in unseren Arbeitsraum.

Irgendjemand, vielleicht Ly, hatte umgeräumt, die Kisten standen gerade nebeneinander gereiht an zwei Wänden. Das Skizzenstückchen, das ich gestern über dem Bildschirm an der Wand befestigt hatte, war auch nicht mehr an seinem Platz, aber immerhin hing der Arbeitsplan noch dort, wo wir ihn angebracht und unsere Arbeitszeiten für die nächste Woche eingetragen hatten.
Alex schaute sich diese Neuordnung an und dachte nach.

„Eigentlich wollte ich nur kurz etwas mit dir besprechen", sagte er nach einiger Zeit.
„Was hältst du davon, wenn wir anders als bisher vorgehen und erst einmal sämtliche Kisten ausräumen und dann Arbeitspakete bilden, also das Ganze in beispielsweise Bücher, Einzeldokumente und Sonstiges aufteilen", schlug er vor.
„Dann muss man bei der Erfassung nicht immer zwischen den Kategorien hin und her springen", ergänzte er.
„Ist mir eigentlich egal", antwortete ich nach kurzem Nachdenken, sah aber gleich den Vorteil dieser Neusortierung ein und ärgerte mich ein wenig, dass ich nicht selbst darauf gekommen war.
„Also abgemacht", sagte Alex, „dann fange ich gleich morgen in meiner Schicht an, die Sachen entsprechend zu ordnen."
„Damit kann ich ja auch gleich schon anfangen", schlug ich vor.
„Gute Idee", stimmte Alex zu und stand ein wenig unentschlossen neben dem größten der Kistenstapel.
Ich beschloss, die Gelegenheit beim Schopf zu packen.
„Wie geht es dir denn eigentlich?", fragte ich ihn.
Er schaute wie ertappt vor sich auf den Boden und kratzte sich am Arm.
„Ehrlich gesagt läuft es gerade nicht so gut", sagte er.
„Vera...", er schaute mich fragend an.
„Ja, ich weiß, Dr. Klang", sagte ich.
„Ja, Dr. Klang, mit ihr läuft es nicht so toll. Ein Hin und Her, seit Tristan gefunden wurde, ich weiß auch nicht, was los ist..."
Seine Unsicherheit wirkte sehr überzeugend auf mich.
„Das wird schon wieder", versuchte ich, ihn zu beruhigen, „wir sind eben alle total verunsichert durch diese Verbrechen."
Alex schien nachzudenken, dann gab er sich einen Ruck.
„Hast bestimmt Recht, wird schon wieder."

Er zog den Reißverschluss seiner Allwetterjacke hoch und schwang seinen kleinen Rucksack auf den Rücken. „So schnell gebe ich nicht auf", sagte er mit einem entschlossenen Lächeln, hob die Hand, winkte mir kurz zum Abschied zu und machte sich auf den Weg.

Wie versprochen machte ich mich daran, die Tische frei zu räumen, um den Inhalt der Kisten in neuer Ordnung darauf ablegen zu können. Als ich das nach einiger Zeit geschafft hatte, nahm ich mir die letzte der von mir bearbeiteten Kisten vor und legte die ersten Bücher auf den Tisch, der dem PC am nächsten stand und auf dem mein aktueller Turm zu Babylon noch immer auf endgültige Bearbeitung wartete. Er bestand fast vollständig aus kunsthistorischen Werken, einige aus dem neunzehnten Jahrhundert mit sehr ansprechenden Illustrationen. Einzige Ausnahme war das kleine, abgegriffene blaue Notizbuch, in dem ich letztens herumgeblättert hatte. Ich schlug eine Seite in der Mitte auf und las ein paar Zeilen. Romanzen waren eigentlich nicht gerade meine Lieblingslektüre, aber es gab auch Passagen, in denen der Autor sich Gedanken über Malerei machte und die fand ich dann doch wieder ganz interessant. Im Grunde stellte er infrage, ob die Malerei sich geradezu sklavisch an Form und natürliche Farbgebung zu halten hätte und offenbar hatte er sich dazu auch schon tiefgehende Gedanken in einem Kreis von Gleichgesinnten gemacht, die ähnlich wie der Verfasser Künstler zu sein schienen. Erste Studien hatte es wohl zu diesem Ansatz auch schon gegeben und im Grunde befand man sich wohl noch auf der Suche nach einem neuen künstlerischen Ansatz.
Meine Konzentration ließ nach, anscheinend war der Anflug von Erkältung doch nicht ganz spurlos an mir vorbeigegangen und daher legte ich das Büchlein wieder beiseite, hinter den Bücherturm, um gelegentlich nochmal hinein zu blättern. Ab und zu war es ganz

gut, sich bei der manchmal doch etwas monotonen Erfassungstätigkeit abzulenken.
Mit wenig Enthusiasmus schaute ich noch in die nächste Kiste, die einige Bücher über das Finanzwesen des frühen zwanzigsten Jahrhunderts enthielt, es waren zwei Bücher, in denen anscheinend Ausgaben und Einnahmen festgehalten worden waren. Wenn ich die Zahlen beim Überfliegen einiger Seiten richtig deutete, ging es dem Schreiber finanziell wirklich sehr gut. Kein Wunder also, dass er es sich erlauben konnte, sich nebenbei ausgiebig der Kunst zu widmen.
Der erste Tisch war mittlerweile vollständig mit Bücherstapeln bedeckt und beeindruckt von meinem Werk beschloss ich, es für heute gut sein zu lassen. Im Hinausgehen kam mir der Gedanke, dass es sich mit dem Mordfall vielleicht ähnlich wie mit den Kisten verhielt: Könnte es sein, dass sich die Zusammenhänge viel einfacher erkennen ließen, wenn es gelänge, die scheinbar unzusammenhängenden Fakten neu zu sortieren?
Als ich an der Mensa vorbeiging, sah ich die Bedienung, wie sie die Ausgabetheke putzte, es befand sich niemand mehr an den Tischen. Dieses Bild hatte etwas Trauriges an sich, wenn ich mir vorstellte, wie es dort immer zuging, wenn sich die Studierenden hier trafen, kennenlernten, ihre Erfahrungen und Gedanken austauschten und die große, helle Halle mit Leben füllten. Manchmal hatte ich das Gefühl, dass ich beinahe genau so viel Zeit in der Mensa verbrachte wie in den Lehrveranstaltungen. Aber machte das nicht auch den Wert des Studierens mit aus? Mir taten die Studentinnen und Studenten leid, die in eher seelenlosen Lehranstalten ihren Plan abarbeiteten, ohne diese Zeit wirklich genießen zu können. Nur einmal hatte ich eine Universität kennengelernt, die ein ähnliches Flair hatte und zwar bei einer Exkursion zur Mannheimer Kunsthalle vor einem Jahr. Auf dieser Reise, die Delius organisiert hatte, hatte er auch einen Besuch in der dortigen

Universität organisiert, die sich bekanntlich in einem Schloss aus dem 18. Jahrhundert befindet. Nach einer Führung durch die Prunksäle des Barockbauwerks hatte es Delius, der selbst hier studiert hatte, sich nicht verkneifen können, uns auch in die Bibliothek des Philosophischen Seminars zu führen, in der wunderbar alte Bücher mit Ledereinbänden die Regale füllten. Die Bibliothek war nicht groß, aber immerhin zweigeschossig und auf einer Seite fiel das Tageslicht durch die großen Schlossfenster in den Raum und auf die wenigen Tische, an denen die Studierenden vor ihren Büchern und Notebooks saßen. Mit einem solchen Ambiente konnte sich unsere Hochschule natürlich nicht messen, aber der beinahe familiäre Zusammenhalt in unserem kleinen Fachbereich war vermutlich genauso groß wie der des Fachbereichs Philosophie im prunkvollen Mannheimer Schloss. Allerdings hatte die Vorstellung einer großen Familie zugegebenermaßen durch die zwei Morde einige Risse bekommen, aber noch war nicht erwiesen, dass der Täter oder die Täterin überhaupt aus unserem Kreise kam.
Diese Gedanken verflogen allerdings schlagartig, als ich aus dem Gebäude in die Kälte heraustrat und mich einsetzender Schneefall begrüßte.

Nach ereignisloser Fahrt zu Hause angekommen schaltete ich das Radio ein, wo im Lokalsender keine neuen Nachrichten über die Verbrechen gemeldet wurden und legte mich unter meine „Kuscheldecke" auf die Couch in meinem kleinen Wohnzimmer. Mein Blick fiel auf die beiden Bücherregale, in denen noch einige der Bücher aus meiner Zeit als Anglistik- und Germanistikstudent standen, die ich mir immer mal wieder auszusortieren vorgenommen hatte, doch irgendetwas hielt mich dann doch davon ab, mich von ihnen zu trennen. Klar, meine Lieblingsbücher wie „Treasure Island" oder „Das Treffen in Telgte" würde ich auf jeden Fall behalten, aber für

die Sekundärliteratur hatte ich eigentlich keine Verwendung mehr.
Einem plötzlichen Impuls folgend stand ich auf, nahm die literaturtheoretischen Bände aus dem Regal und fotografierte sie mit meiner Handykamera. Ich schaltete meinen Laptop ein und übertrug die Aufnahmen auf den Rechner, wo ich sie in wenigen Minuten in die Online-Verkaufsbörse der Stadt zum Verkauf einstellte. Dann schaute ich unschlüssig aus dem Fenster in die Dunkelheit und fragte mich, wann ich Lotte wohl wiedersehen würde. Ich erinnerte mich daran, dass sie mir ja ihre Visitenkarte gegeben hatte. Ich stand auf und schaute in mein Portemonnaie, wo ich sie auch gleich wiederfand und stellte fest, dass dort auch ihre dienstliche E-Mail-Adresse eingetragen war. Kurzerhand setzte ich mich wieder an meinen Laptop, rief mein Mailprogramm auf und schrieb nach kurzer Überlegung eine Nachricht, aus der nicht erkennbar sein sollte, dass wir uns näher kannten, denn vermutlich hätte sie das in Schwierigkeiten bringen können.

„Sehr geehrte Frau Becker,
leider habe ich den genauen Termin für die Vernehmung nicht notiert. Würden Sie ihn mir bitte nochmal zusenden?
Viele Grüße
Johannes Wassen"

Zuerst wollte ich noch ein Smiley darunter setzen, verkniff mit aber den Zusatz, weil ich ja jeden Hinweis auf unsere private Verbindung in dieser Nachricht an die offizielle Behördenadresse vermeiden wollte. Den Gedanken, dass ich mich mit dieser Anfrage vielleicht blamieren würde, schob ich nach kurzem Bedenken beiseite, holte tief Luft und klickte auf die „Senden"-Schaltfläche.
Jetzt gab es keine Zurück mehr und während ich mir auszumalen begann, wie wohl Lottes Reaktion auf diesen Vorstoß ausfallen würde, traf auch schon ihre positive

Antwort ein. In bester Stimmung verbrachte ich den Rest des Abends.

Hätte ich geahnt, dass ich in den letzten beiden Tagen unwissentlich etwas in Bewegung gesetzt hatte, das mich mein Leben hätte kosten können, wäre ich nicht so beruhigt eingeschlafen.

7. Kapitel: Der Wald

Welch ein Freund und welch ein Meister! Wie unendlich dankbar bin ich den Kameraden, dass sie es mir möglich machten, bei ihnen für die Kunst zu leben. Welche Erleichterung, dass meine Zerstreutheit den guten Gefährten nicht erzürnte?
Ein Entwurf, eine Skizze ist noch kein Werk und das seine beginnt gerade zu erstrahlen. Mir stockte der Atem, als ich sah, wie er Schicht um Schicht erschuf, was die Welt bisher noch nie gesehen. Himmelstrebend reine Form und Farbe und doch: das Wesen der Körper bleibt nicht nur erhalten, nein, es wird durch Meisterhand zu so viel mehr, als es jedes Teil für sich allein jemals hätte werden können.
Wenn du, meine Sonne, hier morgen eintriffst, muss ich dir davon berichten.

Und da standen wir nun: zwölf Studierende im Schnee, mitten zwischen den geometrisch klaren Formen der Gebäude, dort, wo Business auf Bauhaus trifft und froren schon nach kürzester Zeit, denn es ging ein scharfer Wind, der die Augen tränen ließ und immer wieder dazu führte, dass der Zeichenstift aus kalten Fingern entglitt.
Doch Frau Dr. Klang kannte kein Erbarmen. Auch unter widrigen Bedingungen musste der Strich sitzen, wurde kein Abweichen vom Fluchtpunkt geduldet.
Verborgen unter ihrem voluminösen Schal entwich Marens zitternden Lippen eine geflüsterte Verwünschung nach der anderen. Dabei war sie es, die von uns allen am dicksten verpackt dem Wind trotzte.
Neben ihr standen Jean-Marie und Ly, deren Anblick allein mir schon eine Gänsehaut verursachte, trug sie doch nur eine dünne, hüftlange schwarze Lederjacke, immerhin Ohrenschützer aus schwarzem Fell, dann aber rote Leggins und sommerliche, ebenfalls schwarze Halbschuhe, die unmöglich die Kälte abhalten konnten.

Anscheinend hatte sie ihre Temperaturempfindlichkeit ausgeschaltet, denn ihr fröhlicher Blick deutete nicht darauf hin, dass sie auch nur im mindesten fror. Ebenfalls ähnlich unbeeindruckt stand Alex neben ihr, jedoch war er durch einen dicken braunen Mantel geschützt, durch eine Art Sturmmütze, die Mund und Augen frei ließ, hohe Lederstiefel und wie ich trug er Handschuhe ohne Fingerkuppen.
„Am besten stellen wir uns dort hinten auf", sagte Dr. Klang, die eine blaue Wollmütze mit gelbem Bommel trug, unter der ihr langes, schwarzes Haar bis auf die mit einem blauen Tuch bedeckten Schultern herabfiel. Sie zeigte auf das Ende der kleinen Straße und als wir dort ankamen, wies sie uns an, uns umzudrehen und uns auf einer Seite der Straße zu positionieren, sodass wir sowohl die rechteckigen Gebäude rechts und links der Straße als auch das aus den hier überall verbauten rötlichen Backsteinen errichtete Kesselhaus mit seinem markanten, fünfundsiebzig Meter hohen Schornstein im Blick hatten.
Wir stellten uns auf und nachdem Jonas sich mit Blick auf die aufwärts strebende Abgasführung den Ausdruck „Backsteinphallus" nicht hatte verkneifen können und sich dafür einen missbilligenden Blick von Maren eingefangen hatte, vertieften wir uns in unsere Skizzen. Natürlich hatte Alex die meisten Schwierigkeiten, denn obwohl die Geometrie der Gebäude seinem strukturierten Naturell entsprach, fiel es ihm nach wie vor trotz eifrigen Übens immer noch schwer, Gesehenes auf Papier umzusetzen, wobei das zu zeichnende Objekt keine Rolle spielte. Mir fiel auf, dass sich Dr. Klang seine Arbeit ungewöhnlich lange anschaute, es wurde geflüstert, allerdings konnte ich das Gesagte nicht verstehen. Ob es der Inhalt des Gesprächs oder die Qualität seiner Zeichnung war, welche die Dozentin schließlich zufrieden nicken ließ, war nicht zu erkennen.

Bald hatten ihr alle ihre Skizzen gezeigt und auch ich hatte noch einige sehr brauchbare Verbesserungsvorschläge von Dr. Klang erhalten.
„Dann gehen wir jetzt dort drüben hinein und zeichnen den Innenraum aus verschiedenen Blickwinkeln", kündigte sie an und in der Hoffnung, dass es in dem unfertigen Gebäude windgeschützter und nicht ganz so kalt sein würde, machten wir uns auf den Weg.
Noch waren nicht alle Gebäude restauriert, wie ausgeweidet warteten sie noch darauf, dass ihre Innenräume wieder hergestellt und nutzbar gemacht wurden. Türen und Fenster fehlten leider auch in diesem Raum, unsere Hoffnung auf mehr Schutz vor der Kälte wurde enttäuscht. Selbst der Boden war nicht vollständig vorhanden, die Stützpfeiler der zackigen Dachkonstruktion wirkten wie Gerippe und selbst der einzige, gerade noch als solcher erkennbare Büro- oder Nutzraum verstärkte durch hier und da aus der Wand gerissene Anschlüsse und verrostete Rohre den morbiden Gesamteindruck. Nicht nur wegen der Kälte beschlich mich ein Gefühl von Beklemmung in diesem unwirtlichen Raum und ich war froh, nicht allein hier zu stehen.
Kein Wunder, dass wir uns alle beeilten, die Übung zu Papier und hoffentlich zum Ende zu bringen. Nur Jean-Marie brauchte etwas länger, weil er sich mit den Aussparungen für die Türen und Fenster des kleinen Raumes besondere Mühe gab und die abblätternde Farbe möglichst fotorealistisch darzustellen versuchte. Schließlich stellte sich Dr. Klang neben ihn und gab ihm die nötige Hilfestellung.
„Bauhaus ist doch einfach", sagte Jonas, der seinen Mantel trotz der Temperatur nach oben hin offen hielt, damit man seine neueste Seidenkrawatte auch noch sehen konnte.
Wie zu erwarten, war Jean-Marie da anderer Meinung und fiel prompt auf die Provokation herein.

„Von wegen", sagte er, „wenn man's richtig machen will, ist es sogar echt schwer mit dem Fluchtpunkt, den Details und so weiter."
Jonas lachte mitleidig, wurde aber von Dr. Klang unterbrochen.
„Das hat ja schon ganz gut geklappt. Ich denke, wir können für heute Schluss machen und Sie üben allein weiter. Als Hausaufgabe möchte ich Sie bitten, bis zum nächsten Mal eine möglichst vollständig ausgearbeitete Skizze mitzubringen, die eine außergewöhnliche Perspektive darstellt."
Jean-Marie verdrehte verzweifelt die Augen und Jonas stieß ihm anzüglich leicht den Ellenbogen in die Seite.
„Nimm doch den langen Schornstein, müsste dir doch leicht fallen..."
Die Straßen des Business-Parks waren geräumt, der Schnee auf die bepflanzbaren Flächen vor den Gebäuden getürmt worden, so dass Jonas relativ weich fiel, nachdem Jean-Marie ihm einen heftigen Stoß von der Seite versetzt hatte.
Ob sein Gesicht vor Wut oder vor Kälte rot angelaufen war, wusste ich nicht, jedenfalls hatte er sich gerade aufgerafft und wollte sich mit erhobener Faust auf Jean-Marie stürzen, als Maren, noch bevor die Dozentin reagieren konnte, mit ungeahnter Schnelligkeit auf ihn zutrat, ihn am Handgelenk packte und durch schmerzhafte Drehung des Armes kampfunfähig machte.
„Selbstverteidigung für Frauen", erklärte sie uns fassungslos Dastehenden, während Jonas wimmerte.
„Kann ich dich wieder loslassen?", fragte sie den Gepeinigten und als er reumütig bejahte, entließ sie ihn aus seiner misslichen Lage.
„Du meine Güte - sehr beeindruckend", stellte Dr. Klang fest.
Nach dieser Kampfsporteinlage blieb Jonas friedlich, bog, nachdem wir das Gelände am Eingang mit der übergroßen Hausnummer fünf durchschritten hatten,

nach links Richtung Bushaltestellen ab und verließ uns, ohne noch ein Wort zu verlieren.
Unsere Clique blieb noch eine Weile stehen.
„Puh, danke übrigens", sagte Jean-Michel an Maren gewandt.
„War doch kein Ding", winkte diese ab und zog ihren riesigen Wollschal strammer.
Dr. Klang winkte uns zum Abschied kurz zu und ging zu ihrem Auto, das nicht weit von uns am Straßenrand geparkt stand.
„Da geht sie hin, die schöne Vera", sagte Maren und schaute Alex an, der aber nicht daran dachte, einen Kommentar abzugeben.
Stattdessen hob auch er eine behandschuhte Hand zum Abschiedsgruß.
„Bis morgen dann", sagte er, Ly und Jean-Marie schlossen sich ihm an, so dass ich nur noch mit Maren allein da stand.
„Das sah ja vorhin ziemlich gekonnt aus", sagte ich voller Bewunderung.
„Das war noch gar nichts", lachte sie unter ihrem Schal hervor, „ich hab sogar den braunen Gurt im Karate."
Wahrscheinlich deutete sie meinen erstaunten Blick falsch, denn sie fügte hinzu:
„Klar, ist schon viele Jahre her und vor allem viele Kilos, aber gelernt ist gelernt."
„Na, dann weiß ich ja, dass ich mich mit dir am besten nicht anlege", scherzte ich und sie lachte gedämpft unter ihrem Schal.
„Dann mach's mal gut, mir ist echt kalt", sagte sie schließlich, klopfte mir auf die Schulter und stapfte ebenfalls in die Richtung der Haltestellen.
Hatte sie mich auf den Arm genommen? Ich wusste es nicht zu sagen und während ich noch verwirrt zu meinem Fahrrad trottete, fiel mir ein, dass ich schon in einer halben Stunde mit Lotte verabredet war.

Wie sie mir geschrieben hatte, sollten wir uns um halb eins am Dionysiusplatz treffen, vor dem Eingang zum Schwanenmarkt und etwa zehn Minuten vor der Zeit erreichte ich unseren Treffpunkt.
Im Frühling fand hier schon seit rund drei Jahrzehnten der sogenannte Pottbäckermarkt statt, auf dem zuletzt etwa 80 Porzellan- und Keramikschaffende ihre Werke ausstellten und zum Verkauf anboten. Ob für Innen- oder Außenräume, dekorativ oder funktional – für die Kunstobjekte gibt es keine Einschränkungen und so wetteifern die Künstlerinnen und Künstler jedes Jahr aufs Neue um den Niederrheinischen Keramikpreis, den die Jury, bestehend aus Vertretern der Hochschule, des Kunstvereins und der Stadt, verbunden mit einer kleinen Gelprämie zu vergeben hat. Wenn man Glück hatte, fand dieser Markt unter strahlendem Sonnenschein statt, aber davon konnte, als ich mein Rad über den Platz schob, nicht die Rede sein.
Unweit vom Zugang zu dem Einkaufszentrum entfernt, von wo aus mir warme Luft entgegengeblasen wurde, schloss ich mein Gefährt an einem der Fahrradständer an.
Kurze Zeit später traf Lotte ein. Sie überquerte den Platz von der Schwambornstrasse her kommend und wirkte ziemlich aufgeregt.
„Oje", sagte ich, „Martin mal wieder?"
Sie nickte.
„Je länger das das Ganze dauert, desto mehr dreht er durch", sagte sie mit leichter Wut in der Stimme.
„Wir sollten irgendwohin gehen, wo er uns nicht zufällig zusammen sehen kann", fügte sie hinzu und blickte sich suchend um. Dann lächelte sie unvermittelt.
„Danke für die Anfrage" sagte sie, „ich bin echt froh, mal wieder mit jemandem von außerhalb des Präsidiums sprechen zu können."
„Lass uns in die Kirche gehen", schlug ich vor.
„Da treffen wir ihn sicher nicht", lachte sie zustimmend.

Vor dem Nebeneingang des Gotteshauses fand die Lebensmittelausgabe der „Tafel" statt, die mittlerweile zu einer festen Institution geworden war, wo Arme und Bedürftige von ehrenamtlichen Helferinnen und Helfern mit dem Nötigsten versorgt wurden.
„Wer hätte gedacht, dass diese Schlangen in einem der reichsten Länder der Welt immer länger werden", sagte ich und Lotte nickte verständnisvoll.
Wir betraten die katholische Kirche durch den Haupteingang. Zum Glück waren nur drei ältere Frauen anwesend, die nicht weit vom Altar entfernt standen. Wir passierten das goldglänzende Taufbecken und setzen uns in eine der Holzbankreihen unweit einer der zwanzig das Gebäude tragenden ionischen Marmorsäulen. Aus einem Seminar von Viktor Dorm wusste ich, dass die barocke Kirche ab 1752 in sechzehn Jahren erbaut worden war. Erst Ende des neunzehnten Jahrhunderts kam dann der fast achtzig Meter hohe Turm mit seiner neugotischen Portalfassade dazu. Am Ende des zweiten Weltkriegs war dann als Ergebnis britischer Bomberangriffe von der ganzen Kirche kaum mehr als dieser Turm übrig, aber es dauerte nur bis 1954, bis sie wiederhergestellt war. Sechzig Jahre später hatte dann ein Sturm die Spitze des Turmes derart beschädigt, dass sie abgebaut werden musste und erst sieben Jahre später frisch restauriert und publikumswirksam per Kran wieder an ihren alten Platz zurückgehievt werden konnte.
Nur von den dunkel hölzernen Schutzpatronen Dionysius und Norbert von Xanten belauscht begannen wir, flüsternd unsere neuesten Informationen auszutauschen.
„Also zuerst einmal", begann ich, „scheint dieser Freund von Jean-Marie, Karel, extrem eifersüchtig zu sein."
Lotte schien nicht nur unbeeindruckt, ihr Gesicht zeigt auch starkes Unverständnis.
„Na ja, das geht so weit, dass er handgreiflich zu Jean-Marie geworden ist. Was, wenn er auf Tristan oder

Benno eifersüchtig war, weil er glaubte, einer von ihnen oder beide wollten ihm Jean-Marie abspenstig machen?"
„Nicht ausgeschlossen, aber doch weit hergeholt", kommentierte Lotte meine Vermutungen.
„Und dann wäre da noch das seltsame Verhältnis von Alex und Dr. Klang. Seit den Morden verhalten sich beide irgendwie eigenartig. Alex möchte gern bei ihr landen, aber die Klang hält sich zurück, ließ Alex durchblicken. Vielleicht hat das etwas zu bedeuten?"
Lotte schaute mehr und mehr enttäuscht in den dunklen Kirchenraum.
„Was kann das schon heißen? Dass sie ihn nicht so toll findet oder einen anderen gefunden hat?"
„Und wenn dieser andere dann vielleicht Tristan war und sie Alex im Verdacht hat, der Täter zu sein?", trumpfte ich auf.
„War Tristan denn überhaupt auch an Frauen interessiert?", fragte sie jetzt wieder interessierter.
„Jean-Marie hat es angedeutet", sagte ich.
„Ja, vielleicht, aber auch das ist doch sehr vage", gab sie zu wieder bedenken.
„Überhaupt war Dr. Klang sehr gefragt", gab ich nicht auf, „auch Delius wollte ja mit ihr anbändeln."
„Ja gut, aber deshalb müsste der ja nicht gleich zum Äußersten greifen", meinte Lotte.
„Seid ihr eigentlich sicher, dass es jemand von der Uni sein muss?", fragte ich leicht frustriert darüber, dass meine Überlegungen nicht gerade hilfreich gewesen waren.
„Zumindest für den ersten Mord", flüsterte Lotte und beugte sich vor.
„Die Spurensicherung hat bisher nur Spuren von Hochschulmitgliedern gefunden."
„Habt ihr denn DNA-Proben genommen?", fragte ich.
„Ja, wir sind fast durch damit, du fehlst übrigens auch noch."
Wie aufs Stichwort holte sie ein Röhrchen aus ihrer Manteltasche, zog das Stäbchen heraus und bedeutete

mir, den Mund aufzumachen. Geübt machte sie einen Abstrich, schob das Stäbchen zurück in die Glashülle und verstaute das Ganze wieder in ihrer Tasche.
„Noch drei Kandidaten und unsere Sammlung ist komplett", erklärte sie.
„Aber ich gehe davon aus, dass es da auch keine Überraschungen mehr geben wird."
Immer noch ein wenig enttäuscht schaute ich in den Kirchenraum, wo sich im Halbdunkel einige wenige Besucher langsam hin und her bewegten. Meine amateurhaften Bemühungen traten offensichtlich auf der Stelle.
„Und was gibt es bei Dir Neues?", fragte ich schließlich in der Hoffnung, dass die Profis erfolgreicher waren.
„Ich bin nochmal zu Dinos Palast gegangen und habe den Betreiber befragt. Es hat sich herausgestellt, dass tatsächlich sowohl Tristan als auch Delius dort Stammgäste waren und zeitweise auch zusammen ihr Geld verspielt haben. Einmal hat es wohl eine Szene mit Tristan gegeben, der nach einem hohen Verlust behauptet hatte, dass in der Spielhalle nicht alles mit rechten Dingen zuginge. Daraufhin hat ihn der Inhaber vor die Tür gesetzt, aber nach einer Entschuldigung wohl nach einer Woche wieder reingelassen. Wer möchte schon so einen guten Kunden verlieren?"
„Und was ist mit Delius? Wenn der spielsüchtig wäre und dort viel Geld verspielt hätte?", sagte ich leise.
„Dann sehe ich noch kein Motiv, weshalb er zwei seiner Studenten umbringen sollte", antwortete sie.
„Obwohl - vielleicht wäre es schlecht für das Ansehen der Hochschule, wenn bekannt würde, dass einer der Dozenten spielsüchtig wäre, obwohl das ja eine Krankheit ist. Vielleicht war Erpressung im Spiel? Was hätte geschehen können? Hätte Delius seine Stelle verlieren können?"
Lotte schaute in die Kirchenkuppel.
„Ehrlich gesagt, glaube ich nicht, dass das die Hochschule besonders interessiert hätte", sagte ich.

„Zur Zeit geht es für ihn eher darum, aus seiner befristeten Stelle eine permanente zu machen. Es gibt da eine Ausschreibung und die klaren Favoriten sind Delius und Dorm. Deshalb liefern sie sich auch ständig Wortgefechte, besonders, wenn der Dekan dabei ist."
„Ist die denn hoch dotiert?", wollte Lotte wissen.
„Es geht, aber vor allem winkt damit ein gesichertes Einkommen und eine solche Gelegenheit bietet sich bei der allgemeinen Finanzlage im Hochschulbereich nicht gerade oft."
„Was besonders wichtig wird, wenn man Glücksspieler wäre", fügte Lotte hinzu.
„Ja, das auch, aber auch die Regelmäßigkeit der Zahlung ist auch nicht zu unterschätzen, denn seit langem schon gibt es hier nur befristete Verträge für Dozenten und wie ich weiß, ist bei diesen Anstellungsverhältnissen auch nicht immer Verlass darauf, dass die Gehälter dann auch verlässlich am Ende eines Monats kommen. Manchmal sollen sie sogar erst am Semesterende überwiesen worden sein."
„Wieso das denn", fragte Lotte erstaunt.
„Bummelei, Gleichgültigkeit", sagte ich, „etwas in der Art hat Delius mal erwähnt, als er wieder einmal auf sein Gehalt warten musste. Das kann einen ganz schön in die Klemme bringen, wenn man regelmäßige Ausgaben zu bestreiten hat."
„Also mindestens ein Mord, um den Lebensunterhalt zu sichern?", sagte Lotte und schüttelte entschieden den Kopf.
„Vielleicht sollte ich nochmal ganz von vorn anfangen, beim Mord in der Werkstatt", sagte sie, sich wieder zurücklehnend.
„Wie wir wissen, gehört deine Clique zu den Personengruppen, die die Werkstatt am häufigsten besuchen."
„Na klar, das ist ja auch mehr als eine Werkstatt. Ist eher eine Art Treffpunkt, wo man sich sieht, zusammen arbeitet und sich vor allem nett unterhält."

Sie schaute mir gerade in die Augen und in meinem Bauch begann es zu kribbeln.
„Mal angenommen, es war einer von euch – Anwesende ausgenommen – wer wäre denn wohl dazu fähig, einen Freund umzubringen und ihn dann in den Brennofen zu verfrachten?"
Einen Augenblich lang war ich mir unsicher.
„Darüber habe ich auch schon nachgedacht. Vorstellen kann ich es mir nicht, aber kann man es wirklich ausschließen? Vielleicht eine Kurzschlussreaktion mit üblem Ausgang und dann: Wohin mit dem Opfer? Viele Möglichkeiten gibt es da nicht, wenn man nicht ein Auto zur Verfügung hat. Und wenn auch: dazu hätte er oder sie erst einmal den Wagen holen und die Leiche währenddessen zurücklassen müssen. Und wer von uns hat schon ein Auto? Keiner. Also bleibt nur der Ofen, weil es ja schnell gehen musste."
„Das klingt einleuchtend", sagte Lotte und nickte.
„Aber wie könnte es weitergegangen sein?", fragte ich.
„Benno kommt aus den Weihnachtsferien von seinen Eltern zurück, erfährt, dass sein Freund Tristan ermordet wurde und wird kurze Zeit später selbst Opfer eines Mörders. Das riecht doch ganz klar nach Zusammenhang und einem einzigen Täter", behauptete ich.
Lotte lächelte nachsichtig.
„Mein lieber Watson", sagte sie scherzhaft, „Martin würde jetzt sagen: Typischer Fall von Kurzschluss."
Ein wenig beleidigt war ich schon, weil sie meine doch so naheliegenden Folgerungen so einfach abtat. Offenbar bemerkte sie meinen Ärger, denn sie strich mir mit der Hand über meinen linken Arm.
„Nicht sauer sein, Jo", sagte sie, „wir Polizisten dürfen uns nicht immer mit dem Offensichtlichen zufrieden geben."
Dann sagten wir beide einige Zeit nichts, schauten in Richtung Altar, über dem ein goldenes Tor seinen Bogen spannte und von dem an Seilen gebunden an einem

ebenfalls goldenen Kreuz Jesus auf die Besucher in den Holzbänken herabschaute.
Die drei Frauen hatten die Kirche verlassen, nur links hinter der letzten Säule vor dem Altar glaubte ich eine Bewegung wahrzunehmen.
In mir wuchs die Befürchtung, dass Lotte gleich aufstehen und schon wieder gehen würde, daher überlegte ich, wie ich sie noch etwas aufhalten könnte.
„Hast Du schon mal vom Turm aus auf die Stadt geschaut?", fragte ich in der Hoffnung, sie würde es verneinen.
„Nein, noch nie", sagte sie zu meiner Erleichterung.
„Es ist nämlich so", erklärte ich, „wir sollen als Zeichenaufgabe eine besondere Perspektive wählen und ich überlege gerade, ob es sich lohnen könnte, die Stadt oben vom Turm aus zu zeichnen. Hättest du Lust, wenn das möglich ist, mit nach oben zu kommen und nachzuschauen?"
Kurzes Zögern, dann: „Ja, gut, das ist mal was anderes."

Als wir die Treppen des Turms erklimmen wollten, kam aus einer wenig beleuchteten Ecke des Raumes der Küster auf uns zu, den wir in unserer Konzentration auf unsere Mutmaßungen gar nicht bemerkt hatten und ich vermutete, dass er es gewesen war, dessen schemenhafte Gestalt ich vorhin hinter der Säule wahrgenommen hatte.
„Es tut mir leid, aber heute ist der Aufgang nicht geöffnet", informierte er uns.
Schon glaubte ich, dass hiermit das Ende meines genialen Einfalls gekommen wäre, da zückte Lotte ihren Dienstausweis.
„Es geht um eine polizeiliche Ermittlung", sagte sie, „es wird nicht lange dauern."
Leicht irritiert überlegte der Kirchenbedienstete einen Augenblick lang, dann fügte er sich der weltlichen Gewalt und ließ uns durch.

Obwohl ich durch mein Fahrradfahren ganz gut in Übung war, kam ich doch ein wenig außer Atem, bis wir das Ende der Treppe erreicht hatten. Wir warfen einen Blick auf die obere Fläche des Kirchenschiffs, die hier ihr verstaubtes, unverputztes Gesicht zeigte, hofften, dass die Glocken, deren Aufschrift den Schutz der Gottesmutter erbaten, nicht unvermittelt zu läuten anfangen würden und erreichten schließlich den Ausgang zum steinernen Balkon unterhalb der Turmspitze, wo uns ein eisiger Wind entgegenschlug. Mir kamen Zweifel, ob die Idee, hier oben längere Zeit mit Zeichenübungen zu verbringen, wirklich so gut gewesen war. Wir trotzten tapfer dem arktischen Gegenwind und genossen die Aussicht über die Stadt, die von hier oben in der hereinbrechenden Dunkelheit mit ihren Lichtpunkten von Straßenlaternen und Fenstern noch mehr nach Winterwunderland aussah als von meinem Dachfenster aus. Die Rheinstraße zog sich scheinbar bis zum Horizont hin, in der Ferne begann sie im aufkommenden Nebel zu verschwinden. Beugte man sich über die steinerne Brüstung und schaute man nach unten, so sah man auf den Platz vor dem Haupteingang des Einkaufszentrums, auf dem Ameisen gleich die Menschen Spuren im Schnee hinterließen. Streng blickten die steinernen Figuren an den Eckpunkten des Balkons in die Ferne. Lotte stand vor einer düsteren Affenfigur und schaute zwischen den Steinblöcken, die uns vom Abgrund trennten, nach unten auf den großen Platz vor dem Einkaufszentrum, wo vor kurzem noch der Weihnachtsmarkt mit Leckereien und Weihnachtsartikeln gestanden hatte. Sie setzte sich ihre blaue Strickmütze mit den weißen Sternenmustern auf und ihre Wangen waren rot vor Kälte.
„Wie schön die Stadt von hier oben aussieht", sagte sie. „Kaum zu glauben."
Hätte ich eine Kamera mitgehabt, hätte ich sie gern aufgenommen, so fotogen stand sie vor dieser Kulisse

aus Licht und Dunkel, die gut in jeden Kitschfilm gepasst hätte.
„Und hast du dein Motiv gefunden", fragte sie mit leichtem Zittern in der Stimme, was mich abrupt aus meinen ästhetischen Überlegungen riss.
„Ja, ja", beeilte ich mich zu sagen, „ich werde den Blick auf die Rheinstraße nehmen, das macht was her mit den ganzen Häusern, Dächern und so."
„Können wir dann wieder runtergehen?" fragte Lotte. Sie hatte wirklich sehr rote Wangen bekommen und ich nickte zustimmend.
Das Treppensteigen brachte uns wieder auf Temperatur und unten angekommen hatte sich die Gesichtsfarbe meiner Lieblingskommissarin wieder normalisiert.

Wir standen vor dem Eingang des Gotteshauses und schauten die große Einkaufsmeile entlang, die von hier aus heller als vom Turm aus betrachtet erschien.
„Sollen wir noch irgendwo was trinken?" schlug ich vor. Sie verzog den Mund bedauernd.
„Muss wieder ins Büro und dringend einen Bericht schreiben. Wenn ich das nicht erledige, frisst mich Martin morgen zum Frühstück."
„Schade", sagte ich nur.
„Das holen wir nach", tröstete sie mich und lächelte,
„Versprochen?", mehr fiel mir nicht ein.
„Versprochen, Jo, ich melde mich morgen", sagte sie, „und pass auf dich auf, das hier ist ernst."
Als sie schon um die Ecke der Kirche herumgegangen und außer Sicht war, stand ich immer noch auf den Stufen der Kirche und genoss das unbeschreibliche Gefühl, das ihre überraschende Abschiedsumarmung in mir ausgelöst hatte. Als ich in diesem Hochgefühl die Stufen vor dem Portal herabging, rutschte ich aus und konnte mich gerade noch auf den Beinen halten, sonst wäre die Landung sicher ziemlich hart gewesen.

Da das Einkaufszentrum direkt vor mir lag, beschloss ich, mir noch einen Kaffee im Stehen zu gönnen. Daher ging ich zu dem kleinen Café am Haupteingang, holte mir eine Tasse herrlich duftenden Kaffee und stellte mich an einen der freien Tische. Die Ausgabe der Lebensmittel-Tafel war beendet, der Stand aufgelöst und die Wartenden hatten den Platz verlassen. Der Weihnachtsmarkt kam mir wieder in den Sinn und ich erinnerte mich an unser Treffen dort, wo wir uns wie in jedem Jahr zu Glühwein und anderen Leckereien getroffen hatten. Man hatte den Markt um die Kirche herum aufgebaut: kleine Holzhütten für die Aussteller und Anbieter, mehrere Stehtische aus Holz, auch ein Zelt, in das man sich vor der Kälte geschützt mit seinem Getränk oder Essen zurückziehen konnte. Bestand das Angebot in der Vergangenheit fast nur aus Essen und Trinken, so war jetzt ein großer Teil für weihnachtliches Kunsthandwerk vorgesehen.
Ly hatte von Max ein großes Lebkuchenherz umgehängt bekommen, Jean-Marie hatte Karel mitgebracht und beide trugen Lammfelljacken im Partnerlook, Alex hatte sich eine Nikolausmütze aufgesetzt, Tristan und Benno hatten darum gewetteifert, den fürchterlichsten Weihnachtspulli zu tragen und Maren hatte uns mit Glühwein versorgt. Natürlich hatten wir auch den Stand besucht, an dem die Weihnachtstasse des Jahres zum Kauf angeboten wurde, mit der, wie in jedem Jahr, eine Studentin oder ein Student den Wettbewerb der Hochschule gewonnen hatte. Dort hatten wir diesmal auch den Werkstattmeister Egger angetroffen, der sogar hier, wenn auch unterfüttert mit einem dicken Pullover, seinen grauen und mit hellem Staub dezent bedeckten Arbeitskittel trug. Karel hatte zwei Siegertassen gekauft und bei der nächsten Glühweinrunde hatten sich Jean-Marie und er schon damit zugeprostet. Mein persönliches Highlight war eigentlich immer der Wildschwein-Burger gewesen, aber seit das Konzept des Marktes geändert worden war, gab es den nicht

mehr. Trotzdem war das ein sehr schöner Abend, unbeschwert und ohne böse Vorahnungen. Selbst wenn ich mir alle Mühe gab und mir unser Treffen nochmal, so gut es nur ging, in Erinnerung rief, ich konnte keinen Hinweis entdecken, der auf die Morde hätte hindeuten können.

Einige Zeit, nachdem ich meinen Kaffee bestellt hatte, betrat überraschend Max das Zentrum und als er mich sah, kam er auch gleich auf mich zu.
„Wie geht's?", fragte er und für seine Verhältnisse wirkte er sehr ernst.
„Ganz gut", antwortete ich, „war gerade in der Kirche und habe für eine Hausarbeit recherchiert."
„Die Sache mit der Perspektive?", fragte Max.
„Genau", bestätigte ich.
Er knöpfte seinen dunkelblauen Dufflecoat auf und öffnete den Knoten seines Schals, der sein wie immer unrasiertes Kinn verdeckt hatte, während er sich umschaute.
„Du bist allein hier?", fragte er mit einem merkwürdigen Unterton in seiner tiefen Bassstimme.
„Ja, wieso?", wollte ich wissen.
„Na hör mal", sagte er erstaunt, „immerhin bist du auch Student an der Hochschule, Tristan und Benno waren doch immer mit euch zusammen – da würde ich mich allein nicht mehr so sicher fühlen."
Da hatte er natürlich recht, aber bisher hatten meine eher unterschwelligen, aber hier und da immer wieder auftauchenden Ängste noch nicht dazu geführt, dass ich mich nicht mehr ohne Begleitung nach draußen wagte.
„ Ly möchte ich jedenfalls nicht mehr allein ausgehen lassen, wenn es sich vermeiden lässt", sagte er entschlossen.
„Und Ly findet das in Ordnung?", fragte ich.
Max verdrehte in komischer Verzweiflung die Augen.
„Ly meint natürlich, ich würde übertreiben", sagte er.
„Hab ich mir gedacht", sagte ich und musste lachen.

„Übertriebener Beschützerinstinkt eines Wohlstands-Europäers, hat sie gesagt."
Jetzt lachten wir beide verhalten und unterhielten uns noch eine Weile über Belanglosigkeiten.
Schließlich schaute Max auf seine Uhr.
„Ich muss weiter", sagte er wie zur Entschuldigung, „sonst machen die Geschäfte zu und wenn ich nicht alles fürs Abendessen bekomme, gibt's Ärger zu Hause."
Wir lachten wieder.
Kaum vorstellbar, dass sich solch ein Bär von Mann leicht in Panik versetzen lassen könnte.
„Pass auf dich auf", sagte er zum Abschied und ich grüßte zurück.
Er winkte und verschwand im Einkaufszentrum.
Noch einer, der mir diesen Rat gab. So langsam kam ich ins Grübeln. Ich brachte meine Tasse zurück an den Tresen, verließ den warmen Eingangsbereich und machte mich auf den Weg.

Weit war ich noch nicht gekommen, als ich Maren sah, die gerade aus einem kleinen Geschäft kam, in dem fair gehandelter und selbst gerösteter Kaffee verkauft wurde. Sie winkte mir zu und ich hielt an.
„Du hast Nachschub für die Werkstatt gekauft?", fragte ich sie.
Sie hob ihren Jutebeutel mit dem Sonnenblumenmuster in die Höhe.
„Nicht nur, aber auch. Wäre ja schade, wenn uns mal der Kaffee ausgehen würde", sagte sie grinsend.
„Aber ich bin mal gespannt, wie uns der hier schmecken wird. Ich habe ein paar neue Bohnen ausgesucht, die mir Luke empfohlen hat."
„Ist das der Kaffeedealer deines Vertrauens?", frotzelte ich.
Maren nickte lächelnd.
„Eigentlich heißt er ja Lukas, aber alle nennen ihn Luke und er ist ja so süß", sagte sie.

Mich beschlich das Gefühl, dass der süße Luke der eigentliche Grund für unsere großen Kaffeevorräte war. „Ist ja noch nicht so spät", stellte sie fest, „ wie wäre es, wenn wir bei mir eine kleine Kaffeeprobe machen?"

Marens Wohnung war nicht weit entfernt, im Erdgeschoss eines dreistöckigen Hauses auf dem Westwall, unweit von Kaiser-Wilhelm-Museum. Ich hatte nichts Besonderes mehr vor, also nahm ich das Angebot an. In wenigen Minuten hatten wir ihr Haus erreicht, ich stellte mein Rad im Hinterhof ab und wir gingen in ihre Wohnung, in der uns mindestens fünfundzwanzig Grad Wärme entgegenschlugen. Ich beeilte mich, meinen Jacke, Schal, Mütze und Handschuhe auszuziehen.

„Dann wollen wir mal", sagte Maren und ging zu einem alten Weichholzschrank, aus dem sie mehrere Tassen und einen Kaffeefilter aus Porzellan herausholte. Mir reichte sie eine Holzkaffeemühle und nachdem sie drei Pakete aus ihrer Tasche geholt und eins davon geöffnet hatte, entnahm sie ihm zwei Löffel Bohnen und füllte damit das altmodische Gerät in meinen Händen. Es bedurfte schon einiger Anstrengung, aus den gerösteten Bohnen das so herrlich duftende Pulver zu mahlen und ich war froh, dass Maren nur eine kleine Menge eingefüllt hatte. Sie hatte schon das Papier in den Filter gesteckt und ich konnte die kleine Schublade aus der Mühle ziehen und den Inhalt einfüllen. Maren hatte den Kocher sofort nach unserer Ankunft eingeschaltet und füllt nun das heiße Wasser ein, woraufhin sich der wohlbekannte Geruch frisch aufgebrühten Kaffees in der kleinen Wohnküche ausbreitete. Hier herrschte kreatives Chaos, überall lagen kleine Zettel herum, die Wände waren gespickt mit kleinen Bildern, Skizzen, einer Schiefertafel voller kaum lesbarer Notizen und der Kühlschrank war übersät mit dekorativen Magneten.

„Ja, ich könnte mal wieder klar Schiff machen", sagte Maren, die meine Blicke bemerkt hatte, während das Wasser leicht glucksend vom Filter in die kleine

darunter stehende Kanne lief, „aber im Moment ist mir wichtiger, dass ich so langsam ein gutes Thema für meine Abschlussarbeit finde. Ist aber gar nicht so einfach und am Ende muss ich noch einen der Dozenten um einen Vorschlag bitten."
In ihrem weiten orange und dunkelbraun gestreiften Pullover erinnerte sie mich an eine überdimensionale Hummel.
„Macht doch nichts, ich finde es gemütlich hier", beruhigte ich sie.
„Wen würdest du denn fragen wollen?", wollte ich wissen.
Sie überlegte eine ganze Weile, nur das Plätschern des Kaffees war zu hören.
„Wahrscheinlich Dorm", sagte sie, „wenn er auch manchmal etwas launisch ist, aber der würde mich wohl nicht ständig so von oben herab behandeln wie Delius. Die Art kann ich echt nicht ab."
Da konnte ich nur zustimmen und als das Wasser vollständig durch den Filter gelaufen war, schenkte Maren uns jeweils eine halbe Tasse ein.
„Milch oder Zucker?", fragte sie, aber ich verneinte.
„Schmeckt etwas bitter", stellte ich fest.
Maren nickte stumm, nachdem sie auch probiert hatte.
„Da hast du mich heute früh aber ganz schön überrascht", sagte ich, „als du Jonas aufgehalten hast."
Maren lachte kurz.
„Ja, weißt du", sagte sie, „ich habe nicht immer soviel gewogen wie jetzt. Bis vor ein paar Jahren habe ich noch aktiv Sport getrieben, Kampfsport und Langlauf. Als dann aber die Diagnose Morbus Crohn kam und ich anfangen musste, regelmäßig Medikamente zu nehmen, war es vorbei mit der schlanken Linie."
Sie zögerte.
„Ist eben nichts, was ich jedem auf die Nase binde", sagte sie, stand auf und öffnete die zweite Kaffeepackung.

„Hoffentlich schmeckt der jetzt besser", sagte sie, „sonst muss ich mal ein ernstes Wörtchen mit Luke reden."
„Kennst du ihn schon länger?", fragte ich.
„Ungefähr seit einem Jahr", sagte sie, „ein interessanter Typ, hat vorher lange als Sozialpädagoge gearbeitet und sich um Drogenabhängige und Obdachlose gekümmert."
„Das ist aber ein krasser Berufswechsel", warf ich ein.
„Ja, schon", sagte Maren und goss uns die nächste halbe Tasse Kaffee ein, als dieser fertig durchgelaufen war uns sie unsere Trinkgefäße kurz ausgespült hatte.
„Aber er hat mal erzählt, dass ihm die Schicksale der Leute, mit denen er es zu tun hatte, mehr und mehr zu schaffen machten und außerdem war er wohl auch mit irgendwelchen Junkies oder Dealern aneinander geraten."
„Kann ich gut verstehen", bestätigte ich und nahm einen Schluck.
„Der ist besser", stellte ich fest, „mild und fast ein wenig kakaoartig."
Maren nickte zustimmend und füllte die Kaffeemühle mit der letzten Probesorte.
Mir brach der Schweiß aus, als ich das Mahlwerk betätigte und war froh, als ich damit fertig war. Es dauert wieder nicht lange, da war die Kanne erneut gefüllt, die Tassen gereinigt und gefüllt.
„Aus Guatemala", stellte Maren mit Blick auf die Packung fest und wir nahmen gleichzeitig einen Schluck.
„Der schmeckt mir am besten", sagte ich, „hat was von Haselnüssen, finde ich."
„Schmeckt mir auch sehr gut, beim nächsten Mal kaufe ich nur den", sagte Maren.
Mir fiel ein, dass in der Hochschule noch Arbeit auf mich wartete.
„Tut mir leid, aber ich muss nochmal los und etwas einkaufen, bevor die Läden schließen", sagte ich, „war lecker und ich hoffe, ich kann heute Nacht schlafen."

Maren lachte laut.
„Ich schlafe immer wie eine Bärin", sagte Maren und so stellten wir das Geschirr auf die Spüle, ich zog meine Winterkleidung wieder an, bedankte mich und machte mich auf den Weg.

In der Nacht war es wärmer geworden, der angetaute Schnee war allerdings gleich wieder gefroren, so dass es immer wieder kleine Eisflächen auf den Straßen und Gehwegen gab, denen ich am nächsten Morgen ausweichen musste. Trotz des übermäßigen Koffeinkonsums hatte ich zu meiner eigenen Überraschung blendend geschlafen.

Vor der Werkstatt schloss ich mein Fahrrad an den Fahrradständer an und beeilte mich, ins Innere des Gebäudes zu kommen, wo ich auf Alex, Ly, Maren und leider auch auf Jonas traf. Etwas abseits stand auch der Werkstattmeister Egger in seinem obligatorischen grauen Arbeitskittel und begutachtete ein Keramikobjekt, das mich an einen überdimensionalen Aschenbecher erinnerte.
„Also, Maren, da sollten Sie vielleicht noch etwas nacharbeiten, damit man das Taufbecken auch eher als solches erkennen kann. Bedenken Sie, die Form und in diesem Fall auch besonders die Funktion sind wesentlich und die Nutzer eines solchen Objekts sind eher traditionell orientiert, von Ausnahmen mal abgesehen."
Man konnte Marens Gesicht die Missbilligung dieses wohlmeinenden Kommentars ansehen.
„Magst du auch einen Kaffee?", fragte sie mich daher ablenkend, als ich meine Jacke auszog und an einen der Kleiderständer hängte.
„Ist frisch gekocht", fügte sie hinzu.
Mein Eindruck war sicher nicht falsch, dass ich noch nie so viel Koffein konsumiert hatte wie während des Studiums an der Hochschule.

„Gern", sagte ich und schaute mir an, was sonst noch auf den Werkbänken an Neuproduktionen zu sehen war.
„Wenn Sie wollen, kann ich Ihnen auch einen mitbringen, Herr Egger", sagte sie eher wie nebenbei zu dem kahlköpfigen Mann, der zustimmend nickte, seine Brille zurechtrückte und kurz sein bärtiges Kinn kraulte.
Dankbar nahm er kurz darauf den dampfenden Kaffeebecher in Empfang, den ihm Maren auf einem kleinen Tablett reichte und auch ich bekam mein Getränk, das ich zuerst nur umfasst hielt, um meine Hände wieder aufzuwärmen.
Herr Egger nahm einen großen Schluck und nickte anerkennend.
„Hervorragend", sagte er, „italienische Bohnen?"
„Chinesische", platzte Jonas heraus, der selbst in der Werkstatt eine der zahllosen in unserer Stadt gefertigten Krawatten über einem gelben Hemd trug, das allerdings schon ein paar helle Tonstaubflecken abbekommen hatte.
Ly seufzte kurz und blickte genervt Richtung Hallendecke.
„Natürlich italienische", stellte Maren richtig, „fünf Packungen hat uns doch Jean-Marie gespendet, als er im letzten Herbst aus seinem Florenzurlaub zurückkam."
„Wenn man einen gut betuchten Freund hat, kann man auch großzügig spenden", stichelte Jonas geringschätzig.
Maren schnaufte und stellte ihren Becher auf die Werkbank.
„Sag mal, von der Weide, wenn wir schon dabei sind: Wann hat unser Hochadel denn eigentlich zum letzten Mal etwas zur Kaffeekasse beigetragen?"
Jonas schaute eher verärgert als schuldbewusst, sagte aber nichts mehr, holte statt dessen sein Portemonnaie aus der Hosentasche und übergab Maren, die unsere lebende Kaffeekasse darstellte, demonstrativ zwanzig Euro, die sie schnell an sich nahm und in ihren

Geldbeutel steckte. Jonas war für seine Knauserigkeit bekannt.
„Ja, ja, die Finanzen", murmelte Egger wie zu sich selbst.
„Schon immer ein Thema an der Hochschule", setzte er hinzu, „schon seit ich hier bin".
„Die Wirtschaftslage ist eben allgemein angespannt, da bleiben Kunst und Kultur meistens als erstes auf der Strecke", meinte Alex.
„Immerhin soll ja jetzt demnächst die neue Stelle endlich besetzt werden", sagte Ly.
„Stimmt", pflichtete Alex ihr bei, „wie ist denn da eigentlich der Stand der Dinge? Gibt es schon eine Entscheidung? Dorm und Delius sind ja wohl mit Abstand die heißesten Kandidaten."
Alle Augen richteten sich auf Eggers, von dem man sich Insiderinformationen erhoffte.
Der Dozent schaute verwirrt von seiner Kaffeetasse auf, aus der er gerade wieder einen großen Schluck genommen hatte.
„Nein, nein", sagte er abwehrend, „ich weiß auch nicht mehr, nur, dass die die Entscheidung wohl kurzfristig zwischen den beiden fallen wird. Hätten sie sich ja auch wirklich verdient, so lange, wie sie schon für die Hochschule arbeiten."
„Wäre finanziell ja auch ein guter Sprung", fügte Alex trocken hinzu, der sich in den Gehaltsgruppen der Hochschule bestens auskannte, weil er auch schon einmal überlegt hatte, nach dem Studium vielleicht an einer Hochschule oder Universität als Dozent sein Glück zu versuchen.
„Die Welt ist es nicht", schwächte Eggers ab, „aber auf jeden Fall kommt dann regelmäßig was aufs Konto", womit er einen weiteren Schluck aus dem Becher nahm.
Die Kaffeepause war beendet, als sich Eggers wieder dem unförmigen Taufbecken zuwandte und begann, Maren noch ein paar Ratschläge zu geben, die sie aber wie üblich nur akustisch wahrnahm.

„Gestern habe ich Max getroffen“, sagte ich zu Ly, die mit ihrem zum Lippenstift passenden knallroten Rollkragenpullover einen kräftigen Farbakzent in der staubig weißen Umgebung der Werkstatt setzte.
„Ja, hat er erzählt“, antwortete sie und lächelte.
„Er ist ja ganz schön besorgt um dich. Lässt er dich denn überhaupt noch allein rausgehen?“
„Max macht sich große Sorgen“, sagte Ly, „aber ich passe schon auf mich auf.“
„Trotzdem“, schaltete sich Maren ein, „hat er nicht ganz unrecht. Wenn da wirklich so ein Verrückter unterwegs ist, der es auf uns Studierenden abgesehen hat, dann sollten wir vielleicht wirklich nicht mehr allein hier in der Werkstatt arbeiten.“
„Wir können uns ja verabreden“, schlug Alex pragmatisch vor.
„Gute Idee“, stimmte ich zu, denn auch mich hatte die wachsende Unsicherheit mittlerweile erfasst.
Alex kramte in seinem Rucksack und holte einen Notizblock heraus, auf dem er schnell eine Art Stundenplanraster aufzeichnete.
„Das sind die Termine bis zum Ende der nächsten Woche“, erklärte er.
„Ich lege den Zettel hier neben meine Formen und jeder trägt sich ein, wann und wie lange er kommen will. Da sieht man dann schnell, wann noch jemand anderes da ist und kann sich zusätzlich eintragen.“
„Angsthasen“, kommentierte Jonas mit einem Seitenblick unseren Plan in abfälligem Ton.
„Dann arbeitest du eben allein“, sagte Maren, „aber wehe dir, wenn ich dich dann irgendwann da im Ofen finden muss.“
Das gab ihm anscheinend zu denken, denn als wir später die Halle verließen, machte er noch schnell seinen Eintrag.

In der Vorlesung von Viktor Dorm saß ich kurze Zeit später zwischen Alex und Ly. Alex schrieb mit einem Kugelschreiber in seinen Notizblock und Ly tippte ihre Mitschrift in ihr Notebook. Dorms Vortrag war diesmal eher langatmig. Er sprach wieder einmal von Farben und Formen, der Befreiung des Gegenstandes von dessen objektiver Farbdetermination, vom Niedergang und der Neugeburt von Künstlergruppen zum Anfang des zwanzigsten Jahrhunderts und der Wirkung von Kunstzeitschriften als Wegbereiter neuer künstlerischer Entwicklungen. Von damals aufsehenerregenden Ausstellungen war die Rede, in denen es selbst solch scheinbar unverdächtige Objekte wie Bäume, Rehe und Hühner geschafft hatten, die Gemüter des Publikums zu erregen. Dazu projizierte Dorm für uns ein paar Bilder an die weiße Tafel, die seinen Vortrag auch optisch untermauern sollten und in schillernden Farben verschiedene Tiere zeigten. Als der Dozent schließlich den Zusammenhang zwischen der Farbe Blau und dem Unendlichen, Reinen und Übersinnlichen zu erklären begann, verabschiedete ich mich innerlich von der Vorlesung und ließ meine Gedanken himmelwärts bis auf den Turm der Dionysiuskirche zurückfliegen, wo sich Lottes Gesicht vor der winterlichen Kulisse in mein Gedächtnis eingebrannt hatte. Allerdings fiel mir dabei auch wieder ein, dass ich demnächst ja noch meine Zeichenübung dort oben erledigen wollte und ich noch nicht geklärt hatte, wann der Turm eigentlich frei zugänglich war.
„Es ist vorbei", sagte Ly leise neben mir und aus meinen Überlegungen erwachend stellte ich fest, dass die Vorlesung tatsächlich schon ihr Ende erreicht und sich die Reihen der Zuhörerschaft gelichtet hatten.

Auch die folgende Veranstaltung konnte mich nur mäßig begeistern, denn Franz Delius ritt mal wieder sein Lieblingssteckenpferd, die Erkenntnistheorie und ihre Auswirkungen auf die moderne Kunst.

„Was wäre die Kunst ohne Philosophie, wie ließen sich beispielsweise die Werke Picassos, Feiningers oder sogar van Goghs auch nur annähernd begreifen, wenn nicht auf der Grundlage von Descartes oder Kant?"
Einige der Mithörer verdrehten die Augen, andere hingen wie gebannt an den Lippen des blonden Propheten, der sie, gekleidet in ein braunes, modisches Jackett, in ungekannte Sphären entführte, die sie zwar nicht intellektuell durchdringen konnten, wo sie sich aber als vermeintliche Teilhaber nur wenigen zugänglicher Erkenntnisse sichtlich wohl fühlten.
Was sie von ihrem Idol halten würden, wenn sie wüssten, dass er sich in seiner Freizeit in Spielhallen aufzuhalten pflegte, um dort sein mit blumigen Wortgebilden erworbenes Geld bei den philosophisch wohl nicht übermäßig gebildeten Betreibern abzuliefern?
„Endlich", sagte neben mir Alex hörbar erleichtert, der das Ende der Vorlesung begrüßte und die Veranstaltung wie ich auch nur deshalb besuchte, weil sie zum Pflichtprogramm gehörte.
„Das kannst du laut sagen", bestätigte ich ihm.

Wir beschlossen, in unseren Dokumentationsraum zu gehen und dort unsere Dienstzeiten miteinander abzustimmen. Der Raum war diesmal wieder angemessen gut beheizt und der gewohnte Geruch hieß uns willkommen. An der Wand neben dem PC hing der aktuelle Plan für unsere Anwesenheitszeiten, der für die kommende Woche noch nicht gefüllt war.
Während Alex davor stand und überlegte, wann er Zeit für die Katalogisierung haben würde, setzte ich mich auf den Stuhl vor dem großen Tisch.
„Sag mal, Alex", wagte ich mich vor, „wie steht's denn jetzt mit dir und Frau Klang? Immer noch Eiszeit?"
Vielleicht war er ganz froh, dass ihn jemand nach seinem Befinden fragte, jedenfalls antwortete er sofort.

„Ach, weißt du, Jo, seit der Geschichte mit Tristan ist es einfach schwierig. Hatte ich ja schon gesagt."
„Du meinst den Mord?", fragte ich.
„Also", sagte er nach letztem Zögern, „das war so: Tristan und sie waren für kurze Zeit zusammen und als das zu Ende war, kamen sich Vera und ich näher."
„Das war doch gut, oder?"
„Schon, aber dann hat es sich Tristan anders überlegt und hat angefangen, Vera wieder anzubaggern."
„Und sie hat nachgegeben?"
„Eben nicht", sagte Alex für seine Verhältnisse ziemlich heftig, „ganz im Gegenteil, nur bevor sie mir das sagen konnte, wurde Tristan umgebracht."
„Und?"
„...und jetzt hat sie Angst, dass ich damit etwas zu tun haben könnte."
Eine Weile lang sagte keiner von uns etwas.
„Blöde Situation", sagte ich schließlich und Alex nickte. Mir kam in den Sinn zu fragen, weshalb sie denn kein Vertrauen in ihn hätte, verkniff mir aber die Frage, als ich sah, wie bedrückt Alex war.
„Nicht aufgeben", versuchte ich, ihm Mut zu machen, „das kann ja noch werden."
Alex schüttelte den Kopf.
„Abwarten, abwarten..."
Er wandte sich wieder dem Plan zu.
„Also ich kann am Dienstag und Donnerstag ab drei Uhr nachmittags", sagte er.
„Kein Problem", antwortete ich, „da hatte ich sowieso nicht vor herzukommen. Passt."
„Mega", sagte Alex und schulterte seinen Rucksack.
„Dann bis bald."
Diesmal reichte er mir zum Abschied die Hand, was ziemlich ungewöhnlich für ihn war.
„Bis bald, Alex", sagte ich und nickte ihm nochmal aufmunternd zu.

Als er gegangen war, schaute ich auf die Dokumenten- und Bücherstapel auf den Tischen und suchte zum Einstieg nach dem Tagebuch, fand es auch gleich wieder und blätterte wahllos durch die abgegriffenen Seiten. Anscheinend hatte der Verfasser einige Zeit in einer kleinen Gemeinde in Oberbayern zugebracht. Irgendwann wurde mir allerdings der altmodische Stil des Autors dann aber doch zu anstrengend und ich machte mich an meine Arbeit, nachdem ich das Büchlein wieder in einer Kiste verstaut hatte.

Mein Turm zu Babylon war schon ziemlich geschrumpft und so warf ich einen Blick auf die anderen Stapel. Der hinter meinem enthielt fast ausschließlich Bücher über das Finanzwesen, nur ein oder zwei Exemplare hatten mit Kunst zu tun, zufälligerweise genau mit der Epoche, über die Delius heute gesprochen hatte. Schon genug vom Dozenten mit diesem Thema gelangweilt, schaute ich erst gar nicht in eines dieser Werke hinein und gab mich stattdessen ganz der Erfassung hin, wobei meine Gedanken wieder einmal abzuschweifen begannen. Lotte hatte versprochen, sich schon bald wieder zu melden und wenn ich sie das nächste Mal treffen würde, würde ich ihr unbedingt von Alex berichten, der einige meiner Vermutungen bestätigt hatte.
Doch nicht meine kargen Klarstellungen sollten unser nächstes Treffen bestimmen. Die Neuigkeiten, die Lotte zu berichten haben würde, sollten unsere eher vagen Befürchtungen in blanke Angst verwandeln.

8. Kapitel: Die Wirtschaft

Wie überwältigt ich war von diesen Farben, dem Aufbau, der Macht des Neuen. Nun jedoch, in meinem Heim und eingeengt durch meinen Mitbewohner, der immer unerträglicher wird, bedrängt mich unter Widerwillen die schreckliche Frage, ob mein Freund, mein Meister, hier nicht seinen Schüler zum Vorbild nahm: Meine „Springenden Pferde", die übereinander angeordnet und in den Farben unserer Bewegung seine Komposition vorwegnehmen...
So vieles konnte ich von ihm erlernen, doch fürchte ich, die Lehrzeit muss ein Ende finden.
Mehr und mehr spricht man vom Krieg...

Mit der Sonne kamen die Kopfschmerzen. Vielleicht hatte ich mich erkältet, aber vermutlich hatte mich das dauernde Nachdenken derart unter Druck gesetzt, dass ich einfach etwas mehr Ruhe brauchte. Immerhin hatte ich in der letzten Nacht nur ungefähr drei Stunden geschlafen, war immer wieder aufgestanden, um den einen genialen Gedanken zu finden, der Lotte helfen würde, auf die richtige Spur zu kommen. So langsam steigerte ich mich in eine Rolle hinein, die ich eigentlich gar nicht zu spielen hatte. Schließlich war ich nur ein einfacher Student des Kommunikationsdesigns und kein Kriminologe. Hinzu kam, dass das einzige spürbare Ergebnis meiner nächtlichen Überlegungen eine dumpfe Benommenheit war, die mich sowieso kaum noch einen klaren Gedanken fassen ließ.

In diesem unerfreulichen Zustand beschloss ich, mir etwas Natur zu gönnen, frische Luft zu schnappen, um wieder einen klaren Kopf zu bekommen. Also zog ich mich warm an, verließ das Haus und fuhr mit meinem Rad zum Stadtwald, den ich bei besseren Temperaturen auch gern ab und zu zum Joggen nutzte. Ein gutes Stück des Weges fuhr ich die Philadelphiastraße

entlang, die zu Ehren der dreizehn Familien ihren Namen trug, die 1683 als erste deutsche Auswanderergruppe in die USA emigriert waren. Diese Quäker und Mennoniten waren zuvor aus dem Umland in unsere Stadt geflüchtet, die nicht nur ihnen zunächst Schutz vor der Verfolgung bot. Als die Bürger jedoch zur Meinung gelangten, dass die Stadt zu viele Flüchtlinge aufgenommen hatte und begannen, misstrauisch auf deren religiös bestimmtes Verhalten zu blicken, beschlossen diese Familien, ihr Glück in der Ferne zu suchen. So landeten sie in Pennsylvania und siedelten sich dort im Vorort Germantown an, ein Ereignis, das dreihundert Jahre später zu einem großen Festakt in unserer Stadt führte, an dem nicht nur der Bundeskanzler, sondern auch der Bundespräsident und sogar der damalige amerikanische Vizepräsident Bush teilnahm. Angeregt durch den Straßennamen fielen mir diese von Delius immer mal wieder gern in Erinnerung gerufenen historischen Ereignisse wieder ein, während ich, weil die Radwege nicht geräumt waren, auf der Straße wegen des regen Verkehrs und der festgefahrenen Schneeflächen um mein Leben fürchten musste.
Es dauerte aber nicht lange, dann bog ich von dieser Hauptverkehrsstraße aus nach rechts in die Wohngebiete ab, wo die Verkehrslage ruhiger war und ich passierte die Ende der zwanziger Jahre des vorigen Jahrhunderts vom ehemaligen Bauhausdirektor Mies van der Rohe erbauten Villen Haus Lange und Haus Esters. Nur mit einem kurzen Seitenblick sah ich im Vorbeifahren Claes Oldenburgs riesige „Zahnbürste" vor den beiden Bauhausgebäuden, die bereits von weitem als Hinweis auf die im Garten hinter den Villen aufgestellten Skulpturen verstanden werden konnte. Dabei ging mir durch den Kopf, dass ungefähr zur selben Zeit, von 1932 bis 1938, auch der exzentrische Bauhaus-Meister Josef Itten in unserer Stadt die Höhere Fachschule für textile Flächenkunst geleitet hatte, doch

bevor ich über einen möglichen Zusammenhang noch länger nachdenken konnte, kam ich am romantischen Stadtwaldhaus an, das in dieser winterlichen Kulisse besonders gut zur Geltung kam. Der Stadtwald war von dem wohlhabenden Seidenfabrikanten Wilhelm Deuß 1897 gestiftet worden, fünf Jahre später wurde der Bau des Restaurationsgebäudes beendet und einige Zeit später nochmal erweitert. Besonders hübsch fand ich immer die im Jugendstil abgebildete Jagdgöttin Artemis, die, auf der Kerynitischen Hirschkuh reitend und von einem schwarzen Raben begleitet, unter dem Dreiecksgiebel über der Eingangstreppe auf einem Mosaik zu sehen ist. Schon jetzt freute ich mich wieder darauf, hier im Sommer an einem der zahlreichen Biertische in der Sonne sitzen zu können.
Unter den Augen der Jagdgöttin schloss ich mein treues Fahrrad gleich neben dem leeren, muschelförmigen Musikpavillon ab, wo zu angenehmeren Temperaturen von Zeit zu Zeit Musiker die Gäste des Biergartens mit ihrer Kunst unterhielten. Mein Plan war ja, einen längeren Spaziergang zu unternehmen und so lief ich los, an den schneebedeckten Bänken vorbei, auf deren dezent angebrachten kleinen Schildern man normalerweise einen Hinweis auf den edlen Spender oder die Spenderin ablesen konnte. Jetzt allerdings waren diese Hinweise zugeschneit und ich überlegte, welchen der zahlreichen möglichen Wege ich wählen sollte. Ohne zu einem konkreten Ergebnis gekommen zu sein, lief ich einfach los.
Nachdem ich den Deuß-Tempel passiert hatte, der am Ufer des teilweise zugefrorenen Sees zu Ehren des edlen Spenders errichtet worden war, wo einige Enten hin und her watschelten oder in den eisfreien Stellen schwammen, marschierte ich mit knirschenden Schritten Richtung Galopprennbahn und schaffte es tatsächlich nach und nach, das dumpfe Gefühl in meinem Kopf los zu werden.

Nirgends war ein Mensch zu sehen und die kahlen Bäume reckten wie hilfesuchend ihre dunklen Äste in den grauen Himmel. Das nächste Wegstück führte mich vorbei an skurril vereisten Sträuchern, in der Ferne konnte man die Autos fahren hören, die auf der Straße, welche die Stadt mit der Autobahn verband, für eine fortwährende Geräuschkulisse sorgten.

Je klarer mein Kopf wurde, desto mehr drängten sich die Überlegungen wieder auf, die das Geschehene in einen logischen Zusammenhang bringen wollten.
Wenn der Täter, der genauso gut eine Frau sein konnte, nicht zum Hochschulkreis gehörte, dann konnte ich mir nicht vorstellen, wie man ihm auf die Spur kommen könnte. Dass man keine Spuren von ihm oder ihr gefunden hatte, bedeutete ja nicht, dass man diese Möglichkeit ausschließen konnte. In dem Fall hatte ich keine Chance, etwas zur Lösung der Fälle beizutragen, das war eine Aufgabe für die Profis von der Polizei.
Angenommen aber, die Täterin oder der Täter stammte aus dem Umfeld der Hochschule, dann wäre es unwahrscheinlich, dass es außerhalb unserer Clique jemanden gab, der in einer so engen Verbindung zu den beiden Opfern stand wie wir. Immerhin, dass ich eine solche Person nicht kannte, bedeutete nicht, dass es sie nicht gab. Auch in diesem Fall hätte ich wohl kaum eine Chance, Licht ins Dunkel bringen zu können.
Am Ende war es für mich am wahrscheinlichsten und somit allerdings auch am beunruhigendsten, dass der Mörder oder die Mörderin jemand aus meinem Bekanntenkreis sein musste.
Und sofort begann sich in meinem Kopf wieder das Karussell der Vermutungen, Annahmen und Schlussfolgerungen zu drehen, die mich nun schon seit Tagen verfolgten und mir zu schaffen machten. Sollte ich nicht einfach das Hilfsdetektivspiel aufgeben und die Nachforschungen denjenigen überlassen, die dieses Geschäft allemal besser beherrschten als ein Student

wie ich, der oft genug schon Schwierigkeiten damit hatte, die nötigen Dinge in seiner Wohnung aufzuspüren, die er brauchte, um vollständig ausgerüstet an die Hochschule zu fahren? Klar, das wäre sicherlich die einfachste Möglichkeit, aus der Misere zu entkommen, aber andererseits hätte ich damit den Hauptanlass beseitigt, mich mit Lotte treffen zu können. Sicherlich wäre es auch möglich, mich weiterhin einfach so, ohne den Aufhänger Mord und Totschlag mit ihr zu treffen. Was war es dann, das mich die Nachforschungen nicht loslassen und den Täter oder die Täterin finden lassen wollte?
Als sich ein Eisklumpen vom Baum löste und gleich neben mir zu Boden plumpste, war es vorbei mit meinen Selbstreflexionen und mich umblickend wurde mir wieder bewusst, dass außer mir anscheinend niemand im Park zu sehen war.
Mir fiel unsere Vereinbarung wieder ein, dass wir uns in der Hochschule möglichst nicht mehr allein aufhalten wollten und ich fragte mich, ob mein einsamer Spaziergang hier im Park wirklich so eine gute Idee gewesen war. Daher legte ich ein höheres Tempo ein und war ziemlich erleichtert, als ich auf der Hundewiese zwei Frauen sah, die dort ihren Vierbeinern freien Lauf ließen.

In dieses Gefühl der Erleichterung hinein klingelte mein Handy. Lotte meldete sich.
„Es gibt Neuigkeiten", sagte sie ernst und unvermittelt.
„Ja, und was?" fragte ich unsicher.
„Hauptkommissar Martin hatte einen Unfall", sagte sie, „er ist eine Treppe hinuntergefallen und hat sich das Genick gebrochen."
„Was?", war das einzige, was ich hervorbringen konnte.
„Stell dir vor, er war im Nordbahnhof zum Mittagessen und ist dort auf dem Weg zur Toilette die Treppe in den Keller hinuntergestürzt. Ich bin gerade auf dem Weg

dorthin und wollte dir schon mal Bescheid sagen. Ich melde mich dann später nochmal."
„Ja, gut", sagte ich und versuchte, diese neue Information und ihre Folgen zu verarbeiten. Ich beschloss, die große Hauptwiese des Stadtwaldes geradeaus in Richtung des Stadtwaldhauses zu überqueren, um auf möglichst direktem Weg zu meinem Fahrrad zu kommen. Auf dem Weg dorthin musste ich an den ehemaligen Bahnhof denken, der 1870 erbaut und heute gastronomisch genutzt wurde. Ab und zu hatte ich dort mit Freunden auf dem ehemaligen Bahnsteig die sensationelle Schweinshaxe gegessen und dabei einmal sogar die Einfahrt der „Schluff"-Dampflok miterleben können, die noch heute von Zeit zu Zeit zu einer Reise wie anno dazumal einlädt. Anfang der Fünfzigerjahre des vorigen Jahrhunderts wurde der Betrieb allerdings eingestellt und der kleine Bahnhof kam unter Denkmalschutz, bis er 1991 aus seinem Dornröschenschlaf geweckt, als Gaststätte aufbereitet und bis heute als solche genutzt wurde. Als diese vor ein paar Jahren ihr fünfundzwanzigjähriges Jubiläum feierte, hatte ich mir den entsprechenden Artikel aus der Tageszeitung ausgeschnitten und mir die wichtigsten Fakten gemerkt, um meine Freunde bei nächster Gelegenheit in der historischen Umgebung mit diesen Informationen zu beeindrucken. Ob der Schreiber des kleinen Tagebuchs dort auf seiner Fahrt in den Süden wohl eingestiegen war? Hatte er sich hier von seiner Liebsten verabschiedet oder war er vom Hauptbahnhof aus losgefahren?
Die Kälte des Fahrradschlosses unterbrach meine abschweifenden Gedanken, denn ich hatte Schwierigkeiten, die richtige Zahlenkombination einzustellen. Am Ende gelang es mir nach drei Versuchen und ich machte mich auf den Rückweg, wobei mir in den Sinn kam, dass Martins Sturz wohl zumindest für Lotte ein glücklicher Umstand sein müsste.

Zu Hause angekommen, war ich zu aufgebracht, um mich hinzulegen und etwas Schlaf nachzuholen. Zu allem Überfluss fiel mir auch noch ein, dass ich heute noch einiges an Erfassungsarbeit erledigen wollte und außerdem meine Zeichenübung fertigstellen musste, weil der Abgabetermin für diese Hausaufgabe der morgige Tag war und ich mittlerweile in Erfahrung gebracht hatte, dass der Aufstieg zum Kirchturm heute gestattet war. Um also nicht unnötig Zeit zu verlieren, trank ich einen schnell aufgebrühten Kaffee, packte meine Zeichenwerkzeuge zusammen und machte mich auf den Weg zur Hochschule.

Es war gegen Mittag, als ich dort ankam, die Mensa war gut besucht und glücklicherweise saßen meine Freunde und Jonas an einem Tisch, an dem noch ein Platz frei war.
„Es gibt Neuigkeiten", begrüßte mich Jean-Marie, der heute ein rot gepunktetes grünes Halstuch trug.
„Ach, wisst ihr es schon?", fragte ich überrascht.
„Natürlich, ist ja auch schon vor einer halben Stunde durchgesickert, dass Delius die Stelle kriegt", sagte Jonas mit gelangweiltem Gesichtsausdruck.
„Dass die da jetzt so zusammensitzen können, als wenn nichts wäre", bemerkte Maren und wies mit einem kurzen Kopfnicken Richtung Theke, wovon unweit entfernt der Dekan Oldenburg, Vera Klang, Dorm und Delius zusammensaßen und zu Mittag aßen. Oldenburg und Delius schienen bester Laune, Vera Klang konzentrierte sich auf ihren Teller und Dorm schaute Richtung Ausgang.
„Der arme Dorm", sagte Ly und biss knackend in eine Möhre, die sie aus ihrem Salat gefischt hatte.
„Es konnte eben nur einer die Stelle kriegen", sagte Alex mit einem kurzen Schulterzucken und legte sein Besteck auf den Teller. Auch er wirkte übernächtigt.
In diesem Augenblick erhob sich die Gruppe der Lehrkörper, Oldenburg schüttelte Dorm die Hand und klopfte ihm aufmunternd auf die Schulter, löste aber

keine besondere Reaktion mit der wohl gut gemeinten Geste aus. Gemeinsam verließen sie die Mensa.

„Neues Spiel, neues Glück – irgendwann gibt es sicher wieder eine Ausschreibung", sagte Jonas und rückte seine gelbe Krawatte zurecht.

„Sicher, aber das kann ewig dauern", meinte Maren und verzog den Mund.

„Genau und wenn alles gut läuft, bin ich dann auch so weit, dass ich mich drauf bewerben kann" verkündete Jonas auftrumpfend.

„Das mögen die Götter verhindern", rutschte es Ly heraus, die sofort rot anlief, weil sich daraufhin alle Blicke überrascht auf sie richteten.

Jonas aber lachte nur.

„Dann kannst du ja als Hiwi bei mir anfangen", stellte er ihr gönnerhaft in Aussicht.

„Es gibt aber noch ganz andere Neuigkeiten", wechselte ich das Thema, woraufhin ich sofort die Aufmerksamkeit aller auf mich gezogen hatte.

„Hauptkommissar Martin ist tot", sagte ich und löste damit wie erwartet eine allgemeine Verblüffung aus.

„Ist im Nordbahnhof die Treppe zur Toilette runtergestürzt", erklärte ich, woraufhin Maren erleichtert ausatmete.

„O Mann", sagte sie, „ich dachte schon, der wäre jetzt auch um die Ecke gebracht worden."

„Der angenehmste Mensch war er ja nicht", meinte Alex und alle nickten zustimmend.

„Man soll ja über Verstorbene nicht schlecht reden", begann Jonas, „aber der war schon ein echter Kotzbrocken. So wie der mich bei der Befragung in die Mangel genommen hat, als wäre ich der Killer."

„Zuzutrauen wäre es dir ja", versetzte Maren und erntete einen finsteren Blick vom Killer mit der gelben Krawatte.

„Der hatte wirklich eine fiese Art", bestätigte Alex und auch Ly nickte.

„Du bist ja immer nur von dieser süßen Kommissarin ins Verhör genommen worden", stichelte Maren und grinste mich vielsagend an.
Darauf fiel mir, wie so oft in solchen Situationen, leider keine schlagfertige Antwort ein.
„Ich glaube, die Werkstatt ruft", wechselte Alex kopfschüttelnd das Thema und wir standen auf, brachten unser Geschirr zurück und machten uns auf den Weg.

Nicht alle gingen zur Werkstatt, Jonas und Ly hatten eine Vorlesung und verabschiedeten sich. Auch wenn ich manchmal den Eindruck hatte, dass unser Studium hauptsächlich aus Mensabesuchen und Kaffeetrinken bestand, so war das bei genauer Betrachtung doch eine Täuschung.
Obwohl ich etwas in Zeitnot war, wollte ich doch nachsehen, ob sich meine aktuelle Arbeit, ein abgegossenes Fundobjekt, vielleicht schon aus seiner Form lösen ließ. Auf dem Sperrmüll hatte ich einen alten Gartenzwerg entdeckt, der wohl einer Wärmequelle zu nahe gekommen war und deshalb irgendwo zwischen Unkenntlichkeit und Perfektion verschmolzen, aber dennoch als ehemaliger Gartenzwerg erkennbar geblieben war, was mich spontan in surrealistische Begeisterung versetzt und dazu bewegt hatte, den Findling mitzunehmen. Nachdem ich einen Spielzeugeimer ungefähr zur Hälfte mit flüssigem Gips gefüllt hatte, versenkte ich den Gartengnom vorsichtig kopfüber in dem Gefäß, füllte es bis auf die Höhe der Füße auf, arretierte die Figur mit Hilfe zweier Gummis, sodass sie nicht zur Seite kippen konnte und stellte das Ganze zum Trocknen beiseite. Das war jetzt schon ein paar Tage her und natürlich war der Gips so weit verfestigt, dass ich den Gummikameraden mit geeignetem Werkzeug und in mehrere Teile getrennt aus seinem Gipsbad herausarbeiten konnte, um danach auch den Eimer, der den Gips enthielt, zu entfernen und

die so gewonnene Negativform dann vorsichtig mit dem feinen Stahlband einer Garotte in zwei Hälften zerteilen zu können. Diese Teile konnte ich dann beinahe beliebig oft wieder zusammenfügen, um sie beispielsweise mit Porzellan zu füllen, dieses, wenn es fest geworden war, dann durch Auseinanderklappen der beiden Hälften wieder von seiner Form zu befreien und ihm dann, nach entsprechendem Feinschliff, im Brennofen sein endgültiges Aussehen zu verleihen. Im Geiste sah ich mich schon auf dem Pottbäckermarkt vor der Dionysius-kirche ein ganzes Heer Dali-inspirierter Gartenzwerge anbieten, als wir das Werkstattgebäude erreichten.

In der Wärme der Halle begrüßte uns Meister Eggert und Maren machte sich sofort daran, Kaffee auf-zusetzen. Gerade in dieser Zeit entfaltete dieses Ritual ein besonders starkes Gefühl von Geborgenheit.
Alex begutachtete seine neuesten Formen und fand, dass sie sich leicht verändert hatten und nochmal korrigiert werden müssten, bevor sie für den Guss brauchbar wären.
Mein Zwerg ruhte wohlbehalten in seinem Gipstopf und ich stellte ihn vorsichtig auf die Werkbank. Behutsam drehte ich ihn um und begann mit leichtem Druck und Schütteln, den festen Inhalt aus dem Topf zu befördern. Mit einem leisen, dumpfen Geräusch löste sich der Gipskegel aus dem Eimer und landete wohlbehalten auf dem bereitgelegten Tuch. Soweit sah mein Werk schon ganz passabel aus, zumindest schien es gut durch-getrocknet zu sein. Doch noch musste der Gartengnom auf seine Befreiung aus der harten Schale warten, denn die Zeit war schon so weit fortgeschritten, dass ich nur noch für den Rest der Kaffeerunde in der Werkstatt bleiben konnte. Daher stellte ich den Gipsblock erst einmal in eines der Regale, wo schon etliche ähnliche Objekte auf Vollendung warteten.

„Haben Sie schon gehört, dass Delius das Rennen um die freie Stelle gemacht hat?" sagte Maren an Eggert gerichtet und goss ihm Kaffee in seinen Becher.
„Ach was", sagte der Werkstattmeister überrascht und fuhr sich durch seinen Bart, was eine kleine Tonstaub-Wolke erzeugte, „aber Herr Delius ist ja auch wirklich ein guter Dozent, soweit ich weiß."
„Stimmt", bestätigte Alex, „man kann ihm zwar nicht immer ganz folgen, aber er ist auf jeden Fall immer unterhaltsam."
„Dorm hätte es auch verdient", meinte Maren und Eggert nickte zustimmend.
„Genau", sagte Jean-Marie, „was der alles weiß, ein wandelndes Lexikon."
Wir tranken den frischen Kaffee und Eggerts Blick fiel prüfend auf Marens Taufbecken.
„Wollten Sie da nicht noch etwas anpassen?" fragte er nachdenklich.
„Ja, ja, mache ich noch", antwortete sie, wobei wir alle wussten, dass das wohl nie geschehen würde, zumindest nicht so, wie Eggert es vorgeschlagen hatte.
Obwohl das Getränk noch recht heiß war, leerte ich meinen Becher schnell.
„So, meine Lieben", verkündete ich in die Runde, „ich muss noch ein bisschen Daten erfassen und dann die Perspektiv-Hausarbeit fertig kriegen. Also, macht's gut."
Alle hoben zum Abschied die Becher und ich verließ die Werkstatt. Noch immer hatte es nicht zu tauen angefangen und bei jedem Schritt knackte und knirschte es unter meinen Schuhen. Es würde ziemlich kalt auf dem Kirchturm werden, das war mir klar.

Aber zuerst einmal musste ich ja noch mein Pensum am Erfassungs-PC erledigen. Ich hatte gerade den Raum betreten und meine Jacke ausgezogen, da klingelte mein Handy.
„Wo bist du gerade, Jo?", fragte Lotte.

„In der Hochschule", antwortete ich sofort.
„Prima", sagte sie, „ich bin noch im Nordbahnhof und kann in zehn Minuten bei dir sein. Wir müssen reden."
Wie sich das anhört, dachte ich. Also nannte ich ihr die Raumnummer unseres Erfassungsraums und wartete gespannt auf ihre Ankunft.
Es dauerte ein wenig länger als angekündigt, aber dann klopfte Lotte an die Tür und ich öffnete ihr. Ihre Wangen waren gerötet, sie zog sich ihre Strickmütze vom Kopf und die Handschuhe aus.
„Was gibt es denn Neues?", fragte ich gespannt.
Sie setzte sich auf den freien Stuhl mir gegenüber und atmete tief ein.
„Es kann sein, dass Martin ermordet wurde", sagte Lotte.
Das dauerte, bis mir die Bedeutung dieser Mitteilung klar wurde.
„Wieso soll er ermordet worden sein, er ist doch die Treppe heruntergefallen, hattest du gesagt?"
Lotte nickte und fuhr sich mit der rechten Hand durch ihr kurzes braunes Haar, das von der Mütze sowieso schon ziemlich durcheinander gebracht worden war.
„Ein Ober hatte bemerkt, dass jemand zu Martin gekommen war, kurz bevor er die Treppe hinuntergestürzt ist und dieser Jemand war nicht mehr da, als man Martin fand."
„Und wer war das?", wollte ich wissen.
„Das wissen wir nicht", sagte sie bedauernd, „denn der Ober hatte die Person nur ganz kurz gesehen und in der Ecke, wo Martin saß, konnten die wenigen Gäste, die sonst noch im Lokal waren, auch nichts Genaues erkennen. Es war nur ein Gast, der überhaupt mitbekommen hatte, dass jemand an Martins Tisch herangetreten war. Es ist noch nicht einmal klar, ob es ein Mann oder eine Frau war, so ungenau sind die Angaben des Zeugen."
„Und weshalb meinst du, dass diese Person Martin ermordet hat?"

„Der Ober hat aus der Ferne und eher aus dem Augenwinkel heraus mitbekommen, wie dieser Gast aus der Tür, die zu den Toiletten führt, herauskam und dann sehr schnell zum Ausgang gelaufen und verschwunden ist. Ihm kam das auffällig vor, weil er erst vermutete, dass da jemand die Zeche prellen wollte, aber als er das gecheckt hatte, ist er schließlich zur Treppe gegangen, um nach dem Rechten zu sehen und dort hat er dann Martin gefunden."
„Du meine Güte", sagte ich, „kann das vielleicht auch wieder etwas mit den beiden anderen Morden zu tun haben?"
Lottes dunkelgrüne Augen schienen noch eine Schattierung dunkler zu werden.
„Offen gestanden, halte ich das für sehr wahrscheinlich und das bedeutet, dass Martin dort höchstwahrscheinlich den Mörder der beiden Studenten getroffen hat."
Es entstand eine lange Pause und mich packte ein seltsam bekanntes Gefühl.
„Weißt du, woran mich das erinnert?", sagte ich endlich.
Lotte schüttelte verneinend den Kopf.
„An Jens", sagte ich.

Während Lotte mich erstaunt anblickte, blitzten die Erinnerungen an einen verregneten Herbsttag vor einigen Jahren in mir auf. Damals waren wir noch auf dem Gymnasium, in der Oberstufe, zwölfte Klasse. Auch zu dieser Zeit gab es die üblichen Cliquen und Lotte hatte sich wegen ihrer besten Freundin Klara, deren Freund Jens der Wortführer einer der Gruppen war, dieser Truppe angeschlossen. Als wäre es gestern gewesen, sah ich ihn und seine Freunde auf dem Schulhof in einer Ecke stehen. Ich kannte fast alle in dem Grüppchen, nur einer war mir fremd und dieser etwas ältere junge Mann übergab Jens gerade ein paar kleine Plastiktütchen. Der verstaute sie in seiner Tasche und steckte dem Fremden einige Geldscheine zu. Die

Freundinnen der Schüler, darunter auch Lotte, standen etwas abseits und hatten nichts davon mitbekommen.
„Dass das mal kein Lehrer mitbekommt", bemerkte ich im Vorbeigehen und Jens schreckte hoch, sah mich ertappt und wütend an.
„Geht dich wohl nichts an, Wassen", sagte er, „verpiss dich."
„Bleib mal locker, Jens", antwortete ich im selben Tonfall. Nun wurden auch die Mädchen auf unseren Streit aufmerksam und schauten interessiert zu uns hinüber.
Anscheinend fühlte sich Jens nun in seiner Autorität verletzt, denn er kam auf mich zu, blieb auf Handbreite vor mir stehen und zischte: „Mach bloß, dass du wegkommst, hier spielen die Großen."
Das wiederum konnte ich natürlich auch nicht auf mir sitzen lassen. Außerdem waren wir fast gleich groß.
„Ich sehe hier keinen Großen", sagte ich, „nur einen kleinen Graskäufer, der sich besser nicht erwischen lassen sollte."
Zwar war er nicht größer als ich, jedoch deutlich kräftiger, denn seine regelmäßigen Besuche in einer der sogenannten „Muckibuden" hatten zu einem unübersehbaren Muskelzuwachs im letzten Jahr geführt, was ich auch gleich zu spüren bekam, als er mich mit der offenen Handfläche gegen die Brust stieß und mir kurz die Luft wegblieb, während ich nach hinten taumelte. Sich auf eine Prügelei einzulassen, wäre dumm gewesen, allerdings wollte ich nicht sang- und klanglos das Feld räumen.
„Schon gut", sagte ich, „aber dein Spezi sollte sich hier besser nicht mehr blicken lassen", legte ich nach.
„Sonst was?", fragte Jens spöttisch.
„Wie gesagt", antwortete ich betont locker, „die Lehrer haben es überhaupt nicht gern, wenn hier sowas abläuft. Schon gar nicht, wenn bestimmte Leute sich dann auch noch hier auf dem Schulgelände rumtreiben."

Jetzt fühlte sich der Grashändler direkt angesprochen. Es war ein blasser, drahtiger Typ mit dünnem Oberlippenbärtchen, weißem NY-Cappy, Goldkettchen, Trainingsjacke und weißen Turnschuhen. Bis auf eine sündhaft teure Armbanduhr entsprach er dem Klischee des Schulhofgangsters.
„Willst du mir Stress machen, Alter?", nuschelte er und machte nun ebenfalls einen Schritt auf mich zu.
Aus den Augenwinkeln sah ich, dass einer der Lehrer auf uns aufmerksam geworden war und gemächlich auf uns zukam.
„Alles cool", sagte ich, „ich wollte dich nur dran erinnern, wo hier der Ausgang ist."
Gerade als er einen weiteren Schritt auf mich zu machen wollte, bemerkte er den Lehrer und hielt abrupt inne. Sofort nahm er eine übertrieben lockere Haltung ein, hob die Hand und setzte sich in Richtung Schultor in Bewegung.
„Wir seh'n uns, Alter", sagte er im Weggehen.
Kurz darauf erreichte uns Herr Munschek, der Englischlehrer.
„Alles in Ordnung?", fragte er in die Runde.
„Alles gut", antwortete Jens und fast alle nickten.
Die Schulglocke beendete diese Schulhofepisode, doch während der folgenden Unterrichtsstunden wurde ich das immer stärker wachsende Gefühl nicht los, dass damit noch nicht das Ende des Streits erreicht war und der Typ mit dem Goldkettchen seinen Abschiedsgruß durchaus ernst gemeint hatte.
Die Zeit bis zum Schulschluss verging für mich viel zu schnell und als wir bei leichtem Regen über den Schulhof Richtung Ausgang liefen, hielt ich nach dem Grashändler Ausschau, konnte ihn aber nirgendwo entdecken. So liefen wir in einer kleineren Gruppe, zu der auch Lotte und Klara gehörten, Richtung Bushaltestelle, als ein alter Golf neben uns hielt und der Dealer zusammen mit einem Kumpan heraussprang, im Laufschritt auf mich zukam, mich erreichte und mir

einen solchen Stoß versetzte, dass ich rückwärts auf den nassen Asphalt fiel.
„Was soll das?", rief ich, aber mein Angreifer lachte nur hämisch.
„Das weißt du ganz genau, du kleiner Scheißer", war die Antwort und als ich wieder aufstehen wollte, erhielt ich von seinem athletisch gebauten Begleiter den nächsten Stoß. Niemand von der kleinen Gruppe, mit denen ich zusammen gelaufen war, wagte es, sich mit diesem Muskelpaket anzulegen. Die nächsten Passanten waren viel zu weit entfernt, um etwas zu bemerken oder nach ihnen zu rufen.
„Jetzt bleibt mal locker", versuchte ich zu beschwichtigen, aber die Mienen der beiden blieben finster.
„Wir mögen es gar nicht, wenn sich einer in unsere Angelegenheiten einmischt, kapiert?", sagte der mit dem NY-Cappy.
„Aha", antwortete ich und versucht wieder aufzustehen, aber der Faustschlag seines Kumpanen ließ mich ein drittes Mal auf dem regennassen Bürgersteig landen.
„Aufhören oder wir rufen die Polizei", rief in diesem Moment Lotte und die beiden Kleinstadtgangster schauten sie verblüfft an.
Diesen Moment der Ablenkung nutzte ich, um aufzuspringen und Richtung Kreuzung loszurennen, wo zahlreiche Erwachsene standen und von wo aus auch das nächste Polizeipräsidium nicht weit entfernt war. Zu Fuß einholen konnten sie mich nicht mehr, dafür war ich zu schnell und mit dem Wagen eine Verfolgungsjagd zu starten, war zu riskant. Daher gaben die beiden Kleinganoven auf, fuhren in Richtung Stadtgrenze davon und ich machte mich auf den Weg zur Polizeistation, wo ich Anzeige erstattete.
Es kam tatsächlich zu einem Prozess, die beiden erhielten zur Strafe einige Sozialstunden und wurden danach nicht mehr an unserem Gymnasium gesehen.

Es war die Erinnerung an genau diese Furcht vor einem bevorstehenden Unheil, die mich während des Wartens auf die Schulglocke erfasst hatte, verbunden mit der Erinnerung an die Rettung durch Lottes Eingreifen, die wie ein Blitzlicht aus der Vergangenheit in mir aufgetaucht war.

„Das war ganz schön mutig von dir damals", sagte ich. Doch bevor sie etwas darauf erwidern konnte, klopfte es zweimal kurz an der Tür und Viktor Dorm betrat den Raum.
„Oh, Frau Becker", begrüßte er Lotte leicht irritiert, „was führt Sie zu uns?"
„Tag, Herr Dorm, ja, ich hatte noch ein paar Fragen an Herrn Wassen", erklärte sie, „und da ich gerade in der Nähe war, bin ich einfach vorbeigekommen."
Sie blickte auf die Kisten und Bücherstapel.
„Das sieht ja nach viel Arbeit aus", stellte sie fest, wohl um das Gespräch in eine unverfängliche Richtung zu lenken.
„Wir erfassen den Nachlass eines Kunstmäzens", erklärte der Dozent.
Lotte strich mit den Fingern über ein Nachschlagewerk und betrachtete das Titelbild.
„Diese Pferde - ist das nicht von Franz Marc?", sagte sie.
„Ja, ganz genau", bestätigte Dorm lächelnd, „der Bankier, dem wir diese Dokumente und Erstausgaben zu verdanken haben, lebte zu dieser Zeit und hatte eine große Leidenschaft für die Kunstrichtung des Blauen Reiters. Das Bild hier auf dem Buch entstand ungefähr 1912 und wurde später 1937 als „Entartete Kunst" von den Nazis aus dem Berliner Kronprinzenpalais entfernt, danach hat es dann Herrmann Göring gekauft. Nach Kriegsende verliert sich die Spur des Bildes, bis heute ist es nicht wieder aufgetaucht."
„Und hier im Nachlass war es auch nicht dabei?", scherzte Lotte und lachte.

„Nein, leider nicht, die Kisten enthalten nur Dokumente, Postkarten, ein paar Plakate und hauptsächlich Bücher", versicherte Dorm lächelnd.
„Sind denn wenigstens die Bücher wertvoll?" fragte sie. Der Dozent schüttelte den Kopf.
„Nicht besonders, vermutlich findet man die teureren Bände auch noch im Internet angeboten", sagte er. „Interessanter sind da eher die handschriftlichen Anmerkungen dieses Kunstfreundes, aber die müssen wir erst noch sauber erfassen und dann auswerten. Könnte eine schöne Doktorarbeit draus werden", sagte Dorm und wies auf das von Lotte angesprochene Buch.
„Das finde ich schon spannend, auch eine Art Detektivarbeit", sagte Lotte und begann, in dem Buch zu blättern.
Mir gefiel nicht, wie intensiv Dorm sie dabei anschaute und ich fühlte mich in den Hintergrund gedrängt, daher fand ich es an der Zeit, mich in das Zwiegespräch einzuschalten und so holte ich das Büchlein aus der unteren Ecke der Kiste, wo ich es zuletzt verstaut hatte.
„Was handschriftliche Aufzeichnungen angeht, so gibt es hier zum Beispiel ein ganzes Tagebuch voller Notizen", sagte ich und hielt es Lotte hin, die sofort interessiert darin zu blättern und sich darin zu vertiefen begann.
„Wie schön, auch die kleinen Skizzen hier", sagte sie. Dorm und ich schauten hinein. Da sie am Ende des kleinen Buches zu finden waren und ich immer nur kurz hineingeschaut hatte, hatte ich ihnen noch keine besondere Aufmerksamkeit geschenkt. Rehe und Kühe, soweit ich auf den ersten Blick erkennen konnte, die mich entfernt an das abgerissene Blatt erinnerten, das ich an die Wand geheftet hatte.
„Da hat wohl einer von den Blauen Reitern abgezeichnet", stellte ich fest, „hab letztens auch noch ein größeres Blatt gefunden, das so ähnlich aussah. Leider war es angerissen und ist wohl beim Aufräumen weg gekommen."

Lotte blätterte zurück und zeigte auf die gut leserliche Handschrift.
„Da scheint jemand sehr verliebt gewesen zu sein", sagte sie und blätterte weiter.
„Ich habe auch schon ein paar Seiten davon gelesen und fand es ganz interessant", sagte ich, „vielleicht nehme ich es heute mit und lese es als Bettlektüre."
„Das sollten Sie schon hier lesen, Johannes. Wäre doch schade, wenn es beschädigt würde", warf Dorm ein.
„Von wem ist das Buch eigentlich?", fragte Lotte.
Dorm streckte die Hand aus und Lotte reichte es ihm. Er schaute am Anfang und am Ende des Buches nach einem entsprechenden Hinweis, schlug noch ein, zwei Innenseiten auf, um vielleicht im Text einen Hinweis zu entdecken, gab es ihr dann aber mit einem Kopfschütteln zurück.
„Da finde ich keinen Autor genannt, vielleicht kann man es erschließen, wenn man es erst einmal vollständig gelesen hat. Du kannst „NN" als Verfasser eintragen, wenn du es erfasst, Johannes", sagte er mir zugewandt und fuhr sich durch seine Lockenmähne.
„Nun, eigentlich wollte ich mich ja nur ganz allgemein nach dem Stand der Erfassung erkundigen", sagte Dorm schließlich und schaute mich fragend an.
„Ja, wir kommen gut voran", sagte ich, „am Ende der Woche werden Alex und ich den Inhalt der ersten fünf Kisten eingegeben haben. Heute komme ich aber nicht mehr besonders weit, ich muss noch eine Zeichen-Hausaufgabe für Dr. Klang fertigstellen. Perspektive, vom Dionysius-Turm aus gezeichnet. Spätestens in einer Stunde muss ich los, sonst wird es zu dunkel."
„Na, dann will ich dich mal nicht länger von der Arbeit abhalten. Wenn ihr die fünf Kisten geschafft habt, schaue ich mir die Übersicht genauer an. Bin immer noch auf der Suche nach einem neuen Thema für das nächste Semester", sagte Dorm, schüttelte Lotte zum Abschied die Hand und nickte mir aufmunternd zu.

Eine kurze Weile sagten wir nichts, nachdem der Dozent die Tür hinter sich geschlossen hatte.
„Da hast du ja doch gut im Kunstunterricht aufgepasst", sagte ich schließlich, um das Gespräch wieder in Gang zu bringen.
Lotte lachte.
„Mein lieber Jo, ich bemerke mehr, als es scheint", sagte sie und schaute mich belustigt an.
„Und Kunst hat mich doch auch damals schon interessiert, fast hätte ich Kunstgeschichte studiert", fügte sie hinzu. Jetzt war ich überrascht, denn wenn ich mich richtig erinnerte, waren ihre starken Fächer Mathematik und Fremdsprachen gewesen. Ich hätte also erwartet, dass ihre Studieninteressen eher in der Betriebswirtschaft, der Informatik oder einer der Fremdsprachenstudiengänge gelegen hätten.
„Weshalb bist du dann zur Polizei gegangen?", wollte ich wissen.
Sie überlegte einen Augenblick.
„Vielleicht wollte ich bei den Guten sein?"
Ob das jetzt ernst gemeint war, konnte ich nicht erkennen. Was ich allerdings ganz deutlich wahrnehmen konnte, war wieder ihr Frühlingsparfüm, das unaufdringlich über den Büchermief siegte.
„Aber du wärst doch auch ohne den Sheriffstern eine Gute", sagte ich und klopfte mir insgeheim selbst auf die Schulter für diese meiner Meinung nach gelungene Schmeichelei.
Wieder lächelte sie, allerdings eher mitleidig.
„Die Gute muss jetzt Gutes tun und als neue kommissarische Leiterin der Untersuchung ihre Arbeit fortsetzen", sagte sie seufzend und griff nach ihrer Mütze und den Handschuhen.
„Vielleicht hat Martin noch irgendwelche Hinweise in seinen Unterlagen hinterlassen", fügte sie hinzu.
„Ich wünsche dir und - ehrlich gesagt - uns allen, dass das so sein wird", antwortete ich.

„Ja“, stimmte sie zu, „hoffentlich kriegen wir den Täter bald, „bevor vielleicht noch jemand ums Leben kommt.“
„Meinst du, das geht immer weiter?“, sagte ich.
„Ich hoffe nicht“, sagte sie und setzte ihre Mütze auf.
„Dann bis bald, Jo“, sagte sie und diesmal überraschte mich der Abschiedskuss nicht mehr.
Ihr Besuch hatte in mir Erinnerungen geweckt, an die ich lange nicht mehr zurückgedacht hatte. Wer erinnert sich auch schon gern an so etwas zurück? Nach dem Vorfall vor unserem Gymnasium, das wurde mir in diesem Moment nochmal bewusst, hatte sie sich von Klaras Gruppe gelöst, tauchte mal in dieser, mal in jener Gruppierung auf, ohne sich einem Kreis fest anzuschließen. Gelegentlich trafen wir uns noch auf der einen oder anderen Feier oder in einem Kurs, aber nie hatten wir noch einmal über den Überfall gesprochen. Mir wurde etwas heiß bei dem Gedanken, dass ich mich nicht daran erinnern konnte, mich einmal richtig bei ihr bedankt zu haben und ich nahm mir fest vor, das bei nächster Gelegenheit nachzuholen.

Kaum war sie gegangen, da betrat Alex den Raum.
„Na sowas“, sagte ich, „du bist doch gar nicht für heute eingetragen.“
Er kratzte sich am Hinterkopf und legte seinen Rucksack beiseite.
„Eigentlich wollte ich auch nur fragen, ob du vielleicht schon etwas mehr über die Verbrechen weißt“, sagte er.
„Verstehe, also was Tristan und Benno angeht, da habe ich keine Neuigkeiten und bei Martin ist noch alles unklar“, sagte ich vorsichtig, denn schließlich wollte ich Lottes Vertrauen nicht enttäuschen.
„Ach, schade“, sagte Alex und blickte nachdenklich aus dem Fenster, an dem sich Eisblumen gebildet hatten.
„Gerade habe ich die Kommissarin weggehen sehen und da dachte ich, es gibt vielleicht was Neues“, erklärte er.
Eine Weile sagte keiner von uns etwas.

„Wegen Vera", sagte er schließlich, „eigentlich frage ich wegen Vera. Wenn der Täter gefasst ist, würde nichts mehr zwischen uns stehen, verstehst du?"
Immerhin war das eine plausible Erklärung für sein unvermutetes Erscheinen, dachte ich mir.
„Na klar, Alex", sagte ich, „du kannst ganz unbesorgt sein, dass die Polizei alles daran setzt, den oder die Täter zu finden."
Etwas plötzlich griff er nach seinem Rucksack, so dass ich leicht erschrak.
„Dann warte ich eben weiter", sagte er mit resignierendem Tonfall.
„Klar, mehr können wir leider alle nicht tun", stimmte ich ihm zu.
„Bis dann", sagte er noch und als er die Tür im Weggehen schließen wollte, hörte ich ihn jemanden grüßen. Die Tür wurde nicht von ihm geschlossen, sondern von Delius, der nun den Raum betrat. Heute herrschte anscheinend ein großes Interesse am Stand der Erfassung.
„Hallo Wassen", sagte der Dozent und ließ seinen Blick durch den Raum schweifen, „ich wollte mal kurz mit Ihnen sprechen."
Er legte sein Jackett ab und setzte sich auf den Stuhl neben meinem babylonischen Turm.
„Wie Sie sicher schon gehört haben, werde ich demnächst an der Hochschule fest angestellt", begann er.
„Ja, ich habe schon davon gehört. Glückwunsch!", sagte ich.
Delius nickte und lächelte selbstbewusst.
„Nun ja, wie Sie aber sicher auch wissen, bedeutet das, dass Kollege Storm weiterhin als freier Dozent für die Hochschule arbeiten wird."
Ich war gespannt, worauf er hinaus wollte.
„Vermutlich ist Ihnen ja bekannt, dass das Gehalt für einen freien Mitarbeiter an einer Hochschule nicht gerade großartig ist. Man kann gerade eben die

Grundkosten bestreiten und für Hobbies und so weiter bleibt da nicht viel. Kurz: Große Sprünge sind da nicht drin."
„Ja, das weiß ich", sagte ich und nickte zur Bestätigung.
„Ich könnte also verstehen, wenn er hier für sich keine Zukunft mehr sehen und sich nach einer anderen Stelle umschauen würde", fuhr er fort.
Der Groschen war bei mir noch nicht gefallen, deshalb schwieg ich und wartete auf weitere Eröffnungen.
„Ich halte es sogar für sehr wahrscheinlich, dass er eher früher als später das Weite suchen wird und das würde bedeuten, dass ich mich viel intensiver um das Schenkungsprojekt kümmern müsste als zur Zeit."
Mir fiel wieder ein, dass Dorm sich ja gerade erst nach neuen Themen für kommende Semester umgeschaut hatte, was mir zunächst im Widerspruch zu Delius Annahme zu stehen schien, doch dann ging mir auf, dass er diese Vorbereitungen ja auch durchaus an einer anderen Wirkungsstätte würde nutzen können. Delius Vermutung war also nicht unberechtigt.
„Wenn ich es richtig einschätze", sagte Delius und sein Blick ließ keinen Zweifel daran, dass er von der Richtigkeit seiner Bewertung überzeugt war, „dann kümmern in erster Linie Sie sich um das Projekt."
„Neben Ly Lien und Alex Budnik", ergänzte ich.
„Ja, ja, genau", sagte er etwas ungeduldig, „aber Sie arbeiten doch am häufigsten hier und kennen sich am besten aus", sagte er.
„Wir sollten also enger zusammenarbeiten", fügte er hinzu und beugte sich vor, „und deshalb werde ich demnächst häufiger vorbeischauen, um einen genaueren Überblick über den Bestand zu bekommen."
Das war es also, was er mir nahebringen wollte. Aber hätte das nicht noch Zeit gehabt? , fragte ich mich.
Oder suchte er nur einen Grund, sich intensiv mit den Erbstücken zu beschäftigen? Vermutete er hier vielleicht etwas, das er heimlich versilbern könnte, um seine Spielleidenschaft zu finanzieren? Da hätte ich ihn

beruhigen können, denn nach allem, was ich bisher gesehen hatte, war wohl nichts Wertvolles dabei. Sollte ich ihm das schon mal andeuten, um in Zukunft weiterhin möglichst ungestört arbeiten zu können? Delius sah mir an, dass ich intensiv nachdachte.
„Keine Sorge, Wassen", sagte er mit einer jovialen Handbewegung, „ich will Sie nicht kontrollieren. Mir geht es nur darum, einen guten Job zu machen und da sollte ich natürlich über unser teuerstes Projekt genau Bescheid wissen."
„Schon klar", sagte ich, "kein Problem. Das haben Sie schnell drin, die Übersicht der erfassten Dokumente kann ich Ihnen auch ausdrucken oder als PDF zuschicken."
„So eilig ist es dann auch wieder nicht", winkte Delius ab und stand auf.
„Jetzt habe ich Sie aber lange genug von der Arbeit abgehalten", sagte er und zog sein Jackett wieder an.
„Nun denn, frohes Schaffen!", sagte er, ging hinaus und ließ mich einigermaßen irritiert zurück.
Schon fragte ich mich, wer wohl als nächstes durch die Tür kommen würde, aber als nichts weiter geschah, überlegte ich eine Zeitlang ohne Ergebnis, was Lotte wohl von Delius Auftritt gehalten hätte. Immerhin war das etwas, was ich beim nächsten Treffen mit ihr ansprechen könnte.

Viel Zeit war mir für die Datenerfassung nicht mehr geblieben, aber ich tat mein Bestes, um die Arbeit wenigstens mit einem halbwegs akzeptablen Ergebnis und einem gutem Gewissen zu beenden. Erst als es höchste Zeit für mich wurde, schaltete ich den Rechner aus, legte die abgearbeiteten Dokumente an ihren Platz, zog meine Jacke an und machte mich auf den Weg.

Es wurde dunkel und die Luft roch verbraucht, als ich mit meinem Rad Richtung Innenstadt fuhr. Ich hoffte,

dass jetzt nur kein Nebel aufkommen möge, weil ansonsten von den Gebäuden vom Kirchturm aus gesehen nicht viel zu erkennen sein würde.
Zum Glück waren die Straßen schnee- und eisfrei, so dass ich ziemlich schwungvoll in die Prinz-Ferdinand-Straße einbiegen konnte, die wie immer so zugeparkt war, dass die Autofahrer meist nicht anders konnten, als bedrohlich nahe an Radfahrern wie mir vorbeizufahren. An der Kreuzung zur Marktstraße bog ich rechts ab und fuhr diese geradeaus durch bis ich linker Hand das Kaiser-Wilhelm-Museum passierte. Aus alter Gewohnheit verließ ich die Straße und überquerte, das Rad neben mir her schiebend, den Karlsplatz vor dem Museum, um in dem kleinen Keramikgeschäft gegenüber vom Haupteingang nach den neuesten Ausstellungsstücken zu schauen. Fast wäre ich ausgerutscht, als ich in einer Gruppe von, wie ich vermutete, Obdachlosen und Drogensüchtigen, die sich um eine der Bänke auf dem Platz versammelt hatten, den Dealer mit dem NY-Cappy zu sehen glaubte. Den Blick abgewandt, damit er mich nicht wiedererkennen konnte, schob ich meinen Drahtesel Richtung Keramikladen, stellte ihn unabgeschlossen davor ab und betrat das Geschäft. In der Wärme des Raumes stand ich einige Zeit lang mit gesenktem Blick vor den Auslagen, bis ich vorsichtig durch das Schaufenster nach draußen spähte, um festzustellen, ob ich mich vielleicht geirrt hatte. Der Mann, den ich im Verdacht hatte, der Schulhofdealer gewesen zu sein, stand mit dem Rücken zu mir, redete heftig auf die umstehenden Schicksalsgenossen ein, bis ihm einer eine Bierflasche reichte. In dem Moment, als er sie zum Trinken ansetzte und das Gesicht leicht drehte, fiel das Licht einer Laterne auf ihn und meine Erleichterung kannte keine Grenzen, als ich feststellte, dass ich mich getäuscht hatte. Schnell verabschiedete ich mich von der Besitzerin, verließ den Laden und nahm meine Fahrt wieder auf, während der ich mich mehr und mehr darüber ärgerte,

dass ich mich offensichtlich in einem Zustand befand, in dem ich schon Gespenster zu sehen begann. Allein der Umstand, dass der Marihuana-Dealer aus meiner Schulzeit mir gerade heute, wo ich mich an diesen weit zurückliegenden Überfall erinnert hatte, wieder begegnen würde, wäre allein schon so unwahrscheinlich gewesen, dass ich nicht so leichtfertig an ein Wiedertreffen hätte glauben dürfen. Ich ärgerte mich darüber, dass ich mich derart von meiner Angst hatte verunsichern lassen.
Mit mir selbst hadernd und vor Kälte zitternd, fuhr ich, ohne es zu ahnen, dem schlimmsten Erlebnis meines Lebens entgegen.

9. Kapitel: Der Kalender

Endlich bist Du angekommen. Doch weshalb schaust Du so betrübt statt freudig unser Wiedersehen zu genießen? Hat zuletzt die lange Trennung Dich an unserer Liebe zweifeln lassen?
Doch nein – ein Kuss genügt und alle Ängste sind verflogen.
Halt ein, mein Engel, was macht es schon, dass Du die Blätter liegen ließest. Bei meinem lieben Förderer sind sie in guten Händen. Was viel mehr zählt, ist Dein Entschluss, die dunkle Stadt weit hinter Dir zu lassen.
Deine Koffer trage ich gern, die Kutsche wartet schon auf uns.
Lass uns den Winter rasch vergessen und an den güldnen Sommer denken: Im Juni feiern wir Vermählung!

Ohne Zweifel war es ein Fehler, die Hausaufgabe wieder einmal bis zum letzten Moment hinauszuzögern, denn der Nebel hielt sich zwar zurück, aber die Luft war so feucht, dass die Kälte sich überall dort sofort in die Haut fraß, wo die schützende Kleidung verrutschte.
Andererseits war der Zugang zum Balkon der Kirche nicht an jedem Tag möglich und ich konnte nur hoffen, dass die feuchtkalte Witterung nicht dazu geführt hatte, dass der Zugang zum Balkon wegen Glatteisbildung nun doch gesperrt worden war.
So schnell es bei diesen Straßenverhältnissen möglich war, fuhr ich meinem Ziel entgegen, überquerte ordnungswidrig und ohne abzusteigen den großen Platz vor der Kirche und erreichte schließlich das Eingangs-portal, wo ich trotz der Handschuhe mit etwas klammen Fingern mein Rad abschloss, die wenigen Stufen zum Eingang hocheilte und den immerhin leicht gewärmten Innenraum des Gotteshauses betrat.

Der Küster stand nicht weit entfernt von der Eingangspforte neben der rundlichen Statue des offensichtlich wohlgenährten Kirchenpatrons. Gerade sortierte er die Gebetbücher, als er mich eintreten sah. Er erkannte mich gleich wieder und kam auf mich zu, um mich mit einem fröhlichen „Grüß Gott, Herr Kommissar" zu begrüßen.
„Ich hoffe, Sie kommen gut voran mit Ihren Nachforschungen?", erkundigte er sich, bevor ich seinen Irrtum aufklären konnte, der mir nach kurzem Nachdenken allerdings nicht ungelegen kam.
„Ja, ja, es geht voran", antwortete ich meine unerwartete Beförderung ausnutzend und deutete mit meiner noch behandschuhten Linken in Richtung Treppe.
„Ich müsste nochmal nach oben – Recherche", sagte ich, womit ich ja immerhin teilweise bei der Wahrheit blieb und den Kirchendiener in seinem Glauben ließ.
„Aber natürlich", sagte der ganz in schwarz gekleidete Mann mit heftigem Kopfnicken, „vor einer halben Stunde erst habe ich nachgesehen, ob es nicht zu gefährlich ist, aber es ist alles eisfrei."
Erleichtert bedankte ich mich und wandte mich der Treppe mit den über zweihundert Stufen zu.
„Viel Erfolg", hörte ich ihn mir noch von unten nachrufen, während ich schon die ersten Stufen himmelwärts stieg.

Vorbei an der Oberfläche des Kirchenschiffs, die mit ihren Backsteinen, den Zementfüllungen, Leuchtkörpern und Holzpfaden, Stützen und Geländern eher an eine antike Ausgrabungsstätte als an die Decke eines prachtvollen Gotteshauses erinnerte, dann weiter vorüber an den Glocken, deren Inschriften um Schutz durch Maria und Josef flehten und am Ende die letzten Stufen des fast achtzig Meter hohen Turmes hoch steigend, erreichte ich schließlich den Ausgang zur Galerie. Bevor ich aber nach außen trat, musste ich

doch einen Moment stehen bleiben, um kurz Luft zu holen. Eigentlich war ich der Meinung gewesen, durch mein Fahrradfahren eine gute Kondition erworben zu haben, aber hier kam ich an meine Grenzen, was vielleicht auch damit zusammenhing, dass meine Tasche diesmal etwas schwerer war als sonst.
Wenige Schritte vor dem Ausgang war es zwar merklich kühler als im Innenraum der Kirche, doch der Unterschied zur Außentemperatur wurde für mich in ganzer Gewalt erst in dem Augenblick schlagartig spürbar, als ich durch den niedrigen Türrahmen auf den Balkon mit den steinernen Wächtern hinaustrat, wo, anders als unten in den durch die Häuser geschützten Straßen, zusätzlich ein stetiger, aber dennoch scharfer, vor allem aber nasskalter Wind die gefühlte Kälte noch gewaltig steigerte.
Daher beeilte ich mich, nachdem ich meine Lederhandschuhe gegen die Wollhandschuhe mit den freien Fingerkuppen ausgetauscht und mir eine zwar etwas albern aussehende, aber ungemein wärmende Pudelmütze aufgesetzt hatte, die bei meinem Besuch mit Lotte schon für gut befundene Position auf dem Balkon einzunehmen und das Zeichenmaterial aus meinem Rucksack zu holen.
Während ich darin herumkramte, fiel mir wieder ein, wie mir meine Großmutter vor Beginn meines Studiums diese Pudelmütze gestrickt und geschenkt hatte. Damals hatte ich sie nur widerwillig angenommen, weil sie erstens mit ihrem leuchtenden Orangerot nicht gerade meinen Geschmack traf und ich zweitens volles Vertrauen in den Klimawandel hatte, wodurch mit wirklich kalten Wintern eigentlich nicht mehr zu rechnen wäre. Da meine Oma aber weder Widerspruch noch eine meteorologische Argumentation akzeptierte, hatte ich ihr Geschenk natürlich dankend angenommen. Sie hatte allerdings mal wieder Recht behalten und so stand ich gut geschützt im Winterwind, der mir ein ums andere Mal die Tränen in die Augen trieb.

Von einem steinernen Affen und einem Zwerg bewacht nahm ich meinen Skizzenblock in die linke Hand und begann mit der rechten, die Fluchtpunkte und die ersten, für die Perspektive notwenigen Leitlinien festzulegen. Das dauerte nicht lange und so fuhr ich fort, von den mir am nächsten stehenden Häusern ausgehend, diese in Form von zunächst nur geometrischen Blöcken anzulegen, um sicherzustellen, dass bei der Ausarbeitung der Details die Perspektive stimmen würde und obwohl ich versuchte, schnell zu arbeiten, verging doch einige Zeit, bis ich die grobe Struktur der Vogelperspektive fertiggestellt hatte. Als nächstes – und da begannen meine Fingerspitzen schon gefühllos zu werden – fing ich an, die noch kantigen Formen entsprechend der darauf liegenden Schneemützen abzurunden, wobei ich immer wieder mal in meine Jackentasche greifen musste, um mein Radiergummi hervorzuholen und vorsichtig korrigierend nachzubessern. Mit den Füßen auf den harten Boden aufstampfend fragte ich mich, wie Alex das nur immer so schnell hinbekam. Anscheinend erkannte er sofort die richtigen Strukturen der Dinge und konnte diese Erkenntnis auch sofort und ohne groß überlegen zu müssen zu Papier bringen. Seine Geradlinigkeit, die ihn auch in anderer Hinsicht auszeichnete, verblüffte mich immer wieder aufs Neue und die Frage drängte sich mir auf, wie weit seine Konsequenz wohl gehen würde, wenn ein lebendiges Hindernis sich seinen Absichten in den Weg stellte. Doch schnell verwarf ich diesen beunruhigenden Gedanken und konzentrierte mich wieder auf meine Aufgabe. Mit leicht zitternder Hand setzte ich dort wieder an, wo ich zuvor einen Fehler ausradiert hatte.

Obwohl ich gute Fortschritte machte, wurde ich dennoch zunehmend unruhig, weil es langsam zu dämmern begann und das Abendlicht die weißen Schneeflächen, immer wieder unterbrochen vom gelblichen Kontrast der Schaufenster, hellblau zu färben anfing. Mehr und mehr verwandelte sich die Szenerie unter mir in ein Mosaik, das sich aus dem Licht der Fenster, der Laternen und der sich gleichmäßig langsam bewegenden Lichtpunkte, die von den vorüberfahrenden Autos stammten, und dem Weißblau des Schnees zusammensetzte. Kaum ein Laut drang von da unten bis zu mir hinauf. Ich beschleunigte meine Linienführung und als es langsam zu schneien begann, beschloss ich, dass meine Skizzen nun einen ausreichend akzeptablen Stand erreicht hatten, der mir erlauben würde, sie in Ruhe und vor allem in der Wärme meiner Wohnung fertig zu stellen.

Gerade bückte ich mich zu meinem Rucksack hinunter, um meine Zeichenutensilien zu verstauen, da hörte ich, wie jemand die Treppen heraufkam und ich vermutete, dass der Küster mich zum Gehen auffordern wollte, denn schließlich hatte auch diese Kirche nicht durchgehend geöffnet.
Wie groß war meine Überraschung, als nicht der Kirchendiener, sondern Viktor Dorm, sich unter dem Türbogen bückend, auf den Balkon heraustrat, sich umschaute und als er mich sah, direkt auf mich zusteuerte. Es war wohl nicht nur die Anstrengung des Aufstiegs, die ihm derart die Schweißperlen auf die Schläfen getrieben hatte.
„Da bist du ja", sagte er erleichtert und kam mit großen Schritten auf mich zu, bis er nicht weit entfernt vor mir stehen blieb und mich mit seinen eleganten Lederhandschuhen an den Schultern fasste.
„Johannes", stieß er mit tiefem Bedauern in seiner vor Anspannung brüchigen Stimme, „ich kann dich wirklich gut leiden."
Völlige Verwirrung wäre noch eine stark untertriebene Beschreibung der Gedanken, die mir bei dieser Eröffnung durch den Kopf schossen. Im ersten Augenblick fürchtete ich schon, dass das eine Art Liebeserklärung

werden sollte, doch sollte ich meinen Irrtum schnell bemerken.

„Wie meinen Sie das?", fragte ich und meine anfängliche Unsicherheit verwandelte sich in heftige Beunruhigung, als ich sah, wie sich in den dunklen Augen des Dozenten Tränen zu sammeln begannen.

„Du hättest dieses Tagebuch nicht lesen dürfen", sagte er mit verzweifelter Eindringlichkeit, was mich nur noch mehr irritierte.

„Aber warum...", setzte ich zu einer Frage an, doch Dorm unterbrach mich sofort.

„Du brauchst gar nicht so zu ahnungslos tun", sagte er und Misstrauen und Zorn verfinsterten jetzt seine Gesichtszüge.

„Was meinen Sie denn?", fragte ich noch immer ahnungslos.

„Eigentlich müsstest du es doch schon gemerkt haben, als du das Fragment der Skizze gefunden hattest", sagte er und seine Stimme bekam einen lauernden Unterton.

„Das bunte Tier, das ich an die Wand gepinnt hatte?", sagte ich.

„Das habe ich nur kurz gesehen und dann war es verschwunden", sagte ich wie zur Verteidigung, ohne zu wissen, wofür ich mich hier verantworten sollte. Dorm schaute in den dunkelblauen Abendhimmel.

„Ich musste verhindern, dass jemand den wahren Wert der Skizze erkannte und die richtigen Schlüsse zog", sagte er und ich verstand ihn kaum, so leise sprach er.

„Dann haben Sie im Erfassungsraum aufgeräumt und das Blatt entfernt?", sagte ich, woraufhin Dorm kurz auflachte.

„Aufgeräumt ist gut, wirklich gut", sagte er und schaute mich wieder an.

„Da hatte ich noch die Hoffnung, dass du den Zusammenhang mit dem Blauen Reiter noch nicht erkannt hattest", sagte er und blickte mir prüfend in die Augen.

„Dann war die Skizze ein Original", sagte ich verblüfft.

„Natürlich", stieß Dorm hervor, „und wenn du das Tagebuch gelesen und verstanden hättest, hättest du damals schon erkennen müssen, das es da eine Skizzenmappe mit Bildern dieses Künstlerkreises gab, die hier, in dieser Stadt, zurückgeblieben ist."
„Und der Tagebuchschreiber gehörte dazu", stellte ich fest.
„Ganz genau", und Dorm nickte, „nur wusste ich zu dem Zeitpunkt noch nicht, dass es dieses verräterische Tagebuch gab."
Mit Entsetzten stellte ich fest, dass ich nur aus diesem Grund nicht früher in Lebensgefahr gewesen war, denn dass ich mit Dorm den gesuchten Mörder vor mir hatte, war mir mittlerweile auch aufgegangen.
„Und Tristan?", fragte ich, um Zeit zu gewinnen und um vielleicht einen günstigen Moment abpassen zu können, in dem ich an dem Dozenten vorbeipreschen könnte, der mir geschickt den Weg zum rettenden Ausgang versperrte.
Wieder füllten sich die Augen des Dozenten mit Tränen, aber ich wusste nicht zu entscheiden, ob das vor Aufregung oder aus Trauer geschah.
„Tristan hatte die Mappe entdeckt", sagte Dorm mit leiser Stimme und voller Bedauern.
„Er kam zu mir mit diesem unbezahlbaren Schatz", sagte er, „und wollte wissen, wie er damit umgehen sollte."
Seine Stimme stockte.
„Mir war sofort klar, dass der Wert dieser Bilder mich für meine ganzes Leben von allen Geldsorgen befreien könnte – endlich kein Warten mehr auf die nächste verspätete Gehaltsüberweisung, keine Angst mehr vor dem nächsten Auswahlverfahren und der nächsten Absage. Freiheit, Jo, Freiheit... . Die ganzen Jahre über kriegt man keine feste Stelle, der Verdienst wird meistens nur verzögert ausgezahlt, immer heißt es nur: Vielleicht sind Sie bei der nächsten Ausschreibung dabei... Du kannst dir nicht vorstellen, was das für ein

Leben für jemanden wie mich ist. Das hält man eine Zeitlang aus, aber irgendwann ist das alles zu viel, einfach zu viel..."
Er verfiel in einen beinahe abwesenden Zustand und schien die taumelnden Schneeflocken zu betrachten.
„Und das haben Sie ihm gesagt?", wollte ich wissen.
„Nein", antwortete er, „ich war so benommen, dass ich ihm sagte, ich wollte noch darüber nachdenken und ihm später Bescheid geben. Deshalb verabredeten wir uns für abends in der Werkstatt."
Er senkte den Blick, gab aber immer noch keine Lücke frei, die ich zur Flucht hätte nutzen können.
„Ich ging zu ihm in die Halle und machte ihm einen Vorschlag", sagte Dorm, „aber er war lehnte ihn ab. Er wollte die Bilder nicht verkaufen", sagte er leise, „wollte sie der Hochschule übergeben, der verdammte Träumer. Es kam zum Streit, er wollte gehen, ich hielt ihn fest, er riss sich los, stolperte und fiel gegen eine Werkbank."
„Dann war das aber doch nur ein Unfall", versuchte ich, ihn zu beschwichtigen.
„Ja, aber ich geriet in Panik. Wenn das herausgekommen wäre, hätte ich keine Chance mehr auf die feste Stelle an der Hochschule gehabt. Deshalb musste ich einen Ausweg finden."
Beinahe flehentlich schaute er mich an.
„Es wäre wohl auch alles gut gegangen, aber ich wusste nicht, dass der Brennofen einen Defekt hatte."
Dorm schaute nach oben, wo sich mehr und mehr Wolken sammelten, als erhoffte er sich einen Freispruch von höherer Stelle.
„Und Benno?", fragte ich vorsichtig.
Hass verzerrte schlagartig das Gesicht des Hochschullehrers.
„Der hat es nicht anders verdient", stieß er abfällig hervor.
„Tristan hatte sich ihm anvertraut, die beiden waren wohl zusammen und als er vom Tod seines Freundes

erfuhr, stellte er mich zur Rede. Er fragte mich sofort, ob ich Tristan wegen ein paar Bildern getötet hätte und da war mir klar, dass für mich alles vorbei gewesen wäre, hätte er von seinem Verdacht der Polizei erzählt. Ich gab vor, keine Zeit zu haben und wir verabredeten und zum Vortrag in Pax Christi. Ich ging nicht hinein, wartete vor der Kirche, bis die Veranstaltung beendet war und alle anderen außer Sicht waren und traf ihn dann vor dem Eingang,."

Er lachte kurz und heiser auf.

„Er wollte mich wohl erpressen, der Mistkerl. Ließ sich auf keinen meiner Vorschläge ein. Was blieb mir anderes übrig? Für alle Fälle hatte ich einen Nagel in meiner Manteltasche bereitgehalten und als alles nichts mehr nützte..."

Er machte eine wegwerfende Handbewegung.

Mir war klar, dass er damit zugegeben hatte, dass er sich für diese Alternative kaltblütig vorbereitet und damit einen geplanten Mord zugegeben hatte. Gleichzeitig war mir bewusst, dass es für mich jetzt auch keinen Ausweg mehr geben würde.

„Aber er lag doch in der Kirche, nicht draußen", warf ich ein, um das Unvermeidliche weiter hinauszuzögern.

„Ja, genau", sagte Dorm, „das war ein großes Glück, denn als ich ihn hineinbringen wollte, schaute ich in die Kirche und der Priester war wohl in die Sakristei gegangen. Es musste sehr schnell gehen und um den Verdacht auf die Teilnehmer des Vortrags zu lenken, habe ich ihn im Innenraum in das Boot gelegt, denn dort würde ein weiterer Nagelstich wohl nicht auffallen."

Ein grausamer Stolz, den er geradezu zu genießen schien, lag in seiner Stimme und es verging einige Zeit, bis er mich mit seinen Blicken wieder ins Visier nahm.

„Wie gesagt, Jo, du hättest das Tagebuch nie lesen dürfen", sagte er.

„Als du es heute hervorgeholt hast und die Kommissarin den Zusammenhang zum Blauen Reiter herstellte, war mir klar, dass du als Kunststudent über kurz oder lang

auch die Verbindung zu der zerrissenen Skizze an der Wand herstellen würdest – besonders, wenn du das Tagebuch gelesen und verstanden hättest, in dem der Schreiber davon berichtet, dass die Mappe hier bei seinem Mäzen zurückgelassen wurde, dessen Nachlass ihr erfasst. Damit wäre dann auch naheliegend gewesen, dass sich in dem Erbe nicht nur ein einzelnes Original von Franz Marc und den anderen befunden hatte. Ich habe mir das Buch vorhin vorgenommen und mir war schon nach kurzem Querlesen klar, wie gefährlich der Inhalt für mich sein könnte."
Er atmete schwer.
„Jetzt willst du sicher noch wissen, weshalb Martin seinen Unfall hatte", sagte er beinahe belustigt.
„Er war mit mir im Restaurant verabredet, um mich dort zu befragen", sagte er.
„Der alte Trottel warf mir sofort zwischen zwei Bissen Schweinshaxe vor, ich hätte ein Verhältnis mit den beiden Studenten gehabt, dass ich deshalb sein Verdächtiger Nummer eins wäre und er jetzt alles daransetzen wollte, mich zu überführen."
Dorm lachte humorlos.
„Vielleicht war das auch nur ein Schuss ins Blaue, um mich zu verunsichern, aber trotzdem war mir sofort klar, dass ich als Hauptverdächtiger in äußerster Gefahr war."
„Wie er sich daran ergötzte, als ich erschrak. Und dann ließ er mich einfach stehen, um zur Toilette zu gehen. Das war meine Chance. In meiner Panik folgte ich ihm, als wollte ich auch dorthin und oben auf der Treppe... Aber das kannst du dir ja wohl denken", sagte er resignierend.

Als mich endgültig mit aller Macht die nackte Angst packte und ich ihm gerade klar machen wollte, dass es das Beste für ihn wäre, sich zu stellen, traf mich sein mit aller Kraft gegen meine Brust ausgeführter Stoß völlig unvorbereitet, ich fiel rücklings gegen das

Geländer aus Stein und wäre sicher den Turm heruntergestürzt, hätte ich nicht im Reflex nach rechts und links gegriffen, um mich mit beiden Händen an der eiskalten Umrandung festzuklammern. Über mir sah ich den Nachthimmel und die herabstürzenden Schneeflocken, links von mir den steinernen Affen, der unbewegt in die Ferne schaute, während ich mich auf den Balkon zurückdrücken wollte. Dorm aber ließ nicht locker, stürzte auf mich zu und versuchte, mich durch weitere Schläge gegen meine Brust und auf die Hände zum Absturz zu bringen. Mich verzweifelt festklammernd drehte ich meinen Kopf nach links, dem mitleidlosen Affen entgegen, um nicht in das verzerrte Gesicht Dorms sehen zu müssen. Als ich nicht nachgab, trommelte er mit den Fäusten auf meine Hände, aber in meiner Todesangst hätte er mir schon die Finger abschneiden müssen, um mich zum Loslassen zu zwingen. Immer wieder fiel mein Blick auf den verfluchten Affen, der weiter ungerührt wegschaute. Gerade wollte Dorm nach meinen Beinen greifen, um mich mittels Hebelwirkung über den Rand zu stürzen, da hörte ich ein metallenes Knacken und Lottes Stimme.

„Loslassen oder ich schieße", rief sie, woraufhin Dorm von mir abließ und auf die uns gegenüber liegende Seite des Balkons und somit außer Sicht flüchtete. Sofort stemmte ich mich wieder zurück auf den sicheren Boden des Rundgangs und sah rechts von mir heftig atmend und mit gezogener Dienstpistole Lotte im Zugang der Galerie stehen. Von Dorm sah und hörte man nichts.

„Komm zu mir", rief Lotte und natürlich gehorchte ich ohne Zögern. Wir stellten uns mit dem Rücken zum Durchgang und sie hielt die Waffe fest in der erhobenen Hand, wie ich es sonst nur aus Fernsehkrimis kannte.

„Kommen Sie langsam zu mir, Dorm", rief sie, „von hier entkommen Sie uns nicht mehr. Die Kollegen sind auch gleich hier. Geben Sie auf, es ist sinnlos, noch an Flucht zu denken."

Eine Weile war nur der Wind zu hören, der die Schneewolken um den Turm herumwirbelte, dann Schritte, schließlich erschien Dorm wieder hinter dem Rund der Kuppel hervortretend und kam langsam auf uns zu. Er wirkte erschöpft, sein sonst so adrettes Gesicht war tief zerfurcht, sein Blick hoffnungsleer.

„Sie haben recht", sagte er leise, „das alles ist sinnlos. Drei Tote für nichts und wieder nichts."

Seine schwarzen Haare waren übersät mit glänzenden Schneeflocken, als er wie erlöst über die nächtliche Stadt blickte.

Von unten hörten wir hastige Schritte die Treppe heraufkommen, die Verstärkung musste gleich bei uns sein. Lotte machte den Weg zur Tür rückwärtsgehend frei, um das Einsatzkommando durchzulassen.

„Stell dich hinter mich, Johannes", sagte sie und bereitwillig folgte ich ihrer Anweisung.

Dorm stützte seine Hände auf das Geländer und schaute über die Dächer der Stadt, als wollte er diesen Anblick ein letztes Mal in sich aufnehmen, bevor er für immer hinter Gittern verschwinden würde. Mir kam mit einem Mal der Gedanke, dass er sich hinunterstürzen wollte und ich vermute, Lotte hatte dieselbe Idee.

„Wenn Sie sie sich jetzt noch weiter in die falsche Richtung bewegen, schieße ich Sie ins Bein", drohte Lotte, woraufhin der Dozent sie in furchtbarer Gelassenheit wie abwägend anschaute.

Das war der Moment, in dem der erste Mann der Einsatztruppe vor Lotte und mir durch die Tür stürmte, ihr die Sicht nahm und Dorm die Gelegenheit ergriff, den Folgen seiner Taten endgültig zu entkommen. Kein Schrei, kein dramatisches Abschiedswort, nur Schneegestöber, ein Polizist, der seine Waffe senkte, Lotte und ich, die wir fassungslos dorthin blickten, wo eben noch Viktor Dorm gestanden hatte.

„Hoffentlich hat er unten keinen getroffen", bemerkte der vermummte Polizist trocken, zu dem jetzt noch zwei weitere hinzukamen.
„Komm, Jo", sagte Lotte leise und verstaute ihre Waffe, „lass uns gehen."
Warum ich noch in der Lage war, meinen Rucksack aufzuheben und mich erst dann mit ihr an den Abstieg zu machen, kann ich mir nicht mehr erklären, jedenfalls kamen uns auf dem Weg nach unten immer wieder Polizisten mit und ohne Uniform entgegen. Im Innenraum der Kirche wurde ich gleich von einem Sanitäter mit einer Art Plastikfolie umwickelt und zu einem Notfall-Krankenwagen geführt, wo man mir einen heißen Tee anbot, den ich gern annahm. Erst da nahm ich wahr, wie zerschunden meine Hände waren.

Lotte hatte ich auf dem Weg zum Wagen aus den Augen verloren, der Platz war gefüllt mit Schaulustigen und Polizisten, irgendwo blinkte blaues Warnlicht und beleuchtete die stetig fallenden Schneeflocken wie eine Discokugel die Tanzenden.
Natürlich war es nicht nur die Kälte, die mich zittern ließ, aber nach und nach beruhigte ich mich doch und als Lotte wieder auftauchte und sich neben mich setzte, fühlte ich mich schon wieder deutlich besser.
„Na, Jo", sagte sie leise und strich mir durchs Haar, „alles gut?"
„Jetzt ja", antwortete ich und nahm einen großen Schluck aus der Teetasse, wobei mir etwas einfiel.
„Sag mal, Lotte, wie kam es eigentlich, dass du auf einmal da oben aufgetaucht bist?
„Tja, mein lieber Watson", sagte sie lächelnd, „ das war nichts weiter als das Ergebnis ganz normaler Polizeiarbeit."
„Im Ernst?", sagte ich ungläubig.
„Im Ernst. Du erinnerst dich, dass ich nach meinem Besuch bei dir noch ins Büro musste, um in den Unterlagen von Martin vielleicht irgendeinen Hinweis auf

seine letzten Untersuchungsergebnisse zu finden?" Ich nickte müde.
„Genau das habe ich gemacht und ich fand im Kalender auf seinem Schreibtisch den Eintrag „Dorm" - genau für den Zeitraum, als Martin ums Leben kam. Wenn also Martin in dem Restaurant ermordet wurde und wenn die von der Bedienung nicht identifizierte Person Dorm gewesen war, dann war es sehr wahrscheinlich, dass Dorm der Mörder von Martin und wohl auch von Tristan Wagner und Benno Meinhard war."
„Aber warum bist du dann auf den Kirchturm gekommen?", fragte ich.
„Ganz einfach: Wenn Dorm der Mörder war und Studenten ermordete, dann musste es höchstwahrscheinlich ein Motiv geben, das seinen Ursprung in der Hochschule hatte. Mir fiel ein, dass du erwähnt hattest, dass du das Fragment einer Skizze gefunden hattest, das an den Stil der Blauen Reiter erinnerte. Was wäre also, wenn diese Skizze ein Original war, sich in dem Nachlass noch weitere dieser wertvollen Bilder befunden hatten und dieser Fund der Grund für die Morde war? Du hattest, ohne es zu wissen, wohl das Motiv entdeckt, als Dorm mit uns im Arbeitszimmer war und das wiederum bedeutete, dass du in größter Gefahr warst." Lotte legte einen Arm um meine Schulter.
„Und da erinnerte ich mich daran, dass du vorhattest, heute noch auf den Turm zu steigen, wo sich bei diesem Wetter sicher niemand anderes aufhalten würde – die perfekte Gelegenheit für einen Mord ohne Zeugen."
Trotz meiner Benommenheit erfasste mich eine Welle der Bewunderung für Lotte, die ihre Folgerungen so ruhig erzählt hatte, als wäre das alles nichts Besonderes.

Auf der Einstiegskante des Krankenwagens sitzend sah ich in Lottes Gesicht, auf dem immer wieder einzelne Schneeflocken landeten und schmolzen. Nach Dorm

fragte ich gar nicht erst, den Sturz konnte niemand überlebt haben.
Meine Hände waren von den Sanitätern verbunden worden, denn beim Versuch, mich festzuhalten, hatten sie durch Dorms Hiebe ja einiges abbekommen, aber zum Glück war nichts gebrochen und so übergab ich Lotte leicht zitternd meinen noch nicht leer getrunkenen Becher, bevor ich das Bewusstsein verlor. Das letzte, was ich sah, war Lottes erschreckter Gesichtsausdruck und dahinter, wie in einer Schneekugel, der Kirchturm, von dem aus der steinerne Affe in mitleidloser Gleichgültigkeit über die Stadt blickte.

Als ich erwachte, war das erste, was ich sah, wieder Lottes Gesicht, das besorgt auf mich herabblickte.
„Alles gut, Jo, im Krankenhaus werden sie sich gut um dich kümmern", sagte sie, während ich feststelle, dass ich auf der Bahre im Innern eines Krankenwagens lag.
Der Pfleger, der auf der anderen Seite der Bahre stand wie Lotte, hob abwehrend die Hand, als er bemerkte, dass ich mich aufrichten wollte.
„Setzen Sie sich ganz langsam hin", sagte er, „ich habe Ihnen zwar ein kreislaufstabilisierendes Mittel gegeben, aber Ihnen könnte trotzdem noch schwindelig werden."
Also erhob ich mich in Zeitlupe, meine Hände schmerzten unbeschreiblich, während ich mich auf den Rand der Bahre stützte.
„Fahren wir ins Krankenhaus?", fragte ich überflüssigerweise und Lotte nickte.
„Ins Krankenhaus will ich nicht", sagte ich so bestimmt wie möglich, denn bisher waren alle meine Verwandten im Krankenhaus gestorben.
„Sei vernünftig", sagte Lotte vorwurfsvoll, aber da ließ ich nicht mit mir handeln.
„Auf keinen Fall, wenn es nicht absolut nötig ist", beharrte ich.

„Dann müssen Sie unterschreiben, dass Sie auf eigene Verantwortung entlassen werden möchten", kündigte der Pfleger an.
„Kein Problem", sagte ich, von Lotte skeptisch ins Visier genommen.
„Dann versprichst du mir aber, dass du gleich morgen mit der Polizeipsychologin sprichst", sagte sie und ihr Blick schien keinen Widerspruch zu dulden.
„Na gut", gab ich nach, „weil du es bist."
Selbst in dieser sterilen Umgebung hatte ihr Lächeln etwas Herzerwärmendes.
Kurz darauf hielt der Wagen an und wir stiegen aus. Alle bestanden darauf, dass ich noch einige Zeit im Warteraum der Notaufnahme verbrachte, wo mich ein Arzt kurz in Augenschein nahm, mir mit Ausnahme meiner Hände körperliche Unversehrtheit bestätigte und ich schließlich das Formular zur Selbstentlassung unterzeichnete.
Es dauerte nicht lange, dann kam das Taxi, das zuerst mich nach Hause und im Anschluss Lotte ins Polizeipräsidium brachte, wo sie, wie sie mir hinterher berichtete, schon sehnlichst erwartet wurde. Zuvor steckte sie mir allerdings noch die Visitenkarte einer Psychologin zu.
„Morgen um 11 Uhr hast du bei Frau Dr. Ziegler einen Termin, nicht vergessen", sagte sie.
Es tat gut, zum Abschied noch einmal in den Arm genommen zu werden.
Das Treppensteigen brachte meinen Kreislauf wieder so richtig in Schwung, aber trotzdem zog ich mich in meiner Wohnung sofort aus, stellte den Wecker auf neun Uhr und legte mich ins Bett, wo ich in tiefem Schlaf eine Nacht voller Träume verbrachte, an die ich mich hinterher nicht mehr im Geringsten erinnern konnte.

Als ich am nächsten Morgen erwachte, spürte ich als erstes das Pochen in meinen Handflächen und den

Schlafanzug, der mir schweißnass am Körper klebte. Vor meinem Fenster zeigte sich der Himmel in winterlichem Grauweiß und ich suchte nach zwei Plastiktüten, die ich schließlich auch fand, um sie mir schützend um die Hände zu wickeln. Nachdem ich derart gewappnet geduscht und danach einen großen Becher Kaffee getrunken hatte, machte ich mich zu Fuß auf den Weg zu Frau Dr. Ziegler, die ihre Praxis in dem großen Block aus Metall und Glas hatte, dem in der Mitte der Innenstadt eine der zentralen Grünflächen hatte weichen müssen. Immer wenn ich daran vorbeikam, konnte ich kaum glauben, dass dieser grobe Klotz von demselben Architekten entworfen worden war, der auch das elegante Münchener Olympiastadion geschaffen hatte.
Die Psychologin war eine kleine Frau in den Fünfzigern und strahlte eine scheinbar durch nichts zu erschütternde Gelassenheit aus, während sie mich nach meinem Lebenslauf und schließlich nach den gestrigen Erlebnissen befragte.
Meine Antworten und meinen Kurzbericht nahm sie aufmerksam Protokoll führend auf, indem sie sich Notizen in ein kleines Notizbuch machte.
„Wunderbar, Herr Wassen, wunderbar", sagte sie, „ Sie haben doch Germanistik studiert – wie wäre es da, wenn Sie ihre Erlebnisse einmal zu Papier brächten und mich in einer Woche wieder besuchen. Dann sprechen wir darüber und schauen, wie lange Sie meine Unterstützung noch brauchen. Wenn Sie möchten, können Sie mich zwischenzeitig auch anrufen."
Ein prima Vorschlag, fand ich und verabschiedete mich gut gelaunt.

Welche Erleichterung, nicht mehr hinter jeder Straßenecke einen blutrünstigen Mörder vermuten zu müssen und wie um mir einen Gefallen zu tun, kam nun auch noch die Sonne zum Vorschein.
Meine Stimmung stieg sogar noch weiter, als ich tatsächlich mein Fahrrad noch dort vorfand, wo ich es

gestern zurückgelassen hatte, was selbst bei abgeschlossen herumstehenden Fahrrädern in unserer Stadt bekanntlich alles andere als selbstverständlich war.
Ich schloss es auf und schob es in Richtung Hochschule, weil ich mich wegen meiner Hände noch nicht wieder auf den Lenker zu stützen wagte.
Mich drängte es danach, meine Freunde zu sehen, doch als ich in die Mensa schaute, konnte ich dort keinen von ihnen entdecken. Also lief ich um das große Hauptgebäude herum und betrat Augenblicke später die Keramikwerkstatt, wo sie alle in gewohnter Runde beisammen standen und den rituellen Kaffee tranken.
„Schon gehört, Alter?", trompetete mir Jonas sofort entgegen, „Dorm war der Killer. Hat sich gestern vom Kirchturm geschmissen, der Depp."
Offenbar dachte er, mich mit dieser Neuigkeit beeindrucken zu können, denn er strahlte von einem Ohr zum anderen.
„Das war schon noch ein bisschen anders", entgegnete ich betont gelassen, nahm den Becher an, den mir Maren mit fragendem Blick reichte und berichtete in Kurzfassung von den Ereignissen des letzten Abends, wobei sich in den Gesichtern meiner Zuhörer und Zuhörerinnen abwechselnd Mitleid und Entsetzen widerspiegelten, bis ich meinen Monolog beendet hatte und alle fassungslos um mich herum standen.
Ausgerechnet die sonst so schweigsame Ly fand ihre Sprache zuerst wieder.
„Armer Jo", sagte sie, nahm mich in den Arm und streichelte kurz und vorsichtig über meine verbundenen Hände.
„Hast du ein Glück gehabt", rief Maren aus und drückte mich heftig an sich. Der Geruch ihres leicht feuchten Schafwollpullovers konnte seine Herkunft nicht verbergen, aber bei so viel Herzlichkeit war mir das natürlich egal.

Alex nickte bewundernd, und als mich Jean-Marie als nächstes heftig umarmte und ein mir völlig undefinierbarer Duft die Illusion von idyllisch weidenden Schafen gleich wieder verfliegen ließ, wären mir fast die Tränen gekommen.
Nur Jonas, dem ich eindeutig die Show gestohlen hatte, beließ es natürlich bei einem „Echt Schwein gehabt, Alter", während er seine weiße Krawatte richtete.
Wie zu erwarten, hagelte es dann Fragen, die ich, soweit ich konnte, geduldig und zugegebenermaßen auch mit etwas Stolz beantwortete.
„Und was ist mit der schönen Kommissarin?", fragte schließlich Maren und schaute mich mit stark übertriebenem Interesse an.
„Ehrlich gesagt, habe ich heute noch nicht mit ihr gesprochen", gab ich zu und schämte mich in diesem Augenblick insgeheim, mich bei meiner Lebensretterin noch nicht wieder gemeldet zu haben.
„Jedenfalls werde ich jetzt erstmal den Rat der Psychologin befolgen", wechselte ich das Thema", „und von Anfang bis Ende alles aufschreiben. In der nächsten Zeit ist also mit mir nicht zu rechnen. Mit meinen Händen kann ich im Moment sowieso nicht so gut mit Ton arbeiten. In ungefähr einer Woche spätestens müsste ich alles eingetippt haben, wenn es schneller geht, komme ich natürlich eher wieder her."
„Tut das denn nicht weh, wenn du tippst?", erkundigte sich Ly mit besorgtem Blick.
„Weiß nicht genau, aber ich denke nicht", antwortete ich, „ich muss ja nichts fest anpacken oder zugreifen. Ich werde es einfach probieren."
„Bist ein Held", meinte Jonas leicht säuerlich und erntete rundum böse Blicke.
„Dann mach's mal gut, mein Lieber", sagte Maren und nahm mich nochmal in den Arm, „wir halten dir einen Kaffee warm."

Schon auf dem Weg zu meinem Rad versuchte ich, Lotte auf dem Handy zu erreichen, aber sie nahm nicht ab. Vermutlich war sie so mit ihrer Arbeit beschäftigt, dass sie keine Zeit für einen kurzen Plausch hatte. Etwas Zeit hätte sie sich aber schon für das Beinahe-Opfer nehmen können, dachte ich dann doch etwas enttäuscht und wollte mich gerade auf den Rückweg begeben, als Jean-Marie, der mir gefolgt war, nach mir rief.
„Nanu, was gibt's?", fragte ich überrascht.
Außer Atem kam er mit wehendem Schal am Fahrradständer an und legte mir eine Hand auf die Schulter.
„Ich hab ganz vergessen, dir was zu sagen: Wenn du irgendetwas brauchst, dann sag's mir", keuchte er.
„Danke, Jean-Marie", sagte ich, „das ist echt nett, aber ich glaube, ich komme klar."
Er schüttelte den Kopf.
„Wie willst du denn für eine Woche einkaufen oder hast du so viele Vorräte zu Hause?", fragte er.
Daran hatte ich nicht gedacht.
„Also, wenn du das übernehmen würdest", sagte ich, „das wäre mega klasse."
„Gar kein Thema, Jo", sagte er ganz ernsthaft, „schick mir deine Einkaufsliste aufs Handy und ich bring dir die Sachen vorbei."
„Gern", sagte ich nur und mit wehendem Schal machte er sich auf den Rückweg zur Werkstatt.
Die Luft war kristallklar und der Himmel strahlend blau, als ich mein Rad über die vom Schnee befreiten Bürgersteige schob. Wie ein wenig Sonnenschein doch den Eindruck der Straßen verändern konnte. Dort, wo die Sonne längere Zeit verweilen konnte, tropfte es von den Dächern.

Ein Fahrrad zu schieben hat schon etwas Meditatives und so flogen mir auf meinem Heimweg Gedanken zu, für die ich mir vorher keine Zeit genommen hatte. Zum Beispiel dachte ich darüber nach, wie sehr ich mich in

Dorm getäuscht hatte. Offenbar genügte schon die Aussicht auf ein angeblich sorgenfreies Leben, um aus einem freundlichen und scheinbar harmlosen Mann der Wissenschaft einen Mörder zu machen. Waren es also letztendlich doch die vielfach zitierten äußeren Umstände, die unverhofft den Mister Hyde in uns wecken konnten? Oder war ich nur nicht in der Lage, die Menschen um mich herum richtig einzuschätzen? Von Jean-Marie hätte ich – mal abgesehen von Jonas – als letztem erwartet, dass er mir seine Hilfe anbieten würde. Im Grunde hatte ich ihn immer nur innerlich belächelt, sein Verhalten für zu aufgesetzt gehalten und damit zu kurz gegriffen.
Wen hatte ich wohl noch falsch eingeschätzt, wem noch leichtfertig und unbedacht Unrecht getan?
Ich bemerkte gerade noch rechtzeitig, dass sich meine Gedanken in eine sehr unschöne Richtung bewegten und begann stattdessen umgehend, im Geiste die Einkaufsliste für Jean-Marie zusammenzustellen.

Zu Hause angekommen räumte ich meinen Arbeitstisch soweit nötig frei und überlegte, ob ich auch an alles gedacht hatte, bevor ich mit meiner Niederschrift beginnen konnte, aber viel fiel mir nicht ein. Ich setzte mich auf meine geliebte Couch und nickte sofort ein.
Später am Abend, noch unschlüssig, ob ich gleich nach dem Aufwachen mit meinem Text anfangen sollte, schaltete ich den Fernseher ein, wo ich auch gleich im Lokalsender fündig wurde.
Eine junge Reporterin, die ziemlich verfroren aus ihrem Pelzkragen in die Kamera blickte, hatte sich mit ihrem Team vor der Dionysiuskirche in Position gebracht.
„Wir stehen hier vor der Kirche, wo sich gestern nach einem dramatischen Kampf mit den Einsatzkräften der Polizei unter der Spitze des bekannten Turms der dreifache Mörder Viktor Dorm das Leben nahm. Dorm arbeitete als Lehrkraft an der hiesigen Hochschule und war als ruhiger, freundlicher Kollege und Dozent

bekannt. Wir befragten die verantwortliche Kommissarin, Frau Charlotte Becker, nach den Geschehnissen."
Im nächsten Augenblick wechselte die Einstellung und es erschien Lotte, vor dem Polizeipräsidium stehend, ihr gegenüber wieder die Reporterin.
„Können Sie uns sagen, was genau gestern hier zu diesem tragischen Selbstmord geführt hat, Frau Kommissarin?"
Lotte schaute nicht in die Kamera, sondern blickte die Reporterin mit etwas müden Augen an. Wahrscheinlich war sie kaum zum Schlafen gekommen.
„Wir konnten im letzten Augenblick einen Mordversuch vereiteln, der auf dem Kirchturm geplant war. Leider entzog sich der Täter, der auch verantwortlich für die Morde an den beiden Studenten Tristan Wagner und Benno Meinhard sowie dem an Hauptkommissar Martin war, der Festnahme durch Suizid."
Weiter hörte ich nicht zu, denn im nächsten Moment klingelte es an der Tür.
„Hallo, wer ist da?", fragte ich und fand es dann für einen kurzen Moment irritierend, Lottes Stimme nicht nur aus dem Fernsehgerät, sondern gleichzeitig aus der Gegensprechanlage zu hören. Offenbar war der Fernsehbericht nicht live.
„Schwester Charlotte will nach dem Patienten Wassen sehen", klang es aus dem Lautsprecher.
Ich betätigte den Türöffner und schaltete als nächstes den Fernseher aus.
Als sie etwas außer Atem zur Tür hereinkam, lächelte sie.
„Geht es dir schon besser?", fragte sie zur Begrüßung und zog ihren halblangen Mantel aus.
„Ja, geht mir schon wieder ganz gut", antwortete ich, „die Hände tun noch weh, aber es lässt sich aushalten."
Die Antwort gefiel ihr offensichtlich.
„Warst du auch brav und bist zu Dr. Ziegler gegangen?"
„Aber klar doch", versicherte ich ihr, „versprochen ist versprochen. Die ist echt nett. Hat mir geraten, die

ganze Geschichte aufzuschreiben. Ich hab‘ auch schon alles dafür bereitgelegt.“
Ich zeigte auf den freigeräumten Platz auf dem Schreibtisch, den Laptop und den noch leeren Kaffeebecher.
„Prima“, sagte sie und nickte anerkennend.
„Kann ich dir etwas zu trinken anbieten?“, fragte ich, „Mineralwasser, Tee, Kaffee, Bier, Rotwein?“
„Nach diesem Tag wäre ein Glas Wein vielleicht wirklich das Richtige“, sagte sie und ließ sich erschöpft auf meine Couch fallen.
Ich nahm zwei der vier Weingläser, die ich besaß, prüfte kurz, ob sie auch wirklich sauber waren, hatte Glück und füllte sie mit dem italienischen Wein, den ich auch immer nur dann trank, wenn ich Besuch hatte und überreichte Lotte ihr Glas.
Die Couch wippte ein wenig, als ich mich zu ihr setzte und das Glas erhob.
„Auf meine Lebensretterin“, sagte ich und stellte fest, dass sie das Parfüm nicht gewechselt hatte.
„Auf meinen Lieblingsstudenten“, sagte sie, „den ich immer wieder gern retten würde.“
„Nun, es würde schon reichen, wenn du mir ab und zu dabei helfen könntest, wenn ich meine Geschichte niederschreibe“, sagte ich.
„Wer weiß, ob ich alles richtig in Erinnerung habe.“
„Abgemacht“, sagte sie lächelnd, „wir müssen uns ja nicht immer auf einem Kirchturm treffen oder um Leben und Tod kämpfen.“
Wir nahmen beide einen großen Schluck.
„Da ist noch etwas, das ich dir schon lange sagen wollte“, sagte ich.
Sie schaute mich gespannt an.
„Ich wollte mich dafür bedanken, dass du mir damals bei dem Überfall in der Schule aus der Patsche geholfen hast.“
Lotte lachte herzlich.
„Das war doch selbstverständlich“, sagte sie.

„Und natürlich dafür, dass du mir gestern das Leben gerettet hast", fügte ich hinzu, „ohne dich wäre ich auf dem Kirchenpflaster gelandet und nicht Dorm."
„Gern geschehen", sagte sie ernst, „das war wirklich knapp."
In diesem Moment fiel mir eine Frage ein, die mich den ganzen Tag über schon immer mal wieder beschäftigt hatte.
„Sag mal, habt ihr eigentlich die Skizzen gefunden, die Dorm beiseite geschafft hat?"
Lotte beugte sich vor.
„Stell dir vor", sagte sie leise, „wir haben seine Wohnung auf den Kopf gestellt, die Schließfächer der Banken und Bahnhöfe gecheckt, bei seinen Verwandten und Freunden nachgeforscht, aber keine Spur von den Bildern."
Wir schwiegen, schauten uns an und tranken wieder einen Schluck.
„Manche Kunstschätze bleiben für immer verschwunden", sagte ich nach einiger Zeit, „wie der Turm der Blauen Pferde."
Lotte nickte und stellte ihr Glas auf den Beistelltisch.
„Manche Schätze findet man aber trotzdem noch wieder, wenn auch erst sehr spät", sagte sie.
„Besser als nie", stimmte ich ihr zu.

Nachwort

Hiermit soll mein Bericht enden, der mich nun doch für fast zwei Wochen ununterbrochen an meinen Schreibtisch gefesselt hat, während die Schmerzen in meinen Händen immer mehr nachgelassen haben.
Vieles ist mir während dieser Niederschrift klar geworden, besonders die Erkenntnis, dass ich mit etwas mehr Achtsamkeit und Kunstverstand vielleicht schon viel früher manche Zusammenhänge hätte erkennen können und zu meiner eigenen Beruhigung kann ich lediglich anführen, dass nicht ich der Kriminalist bin, sondern dass glücklicherweise Lotte die richtigen Schlüsse hatte ziehen können.
Jean-Marie hat sich fürsorglich um mich gekümmert und es hat mir während meiner selbstgewählten Einsiedelei an nichts gefehlt. Wenn ich wieder zur Hochschule gehe, werde ich ihn zum Dank in die hiesige, vielfach preisgekrönte Jazzhöhle zu einer Jam Session einladen, was ihm bestimmt gefallen wird.

Sicherlich habe ich das eine oder andere nicht ganz genau so dargestellt, wie es in Wirklichkeit war, denn auch wenn mich meine besorgten Freunde oft angerufen und wir über das Geschehene gesprochen haben und selbst, wenn ich die Protokolle von Lotte als Kopien vorliegen hatte, um hier und da einige Details zu überprüfen, so ist doch alles nur derart in einen Zusammenhang gebracht, wie ich es aus meiner eigenen Sicht erlebt habe und wie es für mich einen Sinn ergibt.
Auch will ich nicht verschweigen, dass ich gelegentlich auf literarische Vorbilder und digitale Nachschlagewerke zurückgegriffen habe, um meinen Text etwas aufzupolieren, was besonders meine Psychologin beeindruckt hat, der ich das Geschriebene nach jedem abgeschlossenen Kapitel zugemailt habe.

Wenn ich aus meinem Fenster schaue, sehe ich davor die Wassertropfen vom Dach herunterfallen. Seit einigen Tagen schon hat es aufgehört zu schneien, die Temperaturen sind stetig gestiegen. Vielleicht wird es ja endlich Frühling?
Morgen will ich jedenfalls wieder in die Hochschule fahren, in mein normales, alltägliches Studentenleben zurückkehren, in der Mensa gemütlich Kaffee trinken und im Kreis der Freunde bei entspannter Plauderei dem Schnee beim Tauen zuschauen.

Die Skizzen des Blauen Reiters liegen wohl noch an der gleichen Stelle, wo Dorm sie verborgen hat; meinetwegen sollen sie dort liegen bleiben. Keine zehn Pferde brächten mich wieder dazu, nach diesem Schatz zu suchen. Und die schlimmsten Alpträume, die ich seitdem von Zeit zu Zeit habe, sind die, in denen die Stimme Dorms mir zuruft:
„Du hättest das Tagebuch nie lesen dürfen."

FSC
www.fsc.org
MIX
Papier | Fördert
gute Waldnutzung
FSC® C083411

Druck:
CPI Druckdienstleistungen GmbH
im Auftrag der
Zeitfracht GmbH
Ein Unternehmen der Zeitfracht - Gruppe
Ferdinand-Jühlke-Str. 7
99095 Erfurt